FOLIO POLICIER

Paul Borrelli

L'ombre du chat

Gallimard

Paul Borrelli est né le 11 avril 1959 à Toulon. Enfant, il s'enfuyait dans d'interminables rêveries : la réalité l'ennuyait. Il découvre bientôt Hitchcock, Magma, Christian Vander et Philip K. Dick. Entreprenant des études de psychologie à Aix-en-Provence, il ne se consacre pas encore à la création littéraire. Ses penchants artistiques se manifestent d'abord à travers la musique et les arts plastiques. Ce n'est que tardivement qu'il se tourne vers l'écriture. Parallèlement à son mémoire de maîtrise, il rédige alors son premier roman : *Fantasmes urbains*, puis un second : *Poussières*. Il lui faut plusieurs années pour terminer le troisième, *L'ombre du chat*, qui fut son premier à être publié, en 1994.

Grand amateur du genre de la science-fiction, il a choisi d'ancrer ses trois polars dans le Marseille des années 2030, où un inspecteur et un marginal se débattent avec des tueurs en série. Sous la forme du roman policier futuriste se dessine une œuvre souvent noire dont les intrigues bien menées méritent d'être découvertes.

I

Sur le visage de Griffier poussait une grosse verrue. Il ne la faisait pas opérer : il estimait qu'elle ajoutait une note originale à son faciès mou, informe, qu'on eût dit moulé dans la cire et oublié au soleil. Auparavant, il haïssait jusqu'à son ombre. Et un jour, la verrue était venue se planter là, comme le drapeau de quelque victoire intérieure, et l'avait réconcilié avec lui-même. Il l'avait apprivoisée, elle s'était lovée sur sa narine gauche comme un animal au fond d'un panier confortable. Griffier imaginait l'intérieur de la boule de graisses : tapissée de muqueuses congestionnées, elle contenait peut-être quelque vie inconnue ? Il se la représentait grouillant de germes malsains. Quoiqu'il n'en parlât à personne au bureau, il aimait à employer devant les collègues des formules à double sens qui la désignaient directement : « Ces derniers temps, le phénomène a pris beaucoup d'ampleur... » phrases banales pour tous sauf pour lui. Au fond, il avait peur.

De temps en temps il la grattait, en particulier dans les moments d'intense réflexion. Et depuis quelques mois, il se livrait à de constants attouchements.

Il inséra une carte d'appel dans le vidphone et le visage d'un homme apparut. Jeune, intelligent, mais nerveux, probablement surmené.

— Alors, Berthier ? Comment la trouvez-vous ?

— Euh... ma foi, elle est bien, non ?

— Vous ne pourriez pas être plus précis ?

— Eh bien, il est difficile de se prononcer comme ça, à distance. Excusez-moi mais j'ai des malades qui...

— Berthier, ma patience a des limites !

— Écoutez, je vous promets de passer ce soir pour examiner votre verrue. Mais n'appelez plus. Je passe mes journées au vidphone.

Griffier annula, morose. Ce Berthier était compétent, mais guère sérieux. Comment faire ? Il avait besoin de lui, c'était vital. Il prit encore une fois le petit miroir à ultraviolets caché dans sa poche. Non, elle n'avait pas bougé. Pourtant, il sentait bien qu'elle se manifestait. Déprimé, il se remit à la gratter.

On frappa à la porte. Prestement, Griffier posa les mains à plat sur son bureau.

C'était Canavese. Griffier lui fit signe de s'asseoir et contempla l'écran du terminal pendant un instant.

Canavese alluma une cigarette et attendit. Griffier lui jeta un coup d'œil rapide et maussade. Canavese et son regard insistant, souligné par la forme particulière de ses sourcils, comme s'il avait voulu les tailler en accent circonflexe et n'avait pas réussi à guider la lame dans le reflet du miroir. Canavese et son blouson qui ne le quittait jamais, hiver comme été. Canavese et son élocution lente et appliquée, ponctuée de longs silences ; ses emportements brusques, ses tics et bizarreries. Canavese qui pour l'instant fixait la verrue comme une goutte au bout d'un robinet, qui n'en finirait pas de retarder sa chute. Irrité, Griffier fit claquer sa langue.

— Alors ? Je suppose que vous allez me dire que vous n'avez pas progressé d'un pouce ? Inutile de tourner autour du pot, allez aux faits si toutefois il y en a.

— On reconstitue l'emploi du temps des victimes, on a interrogé toutes les relations connues, on a ratissé le coin et lancé des appels à témoins. On a fait la tournée des hôpitaux psychiatriques.

— Et toujours rien, c'est ça ?

— On fait un profil psycho avec Brugier.

— Et qu'est-ce qu'il dit, le fouille-cervelle de service ?

— Il pense que ce serait un type qui souffre d'angoisses concernant son cœur, et que c'est pour cette raison qu'il s'en prend au cœur de…

— Misère. Mais c'est encore pire que la dernière fois, on dirait ! Écoutez, Canavese, la piste refroidit de jour en jour, et vous n'avez que des conneries à me raconter. Alors un conseil : gardez ces merdes pour les journalistes, et rapportez-moi du concret. Je vous rappelle qu'on a pour le moment huit homicides sur le dos, et pas la moindre idée du timbré qui nous mijote les suivants. Allez, dégagez.

Combes composa le code d'expulsion. Le sas de la matrice s'ouvrit en chuintant. L'homme éteignit le neurosystème et arracha les électrodes. Puis il prit l'occupant qui gémissait et le traîna en direction des toilettes. Là, un vieux seau rouillé fut rempli d'eau et déversé sur la tête du malheureux.

— Debout, les morts ! Tu me dois vingt jours de location. Quatre cents crédits. Allez, sors ta carte !

Le client clignait des yeux, ahuri. Il ne tenait pas sur ses jambes, on aurait dit qu'il avait passé des mois dans la matrice. Pâle, maigre, les lèvres exsangues ouvertes sur une voyelle jamais prononcée, comme si l'illusion s'était rompue au moment de quelque noyade. À présent, il roulait des yeux, bredouillait des syllabes incompréhensibles.

Combes le secoua par les épaules.

— Alors, c'est pour aujourd'hui ou pour demain ? Tous les mêmes, ces accros. Pas moyen qu'ils comprennent. Eh, mec, c'est fini les beaux rêves bleus. T'es dans la réalité maintenant, tu piges ? La ré-a-li-té ! Oh, et puis merde.

Il laissa choir l'épave et claudiqua jusqu'au comptoir. Il se servit un autre ouzo et s'essuya distraitement le visage avec un chiffon de ménage. Le tissu, imbibé de cire, déposa une traînée huileuse sur ses traits ingrats. Combes finit de boire avec un bruit de gorge et s'en versa un autre. Fidèle à ses habitudes, il effectua la même séquence de gestes : serrer un verre entre ses doigts épais, imprimer un lent mouvement à l'ensemble pour voir le glaçon dériver et fondre. La vie, c'est ça, pensait-il. On y tourne en rond, puis on disparaît.

À son retour du Conflit, il n'avait trouvé personne pour l'accueillir. Ses proches étaient morts, emportés par les bombardements.

Il était resté trois mois à l'hôpital militaire, ruminant une vengeance improbable. On lui avait accordé une petite pension pour la jambe qu'il avait perdue, pension suffisante pour reprendre un bar en liquidation dans le sixième arrondissement, au niveau 2, tout près de la surface. Patiemment, il avait retapé les locaux et repris en main le commerce. À présent, le *Neurotica* était connu, Combes avait grossi et perdu des cheveux. Mais il gagnait de l'argent, employait du personnel et se tapait une choute de temps en temps. Tout marchait très bien, trop peut-être, jusqu'à la semaine dernière.

Un minable junkie avait trouvé le moyen de claquer dans un système neuro, et Combes ne s'était aperçu de rien. Le toxico avait loué la cabine pour trois mois, et la poussière avait peu à peu recouvert la porte en verre blindé. Mais un flic avait remarqué la teinte verdâtre et fait ouvrir le caisson : dedans, le corps se décomposait. Les Stups avaient foncé sur l'affaire, et Combes s'en était tiré de justesse, moyennant la promesse de livrer des informations sur ses clients. Ainsi devient-on une balance. Comme beaucoup de trafiquants, Combes tenait un fichier de ses relations, qu'il gardait par-devers lui en cas de problème. Mais jamais il n'aurait imaginé que cela servirait un jour à la police.

Tout était de la faute de Lançon, quoi qu'en dît l'intéressé. Même pas capable de maintenir correctement les bio-systèmes. Celui-là, il ne perdait rien pour attendre.

Les premiers fêtards de la soirée allaient arriver. La fille du vestiaire et les videurs étaient déjà à leur poste. Il sortit de sa poche un magazine de mots croisés passablement chiffonné. Depuis cette histoire, il n'arrivait plus à se concentrer. Il buta pour la troisième fois sur une définition facile sans trouver la réponse. En quatre lettres : animal qui vivait à l'époque préconflictuelle. Cela finissait par *t*. Ce n'était pas « rat », qui ne prend que trois lettres. Et puis les rats avaient survécu. Combes chercha encore quelques secondes, puis renonça. Il retourna aux toilettes pour voir ce que devenait l'autre.

Il frottait son visage avec du savon en poudre. La peau virait au rouge, mais l'homme insistait, comme s'il voulait laver quelque faute lisible sur ses traits. Combes lui tapa sur l'épaule.

— Eh, faut mettre de l'eau ! T'entends ? De l'eau, ouais.

L'autre continuait toujours, le regard fixé sur ses propres yeux. Combes fit demi-tour et retourna l'attendre au comptoir. « Complètement givré », grinça-t-il. Il se versa un autre verre et ouvrit le journal. Un gros titre imprimé en rouge attira son attention :

PIE XIV CONDAMNE À NOUVEAU
LA NEUROSYNTHÈSE ET PARLE
AUX JEUNES

« Connard », grommela-t-il à voix basse. De quoi je me mêle ? Il se reporta à la page indiquée et lut :

Après le message politique de samedi, la deuxième journée de Pie XIV a été consacrée à un autre thème cher au souverain pontife, la neurosynthèse. Une nouvelle condamnation qui semble plus virulente que celle qu'il avait prononcée le mois dernier lors de...

Une main pâle se posa sur le journal. Entre deux doigts luisait une carte de crédit. Combes la prit, se leva avec lenteur et l'inséra dans le terminal. Il effectua le retrait en silence et rendit l'objet au type qui attendait, trempé, le visage rougi de poudre abrasive. Puis il reprit sa lecture tandis que l'autre s'éloignait.

… son allocution tridi. Sur l'immense stade de Lyon, le pape s'est adressé à 350 000 jeunes venus de toute l'Europe pour le rencontrer. Six chaînes tridi, quatre écrans vidéo géants, lasers et hologrammes, rien ne manquait pour cette grandiose fête spirituelle.

Dans l'homélie au cours de la grand-messe célébrée avec dix-huit cardinaux et deux cents évêques, Pie XIV a mis l'accent sur l'amour divin, mais aussi l'amour humain et ce qui le menace, soulignant que « les familles de ce temps connaissent trop souvent le retrait des parents face à leurs responsabilités d'éducateurs », et regrettant que trop d'enfants soient privés de l'appui équilibré qu'ils devraient trouver dans l'harmonie complémentaire de leurs parents. Le pape a vivement dénoncé le caractère non chrétien de « cette fuite de la réalité », et a déclaré que « le paradis n'est pas si facile à atteindre ».

Cette homélie a été interrompue à plusieurs reprises par les ovations des fidèles, et notamment des membres de mouvements extrémistes marginaux. De nombreux incidents ont eu lieu, qui ont nécessité l'intervention des forces de police, mais il n'y a eu aucun mort.

Dans l'après-midi, Pie XIV a lui-même détruit un neurosystème devant la foule en délire. Armé d'un lance-flammes qu'il venait de bénir, le souverain pontife…

— Putain, mais de quel droit ce connard se permet de dire aux gens ce qu'ils doivent faire ? Enfoiré, un système neuf, près de trois mille crédits foutus en l'air ! Salope. Si je le tenais, je lui foutrais ma pine dans le cul.

— Eh, il te reste des bécanes ?

Il sursauta. C'était une fille aux yeux lourdement

maquillés, au teint blafard et aux petits seins. Il ne l'avait pas entendue entrer.

— Juste une heure ou deux. J'ai besoin de me changer les idées.

— T'as de quoi payer ?

Elle contourna le comptoir et s'approcha de lui. Par réflexe, il saisit discrètement un laser qu'il gardait toujours fixé sous un tiroir par de l'adhésif. La fille posa la main sur le pantalon de Combes et descendit la braguette.

— En nature, ça irait ?

Lançon jeta un regard indifférent sur les blocs de polystyrène gris que le vent charriait dans la rue. Les poubelles vomissaient des torrents de déjections sur le trottoir, et l'homme devait constamment les éviter. Les rares passants faisaient de même, ballet maladroit sur un rythme poussif. Déséquilibrés par les bourrasques, les hommes luttaient pour rejoindre leurs abris.

Un énorme camion-robot passa, tous feux allumés. Dans le malstrom de poussière, on ne distinguait que le halo des feux de position, le grouillement indistinct de pièces mécaniques entrevues à travers la tourmente. Le grondement grave s'amplifia jusqu'à devenir assourdissant, puis décrut rapidement. Un nuage de fumée âcre s'attarda après son passage. Lançon porta les mains sur son nez, en un geste instinctif quoique inefficace. Pressé de quitter son logement, il avait oublié son masque de protection. Heureusement, le point de descente était proche. Là, les véhicules roulaient sur des voies spéciales, et on se dispensait plus facilement de filtres nasaux.

Il prit l'escalier roulant qui rejoignait les niveaux inférieurs. Dès qu'il eut quitté la surface, le vent laissa place à une atmosphère compacte et immobile, une forte odeur de renfermé. Malgré les puissants systèmes de ventilation, la partie souterraine de la ville — où s'entassaient les neuf dixièmes de la population — était imprégnée de cette touffeur persistante : mélange de moisi, de gaz d'échappement et d'urine, typique des grandes concentrations urbaines. L'humanité naissait, mangeait, dormait, travaillait, mourait quelque part dans ces millions de mètres cubes. Tous les jours elle devait éduquer, soigner, traiter, incinérer, recycler.

Pourquoi suis-je ici ? Il se posait la question depuis son arrivée. Mais il connaissait la réponse : ce qu'il proposait ne se vendait que dans les grandes villes.

Autour de lui, les gens marchaient, les mains dans les poches, sans doute crispées sur une arme. Le besoin archaïque de sentir qu'au creux du poing dormait un objet prêt à tuer. Et lui, Serge Lançon, vivait de ça.

Au départ électronicien, il s'était vite spécialisé dans tout ce qui sort de la légalité et demande un peu de créativité. Il concevait des machines à tuer et prenait un étrange plaisir à les fabriquer : il traînait aux pans de son imperméable une odeur de mort tenace et grisante. Quelle différence, après tout ? Tôt ou tard on doit tous y passer.

Il s'était également essayé à la neuro-programmation et, ces derniers temps, avait tendance à accepter tous les jobs, pourvu que cela rapportât. Trafics de molécules synthétiques ou d'implants, piratage informatique, maintenance et conception de biologiciels, déplombage de cartes de crédit volées, armes personnalisées. Il voyageait souvent entre Paris, Berlin et

Zurich, fidèle à Marseille qui demeurait son port d'attache.

Ceux qui avaient besoin de lui savaient toujours où le trouver.

Neurotica. Le néon arc-en-ciel brillait agressivement au fond de la galerie. Un chenillard promettait « plaisirs et extases » aux passants incrédules ou blasés.

Lançon confia sa crédicarte à la fente près de l'entrée, apposa son pouce sur la plaque d'identification et se posta en face du miroir sans tain derrière lequel une caméra l'observait.

Brun, les yeux bleus, sans grande beauté ni laideur, Lançon avait quelque chose d'aristocratique dans ses traits, que contredisaient son aspect négligé et son air de prolétaire exténué. Mais il n'appartenait à aucune catégorie sociale définie et se plaisait à tromper son monde. Aujourd'hui en jean élimé, il pouvait aussi bien revenir demain en costume trois pièces.

Le joint s'arracha avec un bruit caoutchouteux, et le sas s'ouvrit. Lançon pénétra dans un couloir dont le velours cramoisi empestait le tabac et l'encens, puis il descendit une volée de marches abruptes en bas desquelles on jouait du jazz néo-coltranien. Une porte s'ouvrit automatiquement, il entra.

Éclairages rouges, musique, fumée. Une marée de clients désireux de tout voir, de tout essayer. Il se fraya un chemin jusqu'au bar, commanda à boire. Une fille aux cheveux décolorés s'approcha de lui.

— Salut, Serge-la-Mort. Tu me paies un pot ?

Il la saisit à la gorge, dégaina un laser Holmer précision II, qu'il pointa sur le sein gauche.

— Ne m'appelle pas comme ça, Ingrid. J'aurais trop de plaisir à griller ton petit battant. Qu'est-ce que tu veux ?

— Rien. Passer un moment agréable.

Il relâcha lentement son étreinte, but avidement son verre, fit signe au barman d'en remplir un autre.

— Ne recommence jamais. Combes raconte des conneries. Son type a claqué parce qu'il était chargé à bloc. Ce n'est pas à moi de vérifier ce genre de détails.

— D'accord, si tu le dis… Je croyais simplement…

— Combes a merdé. Pas moi. Parlons d'autre chose. Où en est-on ce soir ?

— Toujours pareil.

— Et cette greffe ?

— Ça va mieux.

— Quel effet ça fait ? Tu sens quelque chose ?

— Il n'aime pas que j'en parle.

— Qui ça, Combes ?

— Non, mon hôte.

— Conneries. Et tu peux me dire à quoi ça sert ?

— Entrer en contact avec Dieu.

— Ça, je sais. Mais encore ?

— C'est tout.

— Merde, rien que ça.

— J'y arriverai, tu verras. Ou plutôt, nous y arriverons.

Fièrement, celle qui se faisait appeler Ingrid ramena en arrière ses boucles blondes artificielles, afin qu'il pût admirer la cicatrice en croix sur son front.

— Ils voulaient faire ça sur le sommet du crâne, mais j'ai refusé. Il aurait fallu me raser.

Lançon frissonna, dégoûté. Derrière ce charmant

visage se cachait un Yoma, créature extraterrestre ramenée d'un voyage d'exploration spatiale. Une boule gélatineuse et gluante aux propriétés biologiques inconnues, de couleur jaune citron marbrée de reflets ocre et bruns. Lançon avait vu un reportage à la tridi, il n'était pas près d'oublier ça.

L'émission décrivait quelques particularités de ces organismes. Outre l'odeur insupportable qu'ils dégageaient — on les stockait dans des caissons étanches —, ils semblaient dépourvus de squelette ou d'armature. Leur cerveau-noyau pouvait se déformer à l'infini, ainsi que la couche de lipoprotéines qui constituait l'enveloppe. Personne ne savait de quoi ils se nourrissaient, si tant est qu'ils le faisaient.

Mais on était sûr d'une chose : ces entités prétélépathes possédaient une intelligence vive quoique déconcertante — elle obéissait à une logique imprévisible — et un sens profond du religieux, du sacré. Apparemment indestructibles, les paisibles créatures se laissaient néanmoins capturer de bonne grâce. Peu leur importait qu'on les asservît, elles vibraient d'une transe cosmique qui dépassait ces contingences.

Un savant avait ensuite expliqué le principe de la greffe : on ouvrait la boîte crânienne, on injectait le Yoma dans le tissu neuronal, et l'organisme se taillait une place où il pouvait. Progressivement, il établissait de nouvelles synapses — sur ce point, le discours était devenu obscur — et créait un état de conscience proche du nirvana.

— Figure-toi qu'en ce moment je lis la Bible.

— On aura tout vu.

— Il y a un tas de choses passionnantes là-dedans, et…

— Où as-tu trouvé un livre ? Tu sais lire ?

— Au musée. On a le droit de le consulter, en Datadisc.

— Et qu'est-ce qu'il dit, le boss ?

— Rien, qu'est-ce que tu veux qu'il dise ?

Combes estimait sans doute qu'il était temps de se débarrasser d'elle. Quand une fille se laissait coloniser l'esprit, elle ne valait plus rien. Au début, la chose pouvait passer inaperçue. Mais, persuadée de détenir la vérité, la fille se mettait à tenir des discours assommants aux clients, elle refusait certaines pratiques sexuelles... Plus personne ne voulait d'elle. Rapidement, elle devenait dangereuse, se mettait en tête de réformer le monde, ce qui finissait toujours par créer des histoires.

Une greffe pouvait aussi rater, cela arrivait fréquemment. Pour une obscure raison, le cerveau rejetait l'intrus. Une guerre féroce opposait alors les deux consciences, et cela finissait toujours mal. Dans ces cas-là, le plus simple était d'abattre la fille. Lançon fabriquait des machines à tuer, et il intervenait souvent dans les microconflits qui agitaient le quotidien du milieu. Efficacité, anonymat, discrétion.

Un de ces jours, songea-t-il, je finirai par monter une psychosonde qui me sera destinée. Suprême ironie : retour à l'envoyeur.

Lors de l'enregistrement, il comparait scrupuleusement les tracés encéphaliques avec les siens. Mais une erreur pouvait toujours se produire. Lançon imaginait la scène avec appréhension : il est assis à son établi, en train de travailler, ou il attend un client au bar du *Neurotica*. Brusquement, un sifflement, bien reconnaissable, caractéristique. Avant même qu'il n'ait bougé, la sonde se plante dans sa tempe et explose. Tout devient rouge sombre, la douleur fuse un instant, la vie le quitte, et il se tord dans un dernier spasme au milieu d'une flaque vermeille qui s'agrandit. Le verre a glissé de sa main blême, sous les jeux des lumières l'alcool se mélange au sang sur la moquette grise.

Lançon se leva douloureusement, indifférent au bavardage d'Ingrid. Il avait besoin de marcher, de sentir son corps bouger. Ces visions inquiétantes se produisaient très souvent, trop à son goût. Nettes et imprévisibles, elles le laissaient au bord de la crise nerveuse. Mais en même temps, elles provoquaient toujours en lui une grande excitation sexuelle, il n'aurait su dire pourquoi.

Cela datait de l'époque où, agressé sur l'autoroute, il avait eu les deux jambes cassées et une attaque cardiaque. On lui avait greffé un cœur artificiel et des structures en alliage à la place des os. Alors étaient apparus cauchemars, obsessions, angoisses, lot quotidien de souffrances silencieuses. De temps en temps, il avait des visions de corps disloqué, jambes tordues, cartilages éclatés. Il se représentait son cœur comme un gadget vieillissant, qui un jour s'arrêterait brusquement à cause d'une petite pièce que les frottements répétés auraient usée trop vite. Joint ou valve en perte d'étanchéité, ressorts fatigués. Il ne supportait pas cette idée, mais elle s'accompagnait systématiquement d'érections.

Et cette ferraille dans les jambes ? Par moments, il avait l'impression d'entendre les grincements à chaque mouvement, transmis par le squelette jusqu'aux cellules mastoïdiennes. Pour quelle raison souffrait-il, dans quel but ? Il l'ignorait. Quelquefois, il se disait amèrement qu'il avait lui aussi quelque chose d'étranger en lui. J'ai le Yoma dans la tête, se répétait-il pour tourner la chose en dérision. Mais ce n'était guère convaincant, il avait la mort chevillée au corps, il le savait.

Il se rebrancha sur la réalité pour chasser ces idées fixes.

Ingrid, décidément d'humeur loquace, entreprit de lui raconter le show du pape. En proie à un début de nausée, Lançon, résigné, s'assit à nouveau pour attendre les premiers clients en sa compagnie. L'écouter l'empêchait de penser. Il commanda encore à boire.

Un moment après, on lui signala que quelqu'un le demandait dans son box. Lançon prit la bouteille et se rendit jusqu'au renfoncement faiblement éclairé qu'il occupait tous les soirs. Un homme assez jeune, l'air mal à l'aise, l'attendait en tirant nerveusement sur un cigarillo. Lançon s'assit sans façons. Encore une longue soirée qui débutait. Autant aller droit au but :

— Salut. Tu veux quoi ?

— Faire descendre quelqu'un.

— Facile. Combien tu peux mettre ?

— Tu me demandes pas qui c'est ?

— Moins j'en sais, mieux ça vaut. Combien ?

— J'irai jusqu'à cinquante crédits.

— À ce compte-là, descends-le toi-même. Si tu veux profiter des avantages que j'offre, faudra mettre trois cents.

— La vache. Pour ce prix-là, j'espère qu'il y a des garanties.

— Pas de problème. Tu es sûr que la bonne personne y passera, qu'il ne restera pas de traces, et tu t'arranges pour être en compagnie à ce moment-là, qu'on te voie.

— C'est quoi, ton idée ?

Serge Lançon fouilla dans son sac, en retira un petit appareil qui ressemblait très vaguement à un lecteur de cassettes.

— C'est un E-E-D : électro-encéphalo-digitaliseur, une invention à moi. Ce truc capte les ondes mentales du bonhomme, les analyse et me restitue les fréquences exactes. Tu déposes ça près de ta cible, tu me préviens que c'est fait, je déclenche le codage. Ensuite, tu me le rapportes chargé d'ondes, que je programme sur ça.

Il déposa sur la table un objet de forme ronde, muni sur les côtés de petites ouvertures.

— Une psychosonde. Elle se dirige droit sur les fréquences qu'on a enregistrées et, quand elle a rejoint la cible, elle lui fracasse le crâne et explose. Personne ne saura jamais ce qui s'est passé.

— Tu fais ça souvent ?

— Non, j'espace pour ne pas attirer les soupçons. Les flics ne m'ont jamais emmerdé jusqu'à présent.

— Et si mon type se cache derrière un mur infranchissable ?

— L'engin se pose, se camoufle par mimétisme et peut attendre pendant des années. Tôt ou tard, on doit tous y passer, pas vrai ? Alors, tu marches ?

— Ça va. Deux cent cinquante ?

— Trois cents. La moitié payable d'avance.

— C'est pas mal, ce petit engin. Et si je le gardais pour le revendre ?

— Je te le déconseille. J'en ai toujours un autre avec moi, que je mets en marche à chaque nouveau client. Ah, et n'essaie pas de le démonter : il est piégé. Allez, file ta carte et ton code.

II

Lançon mangeait en silence, s'appliquant à bien mastiquer la pâte nutritive aromatisée à la fraise. Il n'avait pas envie de souffrir de maux d'estomac, il était assez détraqué comme ça, avec le manque de sommeil et tout ce qu'il avalait comme drogues.

Devant lui, la tridi gloussait en sourdine. Des publicités, à n'en plus finir. Cela durait depuis vingt minutes déjà. Lançon attendait le bulletin d'informations de trois heures. Après, il irait se coucher.

Enfin, l'indicatif tapageur remplaça le flot de niaiseries. Bientôt, un simulacre de la chaîne S.T.C./Massalia présenta les nouvelles du jour : attaque d'un aéro blindé de la société SécuriSud ; une prostituée battue à mort au quatorzième niveau ; recrudescence des infiltrations corrosives dans les quartiers jouxtant l'astroport.

Mais l'essentiel de l'actualité portait sur « Homicide Express », et l'enquête qui, malheureusement, piétinait. Tout le monde était impatient d'annoncer l'arrestation du fou criminel. Mais en attendant, on se contentait de harceler les responsables, tant au niveau des pouvoirs locaux qu'à celui des exécutifs de l'appareil policier — en l'occurrence, Jean Griffier, commissaire officiellement chargé de l'affaire. Et comme il n'y avait rien de plus à dire, on repassait constamment les mêmes déclarations.

Néanmoins, Lançon écouta attentivement le rappel des faits, illustré en images holographiques :

Depuis juin .32, sept personnes avaient trouvé une mort atroce des mains de celui qu'on appelait « Homicide Express », parce qu'il tuait à domicile. Il s'était introduit chez ses victimes, les avait abattues d'un tir de laser, puis s'était livré à une profanation de leur corps. La police était avare de détails, mais on savait qu'il s'en prenait au cœur et au visage de ceux qu'il attaquait. On avait entendu parler, dans les milieux autorisés, de rituels étranges mais rien n'avait filtré officiellement, et toutes les hypothèses semblaient permises.

Un homme corpulent, à la mine irascible, apparut dans une bulle à l'avant de la plaque holographique. Le commissaire Griffier, lors de sa dernière apparition devant les médias, trois jours auparavant. Il était entouré d'une nuée de journalistes excités, et il répondait à leurs questions avec le même ton excédé :

— Messieurs, je vous ai déjà dit que nous procédons à des analyses en laboratoire, qui sont très longues. Bientôt nous serons en mesure d'établir une identification génétique, pour l'instant je ne peux rien déclarer de plus. Allons, laissez-moi passer.

— Comptez-vous renforcer la sécurité dans les rues ?

— Il est impossible de le faire davantage. Croyez-moi, vous êtes bien protégés.

— Même aux niveaux inférieurs ?

— Parfaitement. Que voulez-vous insinuer ?

— A-t-on de nouvelles pistes qui…

— Je ne peux rien révéler pour l'instant, ce serait prématuré.

— Commissaire, que pensez-vous de la décision du conseil des ministres ce matin, au sujet de la loi sur la détention provisoire ?

— Je ne peux que me féliciter de telles initiatives, mais on verra bien si le projet passe. Permettez ?

Et il s'engouffra dans le sas d'entrée de l'hôtel de police, indifférent aux questions qui fusaient encore.

Lançon détourna le regard un instant pour attraper une pilule bleue et l'avaler avec un peu de boisson reconstituante protéinée. On interviewait à présent les parents de Marie-Anne Salvetti, la première victime, celle qu'on avait trouvée nue sur le carrelage de sa cuisine, avec un ours en peluche entre ses cuisses écartées.

Lançon éteignit la tridi, déplia ses grandes jambes, s'étira, émit un bâillement.

— Je parie dix contre un que vous ne l'attraperez jamais !

Puis il retourna à la chambre et se déshabilla partiellement pour se glisser dans les draps froissés.

Combes tituba en direction de la porte. Trop d'ouzo. Il avait pratiquement fini la bouteille ce soir. Il se releva, fouilla ses poches. Il jurait à voix haute, et de temps en temps écrasait un index épais sur le bouton d'éclairage. La minuterie était réglée sur vingt secondes, plutôt juste pour un homme ivre à la recherche de ses clefs. Enfin il tendit une main hésitante vers l'antique serrure à gorges.

Il tâtonna avec obstination, refusant de se servir de ses yeux, c'eût été inutile.

La porte s'ouvrit en grinçant et il pénétra dans l'appartement en désordre. Une quantité incroyable de vieilleries envahissait la pièce exiguë. Cartons avachis, objets hétéroclites, foule silencieuse et immobile, figée en un garde-à-vous poussiéreux.

Sans même refermer, Combes boita dans l'obscurité. Une forte odeur de chaussettes planait dans le logement, couvrant celle des mégots froids dont regorgeaient les cendriers. Dans le fond de la pièce, une voix retentit :

— Crôôôôô… Coco veut un biscuit !

Combes trébucha sur une bouteille vide et son corps bascula en arrière, renversant une vieille armoire en bois. Le vacarme résonna dans la cage d'escalier.

— Coco veut un biscuit ! Coco veut…

— Ta gueule, saloperie !

— Ta gueule, saloperrrrrie !

Encastré dans l'armoire vermoulue, Combes se débattait au milieu des vêtements. Il enleva sa chaussure et visa au jugé. Le projectile manqua son but et frappa le mur. Le perroquet, qui s'envolait à travers la pièce, cria encore une fois qu'il voulait un biscuit.

— Saloperie. Les perroquets sont plus à la mode, y a pas moyen de le revendre.

— Saloperrrrie, saloperrrrrrrie !

— Ta gueule ! Ou je te désactive ! J'aurais jamais dû acheter ça. Quelle arnaque.

L'oiseau, perché sur un portemanteau hors d'âge, regardait en penchant la tête son heureux possesseur qui pointa son doigt sur lui et menaça :

— Attends que je sorte de là, connard !

— Connarrrrrd, crrrrrôôôô.

— Ouais. Ça va te faire drôle. Je vais t'en filer un, moi, de biscuit.

Combes agitait bras et jambes de façon désordonnée. Tout tournait autour de lui, et il avait l'impression de peser trois tonnes. Comme la tortue, évoqua-t-il. Quand il était petit — car il avait été enfant, lui aussi, malgré la difficulté qu'on avait à l'imaginer — il possédait un simulacre de tortue. Si on le retournait sur le dos, le sim' agitait maladroitement ses pattes pour reprendre sa position normale. Au bout d'un moment il cessait et restait immobile sur sa carapace. Combes l'avait échangé un jour contre un journal porno. Son père lui avait collé une raclée.

Le pseudo-perroquet se taisait à présent, sans doute avait-il atteint la fin de son cycle. Il se dandinait sur son perchoir, indifférent aux efforts poussifs de son infortuné propriétaire.

Il faut que je me lève et que j'aille pisser, pensait Combes. Mais il n'en avait pas la force.

Une ombre se profila sur le mur. Combes se débattait mollement.

Le type s'avança vers lui, à contre-jour. Combes cligna des yeux, sans effet.

— Eh, vous, aidez-moi à me relever.

Le type tendit la main. Mais à l'intérieur, il y avait un laser.

— Eh, mais…

Le rayon aveuglant jaillit, et Combes mourut.

Le perroquet s'envola. L'homme se retourna, tira à nouveau. La carcasse s'abattit dans un fracas métallique, répandant ses ressorts, relais et câblages sur le linoléum élimé.

Dans le couloir, personne n'avait rien entendu. L'homme referma la porte, mit la chaîne de sécurité et commença à déshabiller le mort pour le rituel.

La salle était remplie d'odeurs corporelles et de fumée. L'aération, à ce niveau, était assez peu efficace malgré les crédits que la Ville avait débloqués deux ans auparavant pour se doter d'un hôtel de police convenable. Griffier entra avec un regard dégoûté, échangea quelques poignées de mains et s'abandonna à un fort laid mais confortable fauteuil en cuir rouge. Les conversations se turent et chacun tourna le regard vers lui. Pressé d'en finir, il attaqua tout de suite :

— Bon, vous savez tous ce qui motive cette réunion inter-services. Cela fait plusieurs mois que cette affaire se traîne, et même si depuis quelques semaines notre bonhomme s'est calmé, rien ne dit qu'il ait définitivement abandonné. Il faut donc le coincer au plus tôt : les médias nous cassent les reins tous les jours et le maire Graziani me tanne constamment. Je vais donc essayer de faire le point des résultats actuels, que je trouve bien maigres, je vous l'avoue.

Il fit craquer ses doigts, se gratta distraitement la narine gauche et prit son souffle :

— Voilà, on a sur le dos huit homicides non résolus, et on pense qu'il s'agit du même criminel. Le *modus operandi* est resté jusqu'à présent inchangé : le type s'introduit chez les gens, les tue au moyen d'un laser de poche. Puis il leur arrache le cœur avec un outil tranchant, se livre à des morsures, on ne sait pas s'il le mange ou s'il l'emporte. Dans la poitrine, il dépose quelque chose qu'il fait brûler, on pense à des photos. Il laisse aussi des objets auprès des victimes, le plus souvent sur le corps même. Des machins assez anciens, mais quelconques, pas assez de valeur pour intéresser les antiquaires, on a vérifié. Peut-être faudrait-il voir du côté des puces, des brocanteurs… Dans l'ordre, on a, si mes souvenirs sont exacts : un ours en peluche posé entre les jambes écartées de la première victime, une femme ; une carte postale de Tunis, adressée à des gens appelés Germain, on ignore qui c'est ; un livre de cuisine ; une vieille montre à aiguilles ; une chaussure en cuir véritable ; une balle de tennis ; un ticket de cinéma. Avec ça, on est bien avancés… Ah, autre chose : toutes les personnes retrouvées ont été défigurées au moyen d'un instrument contondant. Brönner ?

Un homme d'une cinquantaine d'années, portant d'épaisses lunettes, prit la parole :

— L'analyse des cendres au microscope électronique à balayage a révélé qu'il s'agit de papier imbibé de substances chimiques, nous sommes en train d'en faire l'inventaire. D'ores et déjà, on peut dire qu'il y a d'importantes quantités de sels d'argent, et très probablement ce seraient des photographies.

— Couleur ?

— Cela demandera du temps. Nous avons détecté des traces de chlore et de brome qui semblent induire des procédés simples de type noir et blanc. Mais l'I.R.F.T. a décelé aussi des résidus organiques qui indiquent probablement de la couleur. Il va falloir faire plusieurs essais comparatifs. En ce qui concerne les messages sur les photos, le toluène donne des résultats encourageants, je pense que nous sommes en bonne voie pour dénicher quelque chose. Mais ce sont des bribes de mots pour l'instant.

— Essayez de ne pas y passer des mois.

— Les traces relevées sur le front et les organes génitaux sont de la stéarine, et elles proviennent de bougies, il doit les faire brûler sur le corps. On n'a trouvé aucune empreinte, pas de trace de lutte, ce qui prouve qu'il sait agir par surprise et prendre des précautions. Il doit mettre des gants en latex. Peu de traces d'effraction : il préfère ruser. Mais cela n'a pas été toujours le cas. Il utilisait au début les méthodes classiques du cambrioleur : rossignol, pied-de-biche, vrille, ciseau à froid et diamant de vitrier, mais ce n'est pas un pro, il a esquinté pas mal de choses au passage. En ce qui concerne les objets qu'il dépose, je vous invite à lire mon rapport pour plus de détails. Dans l'ensemble, il y a principalement des traces de moisissure. Ces trucs ont dû traîner dans un endroit humide. On a réussi à récupérer de vieilles empreintes au cyanocrylate de méthyle, tout un paquet, mais je serais étonné qu'elles appartiennent à notre client. En conclusion, on a affaire à quelqu'un qui s'entoure d'un luxe de précautions.

— À vous, Margaillan.

L'homme, grand et énergique, s'éclaircit la gorge avant de déclarer d'une voix claire :

— Je confirme pour la bougie : il y a des marques de brûlures qui sont totalement différentes de celles occasionnées par le laser.

— Car c'est bien un laser, docteur ?

— Aucun doute là-dessus. Le type tue toujours de la même manière, et petit à petit il gagne en précision. Les autopsies ont montré que le tir de laser est de moins en moins hésitant, de même que les morsures. La première était un vrai carnage, la plus récente est quasiment chirurgicale. Les morsures ont lieu *post mortem*, ainsi que le broyage du visage.

— Avec quoi fait-il ça ?

Margaillan se tourna vers l'homme qui avait posé la question :

— Je pense à une sorte de gros sécateur pour couper les côtes. Et pour détruire les traits de ses victimes, un maillet à viande, comme ceux qu'on trouve dans les cuisines. D'habitude, on l'emploie pour rendre les tissus plus tendres. Mais lui, il frappe jusqu'à ce que les reliefs tégumentaires soient réduits en bouillie.

— Un sadique ?

— Je n'en sais rien, monsieur. Mais il martèle après avoir tué : si c'était le contraire, on aurait un début d'organisation d'hématomes au niveau des lésions faciales. La salive et le sperme recueillis sur les blessures nous ont permis d'établir que notre client est du groupe sanguin O, ce qui ne nous avance guère. On essaie d'établir le code génétique, mais ce sera long, vous vous en doutez.

— Rien de particulier ?

— Pas d'azoospermie, quantités normales, aucune anomalie. Le cheveu retrouvé auprès de la troisième victime est blond et n'a fait l'objet d'aucune décoloration. Mais rien ne prouve qu'il appartient à l'assassin, il est tombé tout seul. Il ne contient pas de poussières caractéristiques.

— Est-ce qu'il se branle au-dessus des macchabées, doc ?

— Non, car il n'y a pas de trace de sperme à l'endroit où la poitrine est ouverte. Il décharge avant de mordre. Ou peut-être en mordant. Ce ne serait pas la première fois qu'on verrait un type jouir en tuant. En tout cas, ce n'est pas pendant qu'il fait brûler le papier dans la poitrine, sinon on en aurait trouvé dessus. Mais je ne sais pas s'il mord avant d'utiliser son maillet, ou après.

— Y a-t-il quoi que ce soit d'anormal en ce qui concerne les victimes ?

— Rien de spécial. Elles n'ont pas été violées en tout cas.

— Et au niveau des analyses biochimiques ?

— On n'a trouvé ni toxiques, ni stupéfiants, ni rien de louche. Pour ce qui concerne M. Campoa, il est mort d'un coup de laser comme les autres, mais le meurtrier n'y a pas touché. Il voulait la femme.

— Je me demande bien pourquoi…

— Je ne sais pas. Voyez avec les psychos.

— O.K., doc, merci. Je passe au rapport psycho maintenant.

Brugier, souffrant ce jour-là, avait envoyé un fax à la Criminelle. Griffier en donna lecture :

— « Le sujet est jeune et intelligent. Il est très calculateur, mais incapable de résister à une pulsion, il diffère seulement ses passages à l'acte. Il aime jouer et nous a lancé un défi : les objets qu'il nous jette en pâture recèlent peut-être la clé de l'énigme. Leur banalité les rend à la fois intéressants et difficiles à analyser. En effet, ils sont aptes à polariser de nombreux fantasmes, et de ce fait peuvent contenir une polysémie plutôt encombrante. Néanmoins on remarquera qu'ils ont tous à voir avec les loisirs ou le jeu, et d'une manière générale avec l'aisance. À mon avis il est fort probable qu'ils trouvent également une signification sacrée dans le délire de notre homme, car de toute évidence, on a affaire à un mystique pour qui le meurtre a un caractère initiatique. Une chose est absolument certaine : ces objets n'ont pas été déposés par hasard, tout est trop méticuleusement organisé. Chacun d'entre eux revêt une importance symbolique, qu'il m'appartient de percer à jour. Ce sont tous de vieux objets, nous avons peut-être affaire à un collectionneur ou à un nostalgique du passé. Notre homme a aussi le sens de l'humour (cf. le jeu de mots sur le nom de la nº 3, Geneviève Devaulx/tête de veau aux olives), ce qui prouve au minimum qu'il connaît le nom de ses victimes. Pour ma part, je pense qu'il a tout préparé à l'avance, comme une bonne farce, ce qui accentue mon impression d'infantilisme.

» Chez les Campoa, il est venu pour la femme et a pratiqué son rituel sur elle. L'homme ne l'intéressait pas. On peut en déduire qu'il choisit ses victimes à l'avance et se tient à ce qu'il a décidé. Le fait qu'il tue aussi bien des hommes que des femmes ne nous permet pas de déterminer son orientation sexuelle, mais les meurtres ont indéniablement des connotations sexuelles, comme en témoigne la bougie rouge, couleur de la passion.

» Les proies habitent toutes en surface, dans le vieux centre, endroit réputé chic. Peut-être l'assassin se venge-t-il d'une condition sociale inférieure ? Hypothèse séduisante *a priori*, car elle irait dans le sens de ma remarque sur la nature des objets.

» C'est un introverti, qui médite longuement ses actions. Mais son sens du jeu peut l'amener à prendre des risques inconsidérés.

» Le fait que les visages soient détruits signifie le plus souvent que l'assassin connaît la victime. Mais puisque nous n'avons pu établir aucun lien, je pense qu'il s'agirait plutôt d'un désir d'oblitérer, de nier l'existence des individus, les réduire à l'état de simples cadavres anonymes. Une sorte de tentative assez naïve de retrouver les origines, l'archétype de la créature de Dieu telle qu'elle sort du moule de la création. »

Le mot « naïve » fit grimacer Griffier.

— « L'arrachage du cœur peut prendre un sens rituel, une sorte de passage à un autre monde, une parodie de sacrifice. Je pense qu'on devrait consulter un ethnologue. Peut-être s'agit-il d'un passionné d'histoire précolombienne. Le cœur représente aussi l'âme, c'est une piste à suivre également. Le fait qu'il fasse brûler du papier à la place du cœur renforce cette idée. Il peut s'agir aussi d'un rite de purification. Les substances chimiques nous diront de quoi il retourne, mais on peut penser à du papier d'Arménie par exemple, qu'on emploie comme de l'encens. À moins que ce ne soit un hallucinogène, ce qui nous ramène à un contexte rituel de toute façon. J'ai une hypothèse personnelle assez séduisante : et si notre homme souffrait du cœur ? Il tuerait pour ingérer le cœur et assimiler les forces vitales, et détruirait le visage pour nier l'identité de sa victime. Le cannibalisme était autrefois assez répandu dans de nombreuses peuplades primitives, et très souvent on mangeait les anciens ou les ennemis pour s'attribuer leurs qualités physiques ou spirituelles. Quoi que l'on trouve par la suite, il y a gros à parier que ça se passe de ce côté-là. »

Si on trouve quelque chose, songea Griffier. Il recommençait à s'agiter sur son siège et, du bout de l'ongle, à gratter sa narine gauche. Il avait soif et sérieusement envie d'abréger.

— « Le meurtre en lui-même ne motive pas notre assassin. C'est juste un moyen de disposer d'un corps pour son rituel. Il tue rapidement, proprement, comme on se débarrasse d'une corvée. Ensuite, il prend le temps de disposer les chairs à sa convenance... » Bon, ça suffira comme ça, j'en ai assez dit. Je vous fais grâce du reste, ce Brugier est un bavard. Il faudra revenir dessus, mais j'aimerais savoir ce qu'on a au niveau des enquêtes de terrain. Canavese, à vous.

Canavese déclara posément :

— On a éliminé les quarante-cinq types qui se sont dénoncés : aucun ne connaissait l'existence des objets, qu'on a tenue secrète. La plupart avaient des casiers vierges de toute façon. On a vérifié les alibis des R.C. et des parents : ils peuvent tous justifier de ce qu'ils faisaient à ce moment-là. On a interrogé le voisinage : personne n'a rien vu, on n'a rien qui résiste à un examen approfondi. Ah, un coup de fil anonyme nous a signalé un individu à l'air louche avec une valise sur le lieu d'un des crimes. Au niveau des services publics, vidphone, gaz ou autres, il a été confirmé qu'aucune camionnette ne patrouillait dans le secteur à ces dates-là.

— Il pourrait effectivement se balader avec une valise. Il ne faut pas beaucoup d'attirail pour faire ce qu'il fait. Est-ce qu'on a pu établir si oui ou non il y a eu vol ?

— Non, ni crédicartes, ni argent, rien.

— Avez-vous une piste pour les gens de la carte postale ?

— Pas pour le moment. On a envoyé un A.R.T.U., mais le bloc où ils habitaient a été racheté par une autre société immobilière et on a perdu leur trace.

— Très bien, alors voilà ce que je décide : on va mettre le paquet sur les milieux des sectes, des gourous et autres barjos. Je veux qu'on me travaille tous les adeptes, et même les sympathisants. Vérifiez les alibis, les casiers, effectuez les recoupements avec les interpellations de maniaques sexuels. Étudiez-moi de près les plaintes pour agressions sexuelles de l'année en cours. Vous allez également éplucher toutes les agressions par morsure. Je demande aux Mœurs de collaborer avec nous pour enquête auprès des prostituées : si elles ont des michés qui aiment mordre, ou qui ont fait référence au cannibalisme, ou à l'usage de maillets à viande. Brönner, ces outils de cambrioleur, comment sont-ils ?

— Dans mon rapport, j'ai dit… Ils étaient neufs lors des premières agressions : on a retrouvé des traces de peinture sur les chambranles des portes de Salvetti, Cohen et Devaulx.

Griffier lui jeta un coup d'œil glacial.

— Bien, parfait. Qu'on recense les achats d'outils dans tous les magasins de bricolage ou les grandes surfaces pour les mois qui précèdent. On a peut-être une chance qu'il ait tout pris en même temps. Voyez aussi avec le milieu. Il n'a pas acheté ses outils au hasard, mais il ne sait pas très bien non plus s'en servir : on lui a seulement expliqué de quoi il avait besoin. Interrogez-moi tous les types en liberté conditionnelle pour voir s'ils n'auraient pas renseigné quelqu'un. Où en est-on avec l'informatique ?

Bosquet s'avança dans la lumière :

— L'ordinateur n'a tiré aucun profil précis à partir des caractéristiques socioprofessionnelles, culturelles ou ethniques des victimes, pas plus que l'âge, compris entre 25 et 53 ans, ni le sexe. Il s'agit de gens relativement aisés, assez en tout cas pour avoir fait le choix de vivre en surface, et…

— Justement, Bosquet. Vous devriez trouver quelque chose avec ça. Il faut essayer d'établir les liens logiques entre les différents homicides et traquer l'info qui nous a échappé. Une question que je me pose : comment l'assassin recrute-t-il ses victimes ? Est-ce qu'il les suit dans la rue ? Se renseigne-t-il à l'avance ? Et pourquoi toujours en surface ? A-t-il un compte à régler avec la bourgeoisie ? Le meurtrier attaque le soir et tue les gens chez eux, d'où la plaisanterie « Homicide Express » qui le compare aux livreurs de pizzas à domicile. Pour l'instant on peut ne pas surveiller les niveaux inférieurs, mais cela n'implique pas que l'assassin habite en surface. Les secteurs visés se limitent jusqu'à présent au centre. Mais c'est déjà énorme.

— En tout cas les fiches signalétiques des victimes sont ressorties : pour nous, il s'agit de hasard pur. La liste des objets est traitée alphanumériquement, mais à l'heure actuelle, rien. On essaie divers moyens de recoupement, mais à ce jour nous n'avons pas encore de réponse satisfaisante en ce qui concerne les anagrammes possibles à partir des noms d'objets. On continue de chercher.

— Vous n'avez rien tiré de positif de tout ça ?

— Ne vous impatientez pas, nous finirons…

— Quand ? Vous ne pourriez pas activer un peu ?

— Ces calculs sont très longs, et…

— Et vous avez une machine qui a coûté trois cents millions de crédits, alors au travail. Messieurs, je compte sur vous pour obtenir des résultats à court terme. On a plein d'autres affaires à traiter, comme ce psychiatre et son client lasérisés, la prostituée battue à mort au quatorzième niveau et le clochard brûlé vif la semaine dernière. Ne traînez pas, compris ? Vous allez m'essorer cette ville comme une serpillière et en récolter jusqu'à la dernière goutte de jus.

— Monsieur, est-ce qu'on donne de nouvelles consignes de sécurité pour la population ?

— Pas la peine. Vous avez vu le climat qui règne depuis quelque temps ? Je vous assure qu'il vaut mieux ne pas en rajouter. Ça ne ferait qu'accentuer le sentiment de panique. Les gens se mettraient à flinguer tout ce qui bouge : les clodos, les poivrots qui traînent dehors un peu tard... Jusqu'à présent on a la chance qu'il n'y ait pas eu de dérapages. Il faut que ça continue.

Et il recommença à se gratter. Les meurtres, eux, allaient continuer. Et tout le monde le savait.

Le désert. Depuis des jours, Lançon traîne ses pieds fatigués au bord de la piste poussiéreuse. Il a coulé une bielle sur son camion, et maintenant il marche, bombardé de soleil, ivre de chaleur comme un papillon sous une ampoule électrique. Des jours sans boire.

Il s'arrête un instant pour reprendre son souffle. La tentation est trop forte, il s'assoit par terre.

Ses doigts se crispent sur le sable sec. Il lève les yeux vers le ciel, mais ne parvient pas à les garder ouverts. L'éclatante lueur l'aveugle. Il a perdu sa gourde depuis longtemps. Déjà, il la faisait durer en recrachant à moitié chaque fois qu'il trempait les lèvres. Les derniers temps, c'était devenu une sorte de bave épaisse qu'il s'était forcé à finir.

Un serpent. Lançon ne l'a pas entendu arriver. Brusquement, le danger est là, alors que rien ne le laissait présager.

Lançon voudrait bouger, fuir, mais ses membres endoloris ne réagissent plus.

La bête s'approche lentement. Mince et longue, recouverte d'écailles jaunâtres, voilées, usées. Elle plante ses petits yeux dans ceux de l'homme.

Ce regard a quelque chose de physiquement dégoûtant. Immobile, captivant, il luit d'un éclat froid, celui du prédateur en face de sa proie. Un mélange de détermination et d'indifférence. Les yeux semblent immenses, on dirait qu'ils grossissent de seconde en seconde. Lançon ne peut plus bouger. Il tremble.

Le reptile s'approche encore et, tout en le fixant de ses grands yeux dorés, s'installe à présent sur sa jambe. Lançon frémit sous ce contact répugnant. Le serpent se glisse par la cheville à l'intérieur du pantalon.

Lançon finit par réagir. Il bondit sur ses pieds et frappe du plat de la main sur le serpent. Trop tard. L'habitant du désert vient de le mordre dans la cuisse, et…

Lançon se réveilla en sursaut : la porte d'entrée s'ouvrait.

Il tendit la main hors du lit pour attraper ses vêtements. À côté, des pas résonnaient dans le vestibule. Une lumière s'alluma, dessinant une raie orange sous la porte. Profitant de la faible lueur, il enfila un jean, prit son laser et se dirigea vers la porte. Des pas venaient droit sur lui. Il n'eut pas le temps de réagir. La lumière l'inonda.

— Qu'est-ce que vous foutez ici, Lançon ?

— Ah, c'est vous ? Putain, vous m'avez fichu une de ces trouilles.

Lançon rangea le laser et se laissa tomber sur le lit. Ce crétin de Leuris ! Depuis le temps qu'ils habitaient ensemble, ils avaient dû se parler six fois au maximum. Aucun courant de sympathie n'était né de ces rencontres occasionnelles et gênées. De plus, une des règles essentielles de la multilocation était de s'éviter le plus possible.

— Il est huit heures du matin. Vous n'avez plus le droit d'être ici.

— Je sais, mais hier soir je me suis couché tard et…

— C'est la troisième fois que ça se produit. Je signalerai ça au syndic, Lançon. Après huit heures, ce studio est à moi.

— Écoutez, je vous dis que…

— Sortez. Et enlevez vos affaires du milieu. Je ne sais pas ce que vous foutez, mais moi je travaille. Je fais la nuit, et j'ai mérité mon repos !

Lançon tira nerveusement les draps moites et les jeta dans le lave-linge. Il détacha du mur ses photos personnelles. Sur l'une d'elles, un visage de femme souriait, séduisant. Une fois de plus, il ne résista pas à l'envie de retourner l'image. Au dos, une fine écriture avait tracé : *Je m'en vais. Ne m'en veux pas, essaie d'oublier.*

Lançon se pencha vers la double table de nuit. La porte de gauche portait son nom en lettres adhésives. Il ouvrit et enferma religieusement ses objets personnels. Puis il prit ses vêtements et s'habilla dans le couloir. Simon Leuris le toisait avec mépris.

C'était un grand type maigre, aux gestes lents et calculés. Les cheveux rares, le teint jaunâtre, il pointait ses yeux sur Lançon : deux fentes profondément enfoncées sous des arcades proéminentes, qui se posaient sur tout avec une fixité déplaisante. Ses pupilles, dilatées par la colère, décochaient dans celles de Lançon des dards acérés. Lançon avait essayé plus d'une fois de soutenir ce regard : il n'y était jamais parvenu.

Quelle idée de prendre une multiloc, se dit-il avec amertume. Tout ça parce que c'est moins cher. En fait, on est sans arrêt dans les histoires. On ne peut rien laisser à soi, jamais un objet personnel. Si ma brosse à dents n'est pas à sa place, le lendemain je trouve un mot. Si j'oublie de vider les cendriers, ce connard me menace de faire un rapport, alors que c'est lui qui fume. Un de ces quatre je vais lui casser la gueule.

Les doigts engourdis de sommeil, il attachait ses lacets. Il boutonna sa chemise tandis que l'autre le regardait avec animosité, en se déshabillant.

Cette façon de louer les appartements, se disait Lançon, en voilà une idée de pourri. Ça multiplie le loyer et la caution par deux, sous le prétexte de la crise du logement. On apparie les hommes seuls qui ont des horaires différents, et le tour est joué. Vraiment, qu'est-ce qu'on n'inventerait pas pour gagner plus de fric.

Leuris traversa le couloir sur ses jambes maigres et pâles, couvertes de poils blanchâtres, sans doute décolorés à l'eau oxygénée.

— C'est bientôt fini, Lançon ? Depuis dix minutes, vous êtes chez moi. Vous êtes vraiment désinvolte. Ah, je voulais vous dire : le règlement stipule qu'il est interdit d'utiliser du matériel électrique à fort ampérage ici. Or, je vous signale que j'ai trouvé un appareil qui…

— Dans le placard de l'entrée ? C'est un poste à soudure, mais je…

— Merci, je sais de quoi il s'agit.

— Je ne m'en sers pas, je l'ai mis ici pour…

— Je tenais à vous le dire. En cas de malfonction du système d'alimentation électrique, je vous tiendrai pour responsable.

— Évidemment.

— Sans compter l'encombrement. Je vous signale que ce placard m'appartient pour moitié et que votre équipement prend toute la place.

— Ils sont minuscules, ces putains de rangements.

— Vous n'êtes pas soigneux, Lançon. Il y a toujours des affaires à vous qui traînent ici. Des chaussettes, des bouquins, votre montre. Vous ne savez pas ce qu'est la discrétion.

— Je vis ici, moi aussi.

— Possible, mais ce n'est pas une raison. C'est comme pour les yaourts : vous vous trompez toujours. Hier encore…

— Eh bien, vous n'avez qu'à prendre un des miens.

— Je n'aime pas cette marque, ils n'ont aucun goût. Je vous ai déjà expliqué la différence : ceux-ci ont plus de matières grasses. Les vôtres sont maigres, et les arômes sont ratés. On n'a pas idée d'acheter des yaourts pareils. Et puis je vous rappelle pour la millième fois que les deux étagères d'en haut sont à moi.

— Ça va, Leuris, on ne va pas en faire un plat.

— Il est bientôt huit heures et quart. Sortez de chez moi.

— Bon, je m'en vais. Mais attention : à partir de vingt heures, l'appartement est de nouveau à moi. Si je vous y trouve, je vous flanque dehors à coups de pieds au cul.

Leuris se tenait nu dans l'entrée. Il attendait, immobile. Lançon claqua la porte.

Il marcha jusqu'à l'ascenseur. Il ne se sentait pas bien. Pas à cause de l'incident, mais parce que Leuris le mettait physiquement mal à l'aise.

En quittant le minuscule couloir, Lançon avait remarqué quelque chose. Rien d'important. C'était juste une sorte de tache sur le ventre de Leuris. Bien sûr, la dope avalée la veille ainsi que les poils jaunes et le faible éclairage avaient pu créer cette impression.

Mais jusqu'à preuve du contraire, cela ressemblait à… des écailles.

Le sixième niveau. Centres commerciaux, restaurants, galeries marchandes, bureaux et services en tout genre. Une aération correcte, un éclairage étudié pour convenir aux besoins de l'œil humain. Une ambiance globale assez voisine de la surface, mais on vivait sans ciel, ce qui était somme toute un avantage, vu l'acidité des pluies. Implanté entre les sixième, septième et huitième niveaux, le centre commercial Satori, tentaculaire labyrinthe de néons et d'artifices. La gare routière, immense dôme de béton sous lequel se croisaient des milliers de véhicules. Et, bien sûr, les innombrables rampes d'accès aux autres niveaux.

La circulation était assez fluide sur la voie express descendante. Canavese n'eut pas à utiliser la sirène. Il se gara tant bien que mal à quelques blocs du modeste hôtel et se rendit à pied jusqu'à l'appartement de Dominique Combes.

Brönner en personne était là, en train de passer les lieux au détecteur d'empreintes. Il y avait aussi Margaillan, qui prenait des photos du corps avec l'aide d'un assistant, et deux policiers en uniforme accompagnés de l'inspecteur divisionnaire Savelli. Canavese fit la grimace. Entre lui et Savelli, ce n'était pas précisément le grand amour. Une vieille histoire qui datait de sa nomination au grade d'inspecteur-chef. Il lui serra la main, accepta une cigarette par pur automatisme et, avant même qu'il eût rangé son briquet, dut subir le bavardage de son collègue :

— Un de plus, hein. On croyait qu'il s'était mis en vacances.

— Tu parles. Une petite trêve, c'est tout. Et en plus, quand il s'y remet, il innove.

— Comment ça ?

— Jusqu'à présent il tapait en surface. Maintenant, il plonge jusqu'à moins six.

— C'est vrai.

Canavese se tourna ostensiblement vers le médecin légiste et l'aborda comme s'il était arrivé le premier sur les lieux :

— Bonjour, docteur. Toujours le même scénario ?

— Identique. La victime devait être ivre au moment du décès, mais sinon, pas d'empreintes sur le corps, pas de procédés inhabituels. Vous voyez, cette fois-ci, il lui a laissé cette bouée autour de la taille.

Un canard bleu et jaune, aux couleurs passées.

— Était-elle déjà dégonflée quand vous êtes arrivés ?

— Demandez à Brönner, il était là avant moi.

— Bien. Cherchez quelque chose qui changerait un peu. Dès que vous trouvez un détail, le plus léger soit-il, vous me prévenez.

Brönner, assis sur une chaise recouverte d'une housse en plastique, s'employait à ouvrir une bière en boîte. Puis il en proposa aux autres et, voyant que le liquide tiédasse n'avait aucun succès, se mit à boire seul. Canavese alla droit au but :

— Gonflée ou pas ?

— Aplatie. Elle a un trou à l'arrière, ancien. Elle a vécu. Pas d'empreintes de lèvres sur la valve. Il a tout essuyé. Mais il restait un peu de gaz carbonique dedans. Il a dû souffler à l'intérieur il y a quelques heures.

— Effraction ?

— Non. Il a dû rentrer tout simplement derrière le type.

— Lutte ?

— Pas impossible. Mais l'autre a pu tomber tout seul. Regardez la bouteille de vin, là : elle est juste dans l'axe. L'armoire est dans un tel état, il n'en fallait pas plus.

— C'est drôle, on dirait qu'il a fait exprès de le laisser dedans. Quand le coup de laser a-t-il été tiré ?

— Le gus était déjà tombé : le rayon est ressorti et a perforé le bas de la caisse.

— Donc il était coincé là-dedans, notre client arrive et le descend. Mais pourquoi est-ce qu'une fois déshabillé, il le laisse dans sa boîte au lieu de l'installer à plat comme les autres ?

— Je l'ignore.

— D'autres détails bizarres ?

— Le laser a été utilisé deux fois. Le deuxième impact est ici.

Il désigna un trou dans le mur, entouré d'un cercle à la craie.

— Treize de profondeur et quatre de large. Réglage au maximum. Tout ça pour tirer sur un simulacre !

— De quoi parlez-vous ?

— Un perroquet homéostatique. Tenez, j'ai rassemblé les morceaux.

Dans un sac en plastique flottaient les restes épars du leurre : composants électroniques, rouages et plumes artificielles.

— Il a tiré intentionnellement dessus, vu l'angle.

— Ça en a tout l'air.

— Et ce n'est pas tout : vous avez vu la panique ici ?

— J'ai vu, oui. Il a pris quelque chose ?

— On va essayer d'établir ça. En tout cas, il a tout fouillé. Même dans la salle de bains.

Canavese jeta un coup d'œil dans les différentes pièces et en revint convaincu que l'assassin s'était livré à une fouille systématique. Il s'assit sur la table de la cuisine, sortit son terminal Police Data et, après avoir tapé son code personnel, énonça calmement, à voix basse, comme pour lui-même :

« 1) L'assassin laisse sa victime à l'endroit où elle est tombée.

» 2) Il tire sur un simulacre d'oiseau.

» 3) Il fouille l'appartement et emporte peut-être quelque chose. Ce comportement nouveau, en particulier, m'amène à différentes hypothèses : soit l'assassin se lasse lui-même de son *modus operandi* et y introduit volontairement des variations, comme par exemple la recherche d'objets de valeur ; soit il a été pris d'une rage destructrice plus grande qu'à l'accoutumée, et a tout saccagé, même son invariable rituel ; soit il connaissait la victime, donc il peut aussi bien avoir connu les autres, et pour l'instant on n'a rien trouvé sur ce point-là ; soit on a affaire à un imitateur, ce qui expliquerait les différences, et je n'ose pas imaginer ce qui pourrait se produire si c'était vrai. »

Puis il glissa le micro-ordinateur dans son blouson. Tous les inspecteurs en avaient un. Ces petits engins, extrêmement performants, possédaient un système vidéo multimédia. Les données visuelles et sonores recueillies sur le terrain étaient ainsi numérisées à chaud. Le Police Data servait souvent de mouchard, et nombreux étaient les services, Mœurs, Stupéfiants et autres, qui avaient inculpé des suspects grâce à cet équipement. Une fois l'information collectée, un simple branchement sur le réseau téléphonique, ou un couplage à un émetteur d'ondes courtes, permettait le transfert en ligne directe dans les mémoires du Cray V, le gigantesque cerveau artificiel du P.C. de Marseille-centre. Inversement, tout possesseur d'un Police Data pouvait consulter les fichiers du Cray et effectuer des recherches.

Canavese revint dans la salle de séjour. Entre-temps, Margaillan était parti et avait fait emporter le corps. L'inspecteur prit son imperméable et, une fois sur le seuil de l'appartement, souhaita joyeux Noël à tous avant de descendre l'escalier aux marches incertaines, sous l'œil grand ouvert de la bouée-canard.

III

Lançon posa son pouce sur la plaque d'identification. La porte du garage s'ouvrit en claironnant : « Joyeux Noël, monsieur Lançon ! Nous sommes le vendredi 24 décembre 2032, il est sept heures vingt-cinq et la température moyenne en surface est de dix-huit degrés ! » Ça sent le renfermé, pensa-t-il tandis que les néons s'allumaient et que la porte grinçait derrière lui. Et c'est toujours aussi bordélique.

Normalement, il y avait la place pour deux véhicules. Mais Leuris arrivait tout juste à garer le sien. Heureusement, Lançon n'en possédait pas.

Le garage était rempli d'objets de toutes sortes, jusqu'au plafond. Un désordre anomique, pathologique. Les toiles d'araignées masquaient la plupart des angles et reliaient les tas par leurs fibres grises. Leuris avait tendance à garder tout ce qu'il trouvait, sous prétexte que ça pouvait servir.

« Je me demande comment cet abruti fait pour rentrer la bagnole sans tout renverser. Et pour ouvrir sa portière. Ça tient du prodige. »

Quotidiennement, Lançon montait au local pour bricoler. L'appartement, au quinzième sous-sol, n'était qu'à une minute d'ascenseur. Situé seulement à douze niveaux sous la surface, le cube bétonné bénéficiait d'un bon raccordement aux voies de circulation. En d'autres circonstances, le garage aurait pu être pratique.

Lançon enjamba un carton rempli de boîtes d'œufs, tenta d'approcher de l'établi, dont on distinguait vaguement la forme trapue sous l'accumulation d'objets. Pour l'instant, la voiture de Leuris n'encombrait pas encore le box. Lançon allait en profiter pour s'occuper de son mentalographe.

Depuis des années il essayait de perfectionner son appareil. Il était déjà parvenu à en simplifier l'utilisation : il suffisait de se coiffer du mini-casque — il l'avait récupéré sur un vieil équipement neuro — et on créait des images sur l'écran vidéo. Mais les résultats n'étaient guère encourageants. Les formes étaient floues, les couleurs criardes, et Lançon ignorait si les défauts venaient du système ou de lui. Sans doute un long apprentissage était-il nécessaire pour obtenir mieux. Mais déjà il abordait l'abstraction et ne perdait pas espoir de créer un jour quelque chose de correct. Le tirage sur papier s'effectuait avec une vieille photocopieuse couleurs. Lançon gardait toujours une trace de ses œuvres.

La carcasse de l'appareil devait se trouver quelque part sur le plan de travail. Il fouilla parmi les vêtements, outils, cartons. Les toiles d'araignées se déchiraient avec des bruits de soie. Il entreprit de poser par terre tout ce qui encombrait.

Une douzaine de pots de peinture, cabossés et rouillés. Il les secoua. Dedans, c'était probablement sec. Un aspirateur. Le manche avait disparu, les brosses traînaient quelque part. Si Leuris n'était pas si pénible, se dit-il, je récupérerais le moteur. Des boîtes pleines de boulons rouillés. Une pantoufle à carreaux. Un seau rempli d'huile noire. Des piles de revues. Des chiffons graisseux. Non, le mentalographe ne se trouvait pas ici.

Une armoire ventrue en plastique jaune s'effondrait sur elle-même. Une valise en carton bouilli était posée au sommet. Peut-être là-dedans, ou là-haut ? Il s'approcha du meuble en plastique et descendit la fermeture éclair.

Les entrailles de l'armoire se répandirent sur lui. Un flot grouillant de balles de tennis, chaussures en cuir, éponges sèches, cartables déchirés. Déséquilibrée, la valise dégringola sur Lançon, l'assommant presque. Le couvercle s'ouvrit et des centaines de papiers s'éparpillèrent. Formulaires jaunis, imprimés administratifs, factures, publicités et autres vieilleries d'un autre âge. Que pouvait fiche Leuris de tout ce merdier ?

Des milliers de particules âcres flottaient maintenant dans l'air renfermé. Un dépliant s'était ouvert, et dans le silence poussiéreux du garage une voix suraiguë se mit à glapir : « Félicitations, monsieur Leuris ! Vous venez de gagner à la loterie des chanceux ! Ouvrez vite cette enveloppe offerte par les sous-vêtements Skinner, pour vérifier si votre numéro secret correspond bien à… » Lançon écrasa la carte d'un coup de talon, et la voix disparut dans un couinement étranglé. C'est toujours comme ça ici, pensait-il. Bien, il faut procéder par élimination.

Il ouvrit une malle : des rouleaux de papier peint, moisis et tachés. Au milieu, un rat, mort depuis longtemps. Lançon laissa le couvercle pesant se refermer sur cette vision désagréable.

Dans un carton il trouva des feutres secs et inutilisables, une poire à lavement, des gamelles en fer bosselées, une palme de plongée, une boîte de papiers tue-mouches.

Un autre carton. Dedans, des craies, des emballages vides de médicaments, des cartes postales aux couleurs passées. Des piles de journaux en papier.

Dans un coin, un objet carré surmonté d'une large forme évasée aux dimensions incongrues. De quoi pouvait-il bien s'agir ? Un plateau était posé au centre, de forme ronde, décoré d'une antique rosace. Lançon le fit tourner du bout du doigt. La poussière ramassée à cet endroit était presque jaune. Combien de siècles a cet engin ? se demanda-t-il. Il sentait physiquement la chape de vieillesse qui pesait sur l'objet. Il en eut le vertige.

Comme chaque fois qu'il venait ici, Lançon fut pris d'un désespoir immense. Il eut envie de s'asseoir par terre, de poser sa tête sur la rosace poudreuse et de pleurer. L'oppressant silence lui serrait la gorge.

Rien ne bougerait jamais dans ce garage. L'entropie qui paralysait cet endroit semblait un écho de la dégradation universelle.

C'était une excellente métaphore de l'existence : chacun venait ici, arrangeait les choses à sa convenance, comme s'il pouvait en jouir éternellement. Mais un autre venait à sa suite et balayait tout d'un geste. Une lutte aveugle et sans fin, jusqu'à ce que la mort apporte sa touche définitive au processus de nivellement. Parmi les traces qui subsisteraient, rien ne pourrait franchir les siècles. Tout retournerait en poussière.

Aucune poésie n'habitait ces rebuts, témoins silencieux de la lutte. Pas de lanterne magique, ni quoi que ce soit qui fasse oublier la guerre du désordre. Rien de ce qui traînait là n'offrait le moindre charme, la moindre valeur. Des milliers de mains anonymes avaient déjà tout pris. Il ne restait que les débris que Leuris entassait avec amour, comme s'il valait mieux les posséder que ne rien avoir. Comme s'il savait que cela n'exciterait aucune convoitise.

Ces saletés qu'aucun d'eux n'osait jeter, ne sachant à qui ils appartenaient, ces rogatons difformes et laids qu'ils repoussaient chaque fois dans le camp de l'autre, ils en reniaient la propriété, ils refusaient d'admettre qu'ils puissent avoir le moindre rapport avec eux.

S'ils avaient un jour fait le tri ensemble — mais bien sûr, c'était impensable — chaque découverte aurait été ponctuée d'un « c'est à vous, ça ? » prononcé du bout des lèvres, avec dégoût et incompréhension. Chaque chose était comme une trace de l'autre, une preuve de son existence, une illustration de son manque de goût, de ses manies idiotes. Un instantané sans complaisance, un gros plan des défauts qu'on cache mal et qui crèvent les yeux : avarice, banalité, manque d'imagination.

Comment accepter de vivre avec un homme qui — par-delà son apparence normale — soit capable d'aimer ça, d'acheter ça, de garder ça ? D'où l'envie de détruire l'objet coupable, en un geste libérateur et impulsif, de purger le monde de son existence.

Tant de laideur était insupportable. L'agressivité imprégnait les objets, elle avait pétri leur destin entre ses mains aveugles, maladroites : gantées de bois. Tout le garage hurlait la haine, le rejet ; il disait combien la vie commune, malgré les apparences, les règles, les convenances, était mesquine, hypocrite, lâche.

Le garage était un enjeu, un champ de bataille. Dans le secret de sa pénombre étouffante, des milliers de manœuvres tentaient de faire reculer l'espace vital de l'adversaire. Le déstabiliser, semer le doute en lui, créer la secrète angoisse de se voir dépossédé de son territoire. Perturber le sentiment du temps et de l'espace. Tel tableau disparu, telle photo introuvable, tel outil perdu, autant d'événements traumatiques, autant de batailles remportées dans la guerre du garage. Autant de coups au-dessous de la ceinture. Tout pouvait contribuer au but : faire vaciller l'assurance de l'autre, sa confiance dans son monde personnel.

Un grincement le fit sursauter. La porte s'ouvrait.

Leuris apparut, au volant de sa voiture, une Cramsey stricte, petite et noire. On dirait un cafard, songea Lançon. La porte souhaita une excellente journée à Leuris, qui claqua sa portière et se dirigea vers Lançon, les sourcils froncés.

— Alors, je vois que vous prenez l'habitude de m'accueillir tous les matins maintenant ?

— Où avez-vous mis mon mentalographe ?

— Votre quoi ? Menthe à l'eau ?

Visiblement satisfait de son humour matinal, il secouait son menton fuyant sur un rythme hypnotique. Lançon eut un regard de dégoût pour les poils jaunâtres qui s'agitaient devant lui.

— Écoutez, Leuris, j'ai besoin de cet appareil et vous allez me dire tout de suite…

— Savez-vous que légalement vous n'avez pas le droit de vous trouver ici, Lançon ? Je me suis renseigné : je peux réclamer un dédommagement. J'en ai parlé au syndic, ils envisagent de créer une clause de majoration du loyer pour les cas comme le vôtre.

Après huit heures du matin, vous n'êtes plus chez vous. Et il est huit heures cinq.

— Et alors ? Vous ne trouvez pas que vous en faites un peu trop ?

— Je suis sorti de mon travail depuis six heures ce matin. Que croyez-vous que j'aie fait ? J'ai dormi dans la voiture !

— Vous pouviez venir un peu en avance, ce n'était pas un crime.

— Mais je respecte le règlement, moi. Je me conduis en adulte !

— En accumulant les vieux cartons et les boîtes d'œufs ?

— Vous n'avez pas le sens de l'utile, Lançon. Les cartons servent quand on fait du rangement, ce qui ne doit pas vous arriver souvent. Quant aux boîtes d'œufs, elles… Et vos gadgets ridicules, vous croyez que c'est adulte ? Vos maboulographes, stupidophones et abrutimètres ? Je ne sais pas ce qui me retient de tout balancer aux ordures !

— Moi. Je vous en empêche.

— Quand cesserez-vous d'agir comme un gamin ? Trouvez un travail sérieux, comportez-vous en homme !

— Bon, j'en ai assez entendu. À la prochaine.

Il sortit. Derrière lui, Simon Leuris s'était agenouillé et triait les vieux papiers qui jonchaient le sol du garage.

— Alors, ce bouquin ?

Équipé des gants blancs réglementaires, l'employé ne leva pas la tête et répondit d'un ton distrait :

— Rien de particulier. Pas de mots soulignés, pas

de notes ni de chiffres, aucune page cornée ou arrachée. Usure normale et uniforme. Des empreintes en veux-tu en voilà, mais toutes très anciennes… Aucune poussière particulière, ni de microfibrilles. Je n'ai rien trouvé mais ça m'a filé une de ces faims… Dommage que les trois quarts des bestioles dont on parle là-dedans aient disparu. Ça avait l'air pas mal.

— Et la page 309 ?

— Non, rien. Du sang, c'est tout. Bon, c'est possible de me faire remplacer ? Je voudrais descendre à la cafétéria prendre mon déjeuner.

— Faites-moi un mémo rapide et allez-y. Et commandez-leur des sandwiches.

— À quoi ?

— N'importe. De toute façon, ils ont tous le même goût.

— Monsieur Mariani ?

L'homme entrebâilla la porte avec méfiance. Visiblement, on le tirait du sommeil : cheveux ébouriffés, regard flou, visage gonflé.

— Nous sommes de la police. Enquêteurs Gazin et Tissier. Nous avons quelques questions à vous poser.

À contrecœur, l'homme libéra la chaîne de sécurité.

— J'ai rien fait, qu'est-ce que vous voulez ?

— C'est en rapport avec d'anciens locataires du 47, bloc ouest. On peut entrer ?

La pénombre étouffante, combinée au fort taux de gaz carbonique, poussa les deux hommes à rechercher du regard, d'un mouvement instinctif et parfaitement inutile, le rectangle rassurant d'une pseudo-fenêtre. Peine perdue, l'occupant était trop faible économiquement pour posséder un tel gadget. Résignés, ils s'assirent sur un canapé aux formes approximatives et, quand Mariani eut fini de bâiller, Gazin entreprit sans trop y croire de collecter des informations.

— Voilà. Vous avez, je crois, été concierge au 47, bloc ouest ?

— J'ai fait ça, ouais.

— Pouvez-vous nous dire à quelle période ?

— Entre février .26 et août .28, pourquoi ?

— Vous rappelez-vous la famille Germain ?

— Couci-couça. Ils avaient un gamin qui apprenait le piano, ça a fait pas mal d'histoires à cause de ses putains de gammes, vous voyez le genre. Qu'est-ce qu'ils ont fait, ces gens ?

— Savez-vous ce qu'ils sont devenus ?

— Pas la moindre idée. J'me suis barré en .28 pass'que le syndic s'était cassé la gueule. Le 47 et presque tous les blocs du coin ont été rachetés par d'autres boîtes, et y m'ont pas gardé. Mais c'te famille-là n'y était déjà plus. En juin .26, qu'ils se sont tirés.

— Nous savons cela, l'ancien gérant du syndic nous a déjà renseignés. Mais il n'a pas pu nous dire où ces gens étaient partis.

— J'en sais rien. Les Germain, ils ont pas laissé d'adresse.

Mariani se leva, traîna ses savates jusqu'à la cuisine et revint avec une bière qu'il entreprit de siroter au goulot.

— Savez-vous s'ils avaient de la famille, des amis à Marseille ?

— J'pourrais pas vous dire, non.

— Ils avaient des ennuis, des raisons de partir ?

— J'sais pas. Vous savez ce que c'est, on trouve du boulot ailleurs, ou la belle-mère casse sa pipe, la vie quoi.

— Ils ont déménagé comme ça, du jour au lendemain ?

— J'crois qu'ils ont pris leur temps, tout d'même. Je sais qu'ils avaient donné un préavis. J'me rappelle ça pass'que le proprio s'était pointé et il avait fait visiter l'appartement une ou deux fois. Il en avait profité pour fixer un nouveau loyer.

— Les noms des clients ?

— Vous rigolez ou quoi ? Y a six ans qu'ont passé, depuis. Je n'sais plus du tout.

— Qu'ont-ils fait de leurs meubles ?

— Ma foi… un camion est venu tout embarquer, et adieu.

— Une entreprise de déménagements ?

— C'est ça, ouais. Ne me demandez pas laquelle, je… Attendez.

Une lueur d'espoir s'alluma dans le regard des deux enquêteurs.

— J'me souviens d'une chose quand même : c'est pas un mais deux camions qui se sont pointés. La mère Germain, elle avait pas voulu tout garder, à ce qu'on disait, et ils ont bazardé une partie de leur foutoir à un brocanteur ou quelque chose dans ce genre. C'est vrai qu'ils avaient accumulé pas mal de saloperies. Ils ont balancé aussi ce putain d'piano, ça m'revient maintenant, j'ai aidé à le porter, il était aussi lourd que les beignets qu'on vend sur la Canebière.

— Vous êtes certain que le piano a été revendu ?

— Ouais. Faut croire que leur môme était pas si doué que ça.

— Y a-t-il un détail concernant ces camions qui vous a frappé ?

— Est-ce que je sais… Je crois que le deuxième camion était jaune. Ou orange. Enfin, c'était peut-être les deux.

— Bien. Si vous voyez autre chose, appelez-nous au central. C'est très important.

— Et ils ont fait quoi, ces gens ?

— Merci de votre aide. Au revoir.

Brugier décida qu'il laisserait douze sonneries avant de renoncer. Cela lui paraissait un bon chiffre. À la septième, l'écran s'alluma et le visage de Griffier apparut.

— Ah, c'est vous. Qu'est-ce qu'il y a ? Du neuf ?

— Possible. Je viens de survoler le rapport de Brönner pour Combes, sur mon terminal, et je crois que je tiens une idée. Je n'ai lu que le début, et ça m'a sauté aux yeux.

— Allez-y.

— Notre homme pourrait bien être homosexuel.

— Tiens… Comment avez-vous réussi ce tour de passe-passe ?

— C'est à cause de la bougie rouge, vous savez ? Les deux bougies, une sur le front, une sur les organes génitaux.

— Et alors ? Je ne vois pas le rapport.

— Les écoulements de bougies sont plus importants sur le sexe, chez Combes.

— De beaucoup ?

— Pas mal.

— Et vous croyez que… Qu'en déduisez-vous ?

— On peut raisonnablement penser que la bougie a

brûlé plus longtemps. Et donc qu'il l'a allumée bien avant celle du front. J'ai vérifié avec les autres pesées effectuées par le labo sur les écoulements de stéarine : la quantité est toujours supérieure quand il s'agit d'hommes.

— Pour les femmes, la quantité est inférieure, c'est ça ?

— Ou à peu près égale. Pour moi, cela peut indiquer que ce type est attiré par le pénis des hommes. Ne nous emballons pas, il peut s'agir de quelque chose d'inconscient. Mais c'est une piste de plus.

— Comme vous dites, une de plus. Vous avez intégré ça dans l'unité centrale ?

— Je suis en train de rédiger un mémo au brouillon.

— Bien. Je sens que je vais envoyer mes enquêteurs faire un tour dans les bars à choutes. Au point où on en est.

— Bonsoir, commissaire.

— Alors c'est ça, ta piaule ?

— C'est là que je vis.

— Cher ?

— Non. Multiloc. Cent quatre-vingts par mois.

— Tu vis avec un autre mec ?

— Pas vraiment. On se croise.

La fille eut une moue de dédain et se traîna jusqu'au bar. Elle fouillait parmi les bouteilles.

— Tu serais pas un peu pédé, par hasard ?

— Pourquoi tu dis ça ?

— Comme ça. L'ambiance d'ici.

— Mon colocataire est chiant. Un maniaque du petit détail.

— Je vois. Il est pas flic, au moins ?

— Il bosse dans l'administration. Je prends des verres, trouve-nous quelque chose à boire.

Un mot de Leuris l'attendait dans la cuisine :

Une fois de plus, je constate que votre vaisselle traîne dans l'évier. Cela ne peut plus durer.

Il prit deux verres orange qui ne lui appartenaient pas. La fille les remplit et ils se mirent à boire. Ils se tenaient debout dans l'appartement sombre et silencieux. Lançon n'avait pas envie d'allumer la pseudo-fenêtre, ni le plafonnier. Dans la pénombre, l'endroit semblait moins quelconque. On distinguait mal les couleurs tape-à-l'œil du papier peint, les meubles kitsch en plastique sombre. La pièce était plus secrète, il pouvait imaginer autre chose. Les repères familiers laissaient place à l'improvisation, l'indéfini.

— Quel genre d'administration ?

— J'en sais rien. Qu'est-ce que ça peut te foutre ?

— Tu comptes changer ?

— J'ai pas encore obtenu l'autorisation. Ça doit passer devant plusieurs commissions.

La fille avait enlevé ses chaussures et jouait avec du bout du pied. Lançon la détailla.

Elle portait une robe fendue en satin noir et des bas dorés, qu'elle enleva lentement. Lançon regardait les jambes avec un mélange de désir et de pitié. Elles étaient maigres et pâles, d'une couleur blanche presque bleutée, comme si les veines étaient poreuses. Elle enleva la robe. Le corps osseux contrastait par son teint avec le fourreau noir qu'il venait de quitter. Les hanches saillaient sous la peau ; la lampe de l'entrée soulignait leur volume d'un reflet orange. Elle jeta son corsage par terre, dévoilant une paire de petits seins haut perchés.

— Allez, viens.

Les épaules étaient fines, menues. Les bras également. Lançon fit comme s'il ne voyait pas les cicatrices. Des petits points noirs, il y en avait aussi sous les aisselles. Il imaginait la douleur que l'aiguille devait provoquer, surtout dans cette partie si sensible du corps. Il était sûr qu'il y en avait autant au creux des cuisses, entre les orteils ou dans le cuir chevelu. Le simple fait d'imaginer l'aiguille lui donnait froid dans le dos. Il s'aperçut qu'en définitive il n'éprouvait aucun désir. Accro au dernier stade. Elle doit être frigide, pensa-t-il tandis qu'il sortait son portefeuille.

— Combien il te faut ?

— Quarante. C'est pour ce soir.

— Je t'en donne dix, pas plus.

— Connard. Vous êtes bien tous les mêmes.

— C'est le prix habituel.

— Pauvre mec. Alors, tu viens ?

Il s'allongea. La fille essayait de défaire son pantalon, mais les doigts s'emmêlaient pitoyablement. Il dut le faire lui-même.

— Je te suce ?

— Si tu veux.

Il se laissa faire en regardant au plafond. Ce n'était pas désagréable, mais il n'arrivait pas à apprécier vraiment. Il imaginait la fille qui se plantait une aiguille entre deux orteils : la peau épaissie ne saigne pas ; le cerveau à moitié cramé n'enregistre qu'une sensation diffuse. Peu à peu, une vague colorée balaie la réalité, le corps s'engourdit, il bascule sur la moquette sale, au milieu des vieux mégots et des guenilles crasseuses.

Elle aurait fait n'importe quoi pour avoir son fix. Il l'avait levée parce qu'elle était seule au bar et qu'elle lui avait souri. Son sourire lui plaisait. Ce n'était qu'une devanture trompeuse comme il s'en doutait, mais il se sentait trop seul pour faire le difficile. À présent son corps nu le dégoûtait. Elle sentait la crème dépilatoire, une odeur forte qui faisait tourner la tête. Il avait vaguement envie de vomir. Elle s'interrompit.

— Qu'est-ce que t'as à me regarder comme ça ?

— Rien.

— Ça va pas ?

— Si, continue.

— Je vais pas faire ça pendant des heures. Viens, on baise.

Ils se placèrent. Mais Lançon n'y arrivait pas. Près de lui, le visage dur de sa partenaire demeurait impassible. Au fond des yeux absents brillait le regard des toxicos, une étincelle que Lançon connaissait bien. Sa propre sœur était passée par le même circuit, avant d'en crever. Il ne parvenait pas à l'oublier.

Cernes, pommettes saillantes, joues creuses. Cette fille finirait bientôt par ressembler à une momie desséchée. Elle est dans le trip depuis un an, évaluait-il. Il lui en reste à peine la moitié.

En vérité il l'avait ramenée chez lui parce qu'elle ressemblait à sa sœur, l'archétype de la prostituée hagarde, un genre de séduction auquel il n'avait jamais su résister, probablement un effet pervers d'anciennes tendances incestueuses. Blonde décolorée, yeux bleus synthétiques, teint pâle. Vers la fin, sa sœur était devenue maigre comme ça.

— Et alors ?

— Je n'y arrive pas.

— Je vois bien. On perd du temps, chéri. J'arrête. Je vais te branler.

— Non, ça va, laisse tomber. J'aime autant.

— Et moi donc.

Ils se rhabillèrent en silence. La fille pensait au moment où elle allait se piquer. Elle avait déjà oublié Lançon. Mieux : il n'avait jamais été qu'un objet. Un moyen comme un autre de se procurer une dose. Il faisait partie du décor. Un dessin de la tapisserie. Pendant un moment il avait pris volume, mais bientôt il retournerait sagement dans son monde à deux dimensions, géométrique et abstrait.

Il n'était guère plus réel qu'une hallucination.

Elle enfila les bas dorés et remit les escarpins vernis. Il l'accompagna à la porte.

Elle fit quelques pas dans le couloir. Puis, se retournant, elle dit avec mépris :

— Je savais bien que tu n'étais qu'un sale pédé.

Ses talons claquèrent tandis qu'elle s'éloignait.

Il referma la porte et se rendit à sa table de chevet. Là, il prit une photo. C'était la jeune femme brune, celle qui lui avait demandé un jour d'oublier, de ne pas lui en vouloir.

— Ah, c'est vous, Novaro. Je vous écoute.

— Monsieur, j'ai centralisé les infos pour la vérification des achats d'outils, en grande surface et en magasin de bricolage. On a une liste de quinze cas conformes à ce qu'on cherche.

— Des signalements, des incidents particuliers ces jours-là ?

— Personne ne se souvient de quoi que ce soit.

— Un instant.

Griffier prit l'interphone et demanda au labo si Brönner était dans les murs. On lui confirma qu'il se trouvait dans le secteur. Quelques minutes plus tard, il arrivait.

— Monsieur le commissaire ?

— Brönner, c'est au sujet des outils. Vous avez dit que pour les trois premières victimes il y avait des traces de peinture sur les chambranles des portes, c'est exact ?

— Absolument.

— Quel est l'outil le plus fréquemment employé à cet endroit ?

— Pied-de-biche.

— Avez-vous fait des prélèvements de cette peinture ?

— Bien sûr. On l'a passée à l'I.R.F.T., et on a identifié les liants. C'est un composé industriel glycérophtalique tout à fait ordinaire, de couleur brun rougeâtre.

— Parfait. Novaro, vous avez gardé les copies des enregistrements de caisses ?

— Oui, monsieur.

— Je suppose que vous avez comparé les codes-barres avec les doubles des factures afin d'isoler les outils effectivement achetés ?

— Oui.

— Bien. Vous allez retourner sur le terrain. Vous reprenez vos listes et vous faites le tri : cherchez un pied-de-biche couleur brun rougeâtre. Faites fabriquer un modèle d'après les échantillons prélevés et emportez-le avec vous.

Lançon passa un peignoir crasseux et prit l'appel dans le salon. Lorsqu'il vit le visage de son interlocuteur, il vociféra :

— Malek ? Mais t'es malade de m'appeler ici ! T'es complètement marteau !

— Calme-toi, mec. Écoute, je sais bien que tu veux pas qu'on te branche chez toi, mais…

— Donne-moi une bonne raison de… Non, mais y a pas idée, tu sais que je tiens absolument à…

— Combes est mort.

— Hein ?

— Ouais. Même qu'il y en a qui disent que c'est toi.

— Moi ? Mais c'est idiot, je…

— À cause de Lazlo, tu sais, le connard qui a grillé dans une des cabines. Paraît qu'il y a eu du pétard entre Dominique et toi, qu'il pensait que tu avais merdé…

— D'abord le mec n'a pas grillé, il a claqué à cause de la dope. La machine fonctionnait parfaitement. Ce n'est pas de ma faute si ce gros porc ne surveillait jamais les cadrans. Ce n'est pas parce que j'entretiens les systèmes qu'il faut que je prenne toutes les responsabilités.

— En attendant, mon pote, il y a une chiée de flics au *Neurotica*, je te conseille de ne plus y mettre les pieds. Je ne sais pas si c'est toi qui as dessoudé Dominique, et même, je m'en fous. Mais j'en connais qui aimeraient te poser la question.

— Entrez, messieurs. Le père « Vision céleste » va vous recevoir. Ne le retenez pas, il est très occupé.

— Ça tombe bien, nous aussi. Comme ça, on ira droit au but.

Tissier et Richez en avaient plus qu'assez du mystère dont s'entouraient les gourous du sixième arrondissement. Depuis une semaine, ils interrogeaient sans relâche des centaines de prétentieux qui, tour à tour condescendants, affables, obséquieux, abscons ou méprisants, les menaient en bateau avec la même constance. On leur avait donné pour instructions d'y aller en douceur, certains des mouvements religieux ayant des ramifications politiques et économiques complexes. Il convenait de ne pas soulever d'incident mettant en cause tel ou tel intérêt financier, sans compter les liens souterrains qu'entretenaient les pouvoirs locaux avec l'Église du Renouveau apostolique.

L'ordre, fondé depuis peu, tirait une grande part de son pouvoir du fait de son organisation à trois niveaux. À la base se trouvaient les militants, prêts à tout pour distribuer des tracts ou prêcher la bonne parole. Ceux-ci s'acquittaient avec ferveur de toutes les tâches de maintenance logistique et s'occupaient de la propagande. Leur contrôle était assuré par les cadres, que l'on recrutait parmi les bourgeois aisés de la surface, en flattant dès le départ leurs soi-disant origines supérieures par la possibilité d'exercer une dominance de chaque instant, très sévère. Un cadre pouvait châtier ou abuser sexuellement d'un militant ou de son enfant, il décidait de ses missions, de ses loisirs, de l'organisation du moindre aspect de sa vie. Les cadres bénéficiaient d'une formation aux techniques de pression sur autrui utilisées en psychologie sociale, formation qui exigeait d'eux d'énormes sacrifices financiers, on s'en doute, mais il y avait des compensations. Entre autres, la perspective de faire partie un jour des élus, qui détenaient le pouvoir absolu et les postes clés au sein des trusts contrôlés par l'ordre.

La doctrine était assez embrouillée, et les deux hommes n'avaient prêté que très peu d'attention au topo de synthèse : eux, ils voulaient coincer un assassin, et peu importait le reste. De toute façon, ils en avaient vu tellement que tout se mélangeait. Jauger un interlocuteur, observer ses réactions, guetter le moindre tremblement dans une inflexion vocale, le moindre regard de biais, telle était la véritable nature de leur travail. Du moins se plaisaient-ils à le croire. À d'autres moments, ils s'avouaient franchement qu'ils n'étaient là que par pure routine.

On disait volontiers que certains conseillers municipaux faisaient partie de l'ordre. Mais de toute manière ils ne pourraient vérifier : une liste des personnes à interroger avait été communiquée, avec consigne stricte de s'en tenir là.

On les fit attendre dans un salon tendu de velours noir et brodé de diagrammes dorés. Rosaces, mandalas et figures géométriques, avec de temps en temps quelques éléments figuratifs, œil, main ouverte, serpent, rivière et autres symboles de bazar auxquels ils ne jetèrent qu'un regard las. En fermant les paupières, ils auraient pu en voir danser devant eux, tant ils en avaient aperçu, tous les mêmes, désespérément identiques et investis néanmoins à chaque fois d'une croyance en leur pouvoir unique.

Un homme frêle les surveillait. Appuyé contre le mur, il se balançait nerveusement en les fixant depuis que Richez avait déboutonné son imper et qu'on voyait son .38 dépasser de son holster.

Barbe et cheveux longs, chemise jaune safran brodée de fleurs, jean élimé, sandales en plastique vert : l'uniforme cool. Mais le type semblait agité : fréquemment, il arrachait quelques cheveux dans une zone déjà dégarnie et mangeait leur racine. Fasciné, Tissier assistait à l'absorption des bulbes, tandis que Richez feuilletait sans conviction un prospectus mal imprimé, quasiment illisible.

La porte s'ouvrit sur un homme au visage massif et sévère, qui s'approcha en silence, tandis que le militant s'inclinait et se retirait, visiblement soulagé. Habillé d'une grande cape noire elle-même brodée de doré, le nouveau venu se déplaçait majestueusement et semblait empreint d'un désir mitigé de collaboration glacée et d'amabilité suffisante.

— En quoi puis-je vous être utile, messieurs ? C'est bien la première fois que nous recevons la visite de la police dans ce sanctuaire.

— Et si tout se passe bien, ce sera la dernière. Vous savez pourquoi nous sommes ici ?

— J'ai été informé par votre supérieur de l'objet de votre visite.

Il avait prononcé délibérément le mot « supérieur », en faisant siffler le *s*.

— Vous savez donc ce que nous cherchons.

— En effet, et dans un souci de gain de temps, j'ai fait établir la liste de tous nos membres qui se trouvaient à l'extérieur aux dates en question.

Il leur tendit une feuille blanche sur laquelle étaient portés sept noms, dont un recouvert par de l'encre de correction. Devant leur regard interrogatif, il crut bon de préciser :

— Frère Anselme est décédé récemment. Il s'était

fait greffer une créature extraterrestre dans le cerveau, ce qui est interdit par notre règlement. Nous lui avons ordonné de se la faire ôter, mais l'opération n'a pas réussi. Paix à son âme.

IV

La porte s'ouvrit, découpant un rectangle orange dans l'obscurité.

— Serge ?

La pénombre de cet appartement avait quelque chose d'oppressant. Ce n'était pas l'odeur de renfermé : la plupart des habitations de troisième classe exhalaient toujours ce mélange caractéristique de sueur et d'air vicié. Ici, quelque chose de plus était décelable. Indéfinissable et gênant.

Une main effleura l'interrupteur. La lumière crue des néons s'abattit sur les objets comme une douche glacée. Lançon enfouit son visage sous les draps.

— Qui c'est, merde ? Foutez-moi la paix, je dors.

— C'est moi, Ivy. Tu as laissé ouvert.

— Enlève-moi cette lumière.

— Déconne pas, il est tout juste neuf heures.

La fille cherchait des yeux un coin où s'asseoir. Finalement, elle s'installa au bout de la couchette. Lançon avait attrapé un verre d'eau et buvait.

Il se rendit à la salle de bains et s'enferma dans la douche. L'eau recyclée sentait le croupi, mais elle était bien chaude. Il fallait en profiter. Vers vingt-trois heures, elle deviendrait froide.

— À quelle heure, demain ?

— Je suis de repos. C'est pour ça que je suis passée.

— Tu proposes quoi ?

— Rien. Je devrais ?

Ivy se leva, alluma la tridi, puis l'éteignit aussitôt. Elle fit le tour de l'appartement en attendant Lançon.

C'était une grande fille blonde, toujours prête à rire, à parler fort, à gesticuler. Son visage était banal, sa bouche trop large. Elle portait des talons plats.

Elle était moqueuse, et cela énervait Lançon qui la trouvait superficielle mais enviait parfois son assurance. Sportive semi-professionnelle, elle participait à des championnats de natation. Elle tâtait aussi des drogues douces. Lançon l'avait probablement rencontrée à une soirée défonce.

— Et ton Leuris ?

— Toujours pareil. Aux dernières nouvelles, il va demander des sanctions auprès du syndic.

— La vache. Pourquoi tu lui casses pas la gueule ? Je croyais que tu étais un crack au karaté.

— Ce n'est pas si simple. On ne peut pas toujours résoudre ses problèmes en cognant sur les gens, même si on en a envie.

— T'as quelle ceinture, déjà ? La noire ?

— Marron.

— C'est pareil, ou presque.

— Oui, mais tout est dans le « presque ».

— T'as qu'à y rentrer dedans !

— À mon avis, ça me rapporterait plus d'ennuis qu'autre chose. Bah, n'importe comment, le syndic n'y peut rien. Je suis en règle question fric.

— T'as pas de couilles, c'est tout.

— Ta gueule.

— Et si on allait en boîte ? T'as pas envie de danser ?

À présent, Lançon s'habillait lentement, assis au bord de l'étroite couchette.

— Y a une boîte qui vient d'ouvrir, au…

— Laisse tomber.

— Et quoi, alors ? T'es pas marrant, vieux. Faudrait te bouger, merde.

— Ivy, tu m'emmerdes. On n'a pas les mêmes goûts, on ne pense pas les mêmes choses… Qu'est-ce que tu attends de moi ?

— Qu'est-ce que ça peut te faire ?

— Si tu cherches à me faire changer, tu peux toujours t'accrocher.

— Tu te fais des idées. Je me contente de te remuer. Sinon, tu deviendrais solitaire et neurasthénique.

— C'est ce que tu penses.

— Si on te laissait faire, tu ne verrais plus personne.

— Quelle perte !

— Écoute, je n'attends rien de toi : j'aime bien venir, tu me fais marrer, ça va pas plus loin.

— En somme, je te sers de distraction.

— Tu m'amuses. Et tu baises bien.

— Arrête ça. Tu sais quoi, Ivy ? Je me sens seul. Même avec toi. Surtout avec toi.

— Mon pauvre vieux. Allez, magne-toi, on va pas rester enfermés ici. Ton appart pue. T'as de la dope ?

— Ce soir j'ai pas envie. Sors sans moi.

— Tu mériterais que je le fasse.

— Ne te gêne pas.

— Bon, alors salut. Reste dans ton caca.

Il regarda machinalement le grand corps manœuvrer la porte et quitter l'appartement d'un pas énergique. En fait, pensa-t-il, cette fille m'écœure. Je me suis habitué à elle, je la supporte. Alors elle revient. Mais au fond, à chaque fois c'est une expérience pénible. Elle se considère comme mon amie ; il faudra quand même que je m'en débarrasse. En tout cas, elle a raison au moins sur un point : l'appart pue.

Comme une petite partie des locataires, il avait refusé de payer sa part des charges supplémentaires pour le mois dernier. Cette cotisation aurait dû servir à améliorer le système d'enlèvement des ordures ménagères et à modifier la climatisation et l'aération, qui depuis peu fonctionnaient très mal aux quinzième, seizième et dix-septième niveaux. Lançon avait estimé que le loyer était suffisamment élevé. Le propriétaire n'avait qu'à se débrouiller avec tout ce qu'il leur pompait.

Une nouvelle pensée chassa les précédentes : c'était l'heure du feuilleton nul. L'histoire idiote d'une famille de financiers de Wall Street, rongée par les rivalités et les jalousies. Des dialogues farcis de lieux communs ; des personnages stéréotypés et bourrés de préjugés ; des réactions artificielles ; des situations banales. Le tout arrosé de perfidie éhontée.

Tous les quarts d'heure, au moment des publicités, on pouvait choisir une option par l'entremise du terminal. Le scénario s'adaptait alors aux désirs de l'auditeur. Quelque part au cœur de l'immense réseau câblé, un système d'intelligence artificielle synthétisait les milliers de versions différentes et programmait les séquences visuelles correspondantes.

Le plus souvent, Lançon changeait de chaîne. Mais ce soir-là, il se servit de l'interface vocale :

— Comment s'appelle cette bonne femme, là ? Celle qui pleurniche tout le temps sur l'unité de la famille ?

— Vous voulez parler de cette chère madame Dawson ?

La voix employait des inflexions humaines et un accent très chic, mais elle sonnait de façon métallique. Dans un coin, le visage du simulacre-Dawson apparut dans une bulle.

— Voilà, c'est elle. Bon, je voudrais qu'il lui arrive un accident effroyable. Est-ce possible ?

— Tout est possible, monsieur. Voulez-vous préciser ? je me ferai un plaisir de satisfaire tous vos fantasmes.

— Eh bien, par exemple, son aéro pourrait tomber en panne en plein vol et s'écraser au sol. Les chirurgiens parviendraient à la sauver de justesse, mais elle resterait paralysée et défigurée. Et puis la peur l'aurait rendue folle, et dans les prochains épisodes on la verrait brailler des insanités du fond de son fauteuil roulant.

— Ce genre d'article n'existe plus, monsieur. Avec les prothèses modernes…

— Eh bien, faites régresser l'histoire au siècle dernier. Ou alors ruinez les prothésistes. Enfin, arrangez-vous pour qu'elle soit hors circuit, je ne veux plus entendre son baratin à la con. Et sa fille, la mignonne petite rousse, là, arrêtez de lui faire conduire des voitures de sport que je ne pourrai jamais me payer. Faites-lui plutôt sucer la pine d'un des chiens qui gardent la propriété.

— Je vais voir ce que je peux faire.

Le programme enchaîna sur d'autres spots publicitaires. Lançon baissa le son avec la télécommande. Il était bientôt dix heures. Le feuilleton allait reprendre dans un moment.

Avec un peu de chance, il assisterait avec délectation à l'accident de la rombière et passerait un bon moment à l'écouter « brailler des insanités du fond de son fauteuil roulant » pendant que la jolie rouquine taillerait une pipe au chien.

Dans la solitude confinée de sa cuisine en formica, sous la lumière cassante des néons, Canavese essayait pour la troisième fois de mettre ses idées au clair sur le meurtre de Combes. Pour lui, il était évident que cet homicide, s'il était l'œuvre du même homme, se caractérisait néanmoins par des innovations. La difficulté résidait dans le fait qu'on ne percevait pas facilement leur point commun.

La destruction du simulacre était facile à comprendre : un perroquet électronique, pour pouvoir répéter des phrases, possède une mémoire auditive à court terme, couplée à un circuit d'imitation. Pas question pour un meurtrier de courir un tel risque : l'oiseau aurait pu restituer quelques mots éventuellement échangés lors de la prise de contact.

Si l'on faisait l'impasse sur la disposition inaccoutumée du cadavre, il restait néanmoins deux faits sans précédent : tout d'abord le lieu, sixième niveau ; ensuite la fouille.

L'assassin, se disait l'inspecteur-chef, est allé chez Combes après avoir bien pesé les conséquences de son acte. Il savait que je me retrouverais en train de gamberger là-dessus. Il faut croire que sa motivation était plus importante que les règles de prudence observées jusqu'alors. Il est venu chercher quelque chose chez Combes, mais quoi ? D'après Griffier, Combes était fiché aux Stups. Alors qu'est-ce que c'est ? Des noms de dealers, du fric, de la dope ? Ou encore autre chose ? Et merde, si ça se trouve, tout ça n'a aucun rapport avec ce qu'on cherche.

Canavese se leva pour aller refaire du café.

Lançon n'arrivait pas à dormir. Il tournait la tête sur l'oreiller tiède. Il avait la désagréable sensation d'étouffer. Bon dieu, pensait-il confusément, va falloir que je paye sinon ils vont carrément couper la climatisation.

Il consulta sa montre. Sept heures bientôt.

Il se rendit à la cuisine et prit le synthlait dans le réfrigérateur. Il laissa la porte ouverte tandis qu'il se servait. Cette fraîcheur était agréable. Le lait était bon, presque pas d'arrière-goût. Le réfrigérateur se mit à ronronner, et un voyant orange s'alluma. Une voix monocorde égrena : « Prière de refermer la porte s'il vous plaît. Prière de… » Lançon allongea la jambe et poussa. Le contact du métal froid sur son pied lui fit du bien.

Il savoura un instant le silence de l'appartement. Il aurait aimé être en accord avec cette impression de calme. Mais quelque chose l'avait tiré du sommeil. L'excessive chaleur, à moins que ce ne fût un rêve ?

Une série de pensées lancinantes, juste de quoi le tenir éveillé. Cela sautait constamment d'un sujet à l'autre, sur un rythme épuisant. Il songeait aux gens qu'il avait connus, aux projets qu'il avait bâtis mais jamais réalisés. Aux espoirs, aux regrets, au temps qui passe. Un malaise l'avait peu à peu envahi. Un trouble qui l'avait amené au bord des larmes.

Il se versa encore un verre. Il avait la gorge serrée, sans raison apparente.

Il avait l'impression que tout lui échappait, que le temps passait trop vite. Trente-deux ans déjà, et rien de concret dans les mains. Rien qui vaille la peine de continuer. Comme si tout était parti en fumée. Ses parents, ses amis, sa femme. Il était seul.

Une graine jetée par le vent du hasard sur la surface presque stérile de la Terre. Il n'était qu'une de ces millions de graines charriées par la vie. Rebondissant les unes sur les autres, se croisant, avec parfois l'illusion de s'être vraiment rencontrées.

Une séquence se projetait avec netteté devant ses yeux : lui, Serge Lançon, à travers ce long chemin de la vie. Son enfance, banale et ennuyeuse, à la surface de Toulon, dans le quartier du Pont-du-Las. Ses premiers rêves. Il voulait être peintre ou architecte. Puis l'école. Les rituels de l'hiver. Les pluies acides, la somnolence ; ces millions d'heures à entendre ces millions de paroles ineptes, ce flot intarissable et informe de mots sans signification. La bêtise de ses camarades. Les filles. Les mauvaises notes.

Les premiers copains. Un espoir immense. De longues heures à parler ensemble, comme s'ils allaient trouver la solution à l'énigme de l'existence. La quête d'un lieu magique d'où la laideur serait exclue. L'envie de combler ce vide désespérant qui habite chaque geste quotidien.

Puis il y avait eu Éric Bertaud. Ils louaient ensemble un box minuscule et voulaient inventer une musique nouvelle. Bertaud jouait des claviers, Lançon s'essayait à la basse. Ils rêvaient de tournées, de concerts. Ils n'avaient pas de quoi acheter du matériel, mais ils traînaient dans les magasins. Les vendeurs les traitaient comme des minables. Lançon cherchait des musiciens, mais ils ne restaient jamais longtemps. Lui et Bertaud étaient trop en dehors du coup. Juste deux rêveurs.

La mort de son beau-père. Ils étaient partis, avec sa mère et sa sœur, s'installer à Marseille. Bertaud avait promis de venir le rejoindre. Il disait que cela ne changeait rien, qu'on ferait ce qu'on avait dit. Mais il ne vint pas. Lançon s'était inscrit aux cours du soir, il apprenait l'électronique. Il avait revendu sa basse.

Ensuite, l'enfer. Quatre mois de guerre éclair. Les bombardements, la maladie, la faim. La disparition de sa mère. Lançon n'avait jamais su si elle était morte. Peut-être était-elle encore en vie, réduite à l'état d'épave par la misère ? Période trouble : sa sœur enfilait dépression sur dépression, lui travaillait au noir. Petits boulots, trafics de crédicartes. Ils habitaient ensemble une chambre obscure dont le mur jouxtait un tunnel d'autoroute.

Sa sœur fréquentait un homme qui possédait un équipement neuro. Elle s'était intoxiquée peu à peu et se prostituait pour acheter son propre matériel. Lançon fabriquait des machines à tuer, des alarmes, des détecteurs de pièges. Il commençait à gagner bien sa vie. Cette situation aurait pu durer longtemps, sauf qu'un jour une affaire avait mal tourné, et Lançon avait fui Marseille avec sa sœur. Il l'avait confiée à un institut psychiatrique, mais au cours du traitement elle s'était suicidée.

Plus tard, il s'était établi à Lausanne, avec une

mutante qu'il avait rencontrée dans le sud de la France. Puis elle était partie un jour, sans explications. Depuis, il traînait son existence sans savoir vers quoi la mener. Pas de but, et surtout, plus de projets. Il avait passé l'âge d'en faire, jugeait-il.

« C'est drôle, suis-je le seul à ressentir cela ? On dirait que tout part en lambeaux. Le corps s'épuise peu à peu, à travers tout ce qu'il fait et ressent. Un processus de destruction qui rend vaine toute signification. Le vieillissement. À quoi bon tout ça ? Ces avatars nous mèneront tous à la même destination. »

Il claqua des doigts en direction de la radio. Avec un crachotement, l'appareil se mit à chercher les stations. L'unité télépathique sondait Lançon, elle cherchait à comprendre. Qu'avait-il vraiment envie d'entendre ? Quel était son état d'esprit ? Au bout d'une minute, l'appareil grinça sur un ton rapide :

— Je ne trouve rien qui corresponde, monsieur. Je n'arrive pas à définir vos besoins.

— Va te faire foutre, tas de ferraille.

Il regagna la chambre. Huit heures moins le quart. Il fallait partir s'il voulait éviter Leuris. Il s'habilla machinalement. Pourquoi cette foutue radio ne trouvait-elle jamais rien ? Il n'était pas difficile. Un peu d'acid jazz aurait suffi à le détendre. Mais non, se disait-il. Elle est infestée des ondes de Leuris. Tellement saturée qu'elle n'arrive plus à me capter. C'est lui, avec ses vibrations malsaines. Il a fini par détraquer le processeur télépathique.

Il revint à la radio, la mit en marche.

— Si tu ne me trouves pas de musique, mets-moi au moins les infos.

— Pour quoi faire ? Tout va de travers, vous le savez.

— Bon, ça va, ferme-la. Trouve-moi du jazz ou je te débranche.

Saloperie de machine. Et pessimiste avec ça.

Il s'habilla à contrecœur. Ses vêtements lui paraissaient une armure pesante.

— Laissons Combes de côté pour l'instant. Mais reprenons les autres un par un, et dites-moi ce qui vous vient à l'esprit. Enfin, s'il vous vient quelque chose.

Canavese ne releva pas, se contentant d'acquiescer de la tête. Griffier alluma son Police Data et demanda la reconstitution de l'emploi du temps des victimes. Le rapport des inspecteurs Richez, Novaro, Bastian, Varenne et Jorry s'afficha quelques instants après, et Griffier le parcourut du regard.

— Voilà, je commence par Salvetti Marie-Anne, 28 ans. Ce sont les enfants qui l'ont retrouvée en rentrant de l'école, vers 16 heures 30.

— Bien, la surprise.

— Elle a passé l'après-midi chez elle. Mari et enfants sont partis au travail et à l'école dans le même véhicule, aux environs de 13 heures. Elle n'est pas sortie, a regardé la tridi, d'après ce qu'ont entendu les voisins.

Sans attendre de commentaire, Griffier poursuivit :

— Le 27 juin, juste quinze jours après, c'est notre dentiste qui y passe : Cohen Michel, 35 ans, un type sans histoires. C'est la femme de chambre, Tramoni Véronique, qui le trouve dans l'état qu'on sait, vers 9 heures le lendemain. L'enquête de terrain établit que Cohen a quitté son cabinet à 17 heures, est rentré directement chez lui. Il vivait seul dans un bloc isolé, personne n'a rien vu ni entendu.

— Discret, notre bonhomme.

— C'est le moins qu'on puisse dire. Belle fin pour un dentiste, non ? Se faire dévorer le cœur. Et ça continue : le 4 juillet, notre affamé remet ça avec Devaulx Geneviève, 30 ans, enseignante, une célibataire plus ou moins gouine qui s'envoyait des étudiantes en échange de bonnes notes, à ce qu'on dit. Là, c'est le voisin qui la retrouve, un certain Imbert Georges, retraité, vers 10 heures le lendemain. La mère Devaulx a corrigé des copies au collège jusqu'à 18 heures, on a des témoins : Vuillez, Van Landuyt et Roussel, des collègues. Puis elle s'est rendue au court de tennis du troisième niveau, a fait deux parties avec une fille du club, est repartie seule vers 19 heures 30. Elle arrive chez elle aux environs de 20 heures, elle croise un voisin, Ducastel Henri, plombier de son métier, et ensuite disparaît de la circulation. Et là encore, au niveau des témoins éventuels, R.A.S.

— C'est ça, le point commun ?

— Entre autres. Je continue : Huong No Gilbert, un Asiatique de 43 ans, notaire, en congé au moment des faits. M. et Mme Tomasi, voisins, écœurés par l'odeur, font ouvrir la porte par un serrurier quatre jours après le décès. On a reconstitué la soirée du 17 juillet : Huong No a dîné seul, s'est fait livrer un plateau tridi par le snack d'en bas de la rue Sénac. Le livreur n'a rien constaté de bizarre, il n'a été absent que cinq minutes et n'a rien remarqué d'anormal. Le repas a été partiellement consommé. Vous suivez ?

— Oui, oui, ça va.

— Bien. Le 18 août, c'est au tour de Mangin

Stéphane, 31 ans, employé d'assurances. Le gars est au travail, la femme et les gosses sont partis en vacances. Du coup, quand on ne le voit plus, le patron, après avoir essayé de le joindre, envoie un certain Pierre Chatel, collègue de travail, aux nouvelles. Il serait temps, ça fait quatre jours qu'il se décompose sur le tapis de la salle à manger, au milieu d'un nuage de mouches. Mangin a été vu pour la dernière fois au bureau, le 18 justement, il y a des témoins. Il a pris le métro, et adios. Il aurait mieux fait de partir avec la famille. Alors, vous commencez à voir ? Je vous aide à tour de bras.

— Ils sont seuls, c'est ça ?

— Exactement. Ils sont isolés, vulnérables. Et si par hasard la cible est en compagnie, ce n'est pas grave, on bousille les autres avec. Tiens, c'est ce qui s'est passé avec les Campoa, les deux retraités de 51 et 53 ans, qu'il a butés sauvagement le 10 septembre. Deux jours après, la mère Leclaire, une amie, vient jouer aux cartes comme tous les samedis et tombe sur un os, c'est le cas de le dire. Les Campoa avaient réservé une table pour trois au chinois, *La Pagode*, boulevard des Dames.

— Je connais, j'y suis allé.

— Il est bien ?

— C'est correct.

— Dommage pour eux. Ah, d'après votre rapport, plusieurs voisins ont croisé M. Campoa vers 17 heures 30, au retour d'une promenade à pied dans le quartier.

— Il a pu aussi bien buter la femme avant, ou...

— Ou les deux en même temps, on est d'accord là-dessus. Mais toujours est-il qu'il les a cueillis seuls.

Puis on a Cécile Rouvière, une jolie fille, tout juste 25 ans, un gâchis terrible. C'est Loubier Antoine, son petit ami, qui se pointe le 6 octobre, soit trois jours après, vers 13 heures, en se demandant pourquoi elle ne se manifeste pas. Il est vite fixé et pique même une crise de démence sur place, il est encore en placement volontaire à l'asile du coin. Rouvière a été vue au cours le jour du meurtre, elle a déjeuné à la cafétéria de la fac avec d'autres étudiantes. L'après-midi, elle a été aperçue en compagnie de Loubier à la patinoire du quatrième niveau. Loubier l'a déposée à son domicile à 20 heures et a regagné la cité universitaire, l'alibi a été confirmé par le gardien de la cité.

— Tous supprimés à domicile, « Homicide Express », quoi.

— Voilà. Et pour finir, notre point d'interrogation ambulant, Combes Dominique, 45 ans, patron d'une boîte en vue, un type louche qui est impliqué dans des affaires de stups, passablement pédé, qui vit dans un appart minable au sixième niveau malgré le pognon qu'il ramasse. Le décès est constaté par Saïdi Ahmed, concierge, le 24 décembre, vers 11 heures. Il a raté la fête, le père Combes, papa Noël n'a rien mis dans ses chaussures. La veille, bien cuité, Combes a quitté seul sa boîte et a regagné directement son appartement, à pied. L'interro de terrain est en cours. Fiché aux Stups, ce gars-là. Intéressant, mais il y a pas mal de choses qui coincent pour lui, je soupçonne l'œuvre d'un imitateur. Un type qui n'aurait pas pu résister à l'envie de chercher de la dope, par exemple. Tout le rituel a été respecté, mais la piaule ayant été mise à sac, je me demande si ce ne serait pas une simple histoire de junkie qu'on aurait maquillée en crime de dingue.

— Oui, mais les objets ?

— Je sais.

— Donc, si je vous suis bien, dans la plupart des cas nos victimes sont seules ?

Griffier éteignit le Police Data, le rangea soigneusement dans sa poche, fit craquer ses doigts et dit :

— On a deux possibilités : soit notre type les suit après les avoir choisies au hasard, dans la foule ; soit il a tout réglé à l'avance, et il attend que la proie soit chez elle pour venir la rejoindre.

— Il peut très bien sonner chez les gens et se faire passer pour un démarcheur ou un employé du recensement.

— Il n'a pas dû se gêner. Sur neuf homicides, on a quatre effractions seulement. Il doit avoir mis au point un petit numéro assez crédible. Si ça se trouve, il se déguise. Rappelez-vous, ce type à la valise qui sentait les produits chimiques.

— Ça ou autre chose.

— Oui. Bon, moi, ce qui me gêne, c'est Combes. À votre avis, il le connaissait ?

— On n'en sait pas assez. Possible.

— Il faudrait…

L'Interphone le fit sursauter. Il prit la communication.

— Commissaire Griffier. J'avais demandé à ne pas être dérangé !

— Je sais, monsieur, mais une personne vous réclame, et…

— Et quoi ? Avec tout le personnel que nous avons ici, elle… C'est à quel sujet ?

— Pour Combes, monsieur. C'est un témoin.

La vieille dame semblait indifférente à l'intérêt qu'on lui portait ; elle attendait que tout le monde prît place. Griffier, assis en face d'elle, préparait sur son terminal l'enregistrement de la déposition, tandis que les inspecteurs Canavese, Novaro, Tissier et Gazin, ainsi qu'une demi-douzaine d'enquêteurs, debout autour de l'imposant et vétuste bureau métallique, s'impatientaient.

Enfin, Griffier fit signe que tout était prêt.

— Messieurs, un peu de silence. Je vous présente madame Gantelme, qui a un témoignage à faire concernant le meurtre de Combes. Si vous le voulez bien, madame, vous allez commencer par votre état civil.

— Giannarelli Jacqueline, épouse Gantelme. Je suis née en 1969, à Turin, Italie. J'habite au sixième niveau, bloc A 322 est, entre la vingt-deuxième et la bretelle d'accès au cinquième. Je suis veuve et je touche une pension.

— Bien. Voulez-vous nous raconter ce que vous avez entendu ?

— C'était la veille de Noël. J'étais couchée et j'avais de la fièvre, un début de grippe probablement. J'avais pris des cachets et je m'étais allongée sur le divan. La tridi marchait encore, mais le son était réglé très bas. Tout à coup, j'entends un grand craquement de l'autre côté du mur. Un peu comme un gros meuble qui tombe et se casse. J'étais réveillée à présent, mais encore dans les brumes. Après, j'ai entendu un tas de sons assez confus, il me semble qu'un type jurait, qu'une drôle de voix répondait...

— Une drôle de voix. Vous pourriez préciser ?

— Aiguë et artificielle. Peut-être contrefaite.

— Continuez.

— Oh, il y avait des coups contre le mur, j'avoue que mon attention s'est un peu relâchée. J'ai pensé que c'étaient des gens qui se disputaient. Il faut dire que je ne savais pas qui habitait de l'autre côté du mur. Ce doit être un autre bloc, avec une entrée indépendante. Mais ces copropriétés sont si bruyantes, on dirait que les voisins vous crient dans les oreilles.

Griffier eut un geste d'impatience.

— Et ensuite ?

— J'ai somnolé quelques instants, et tout à coup j'ai entendu nettement un coup de laser.

— Vous êtes sûre que c'en était un ?

— Absolument.

— Vous ne devez pas en entendre souvent.

— Les feuilletons tridi en sont pleins.

— Et qui vous dit que ce n'était pas la tridi, justement ? Il était tard, vous aviez la fièvre, vous auriez pu…

— Ce soir-là il y avait une émission avec des gens qui parlent. J'étais trop fatiguée pour chercher d'autres programmes, sinon j'aurais mis un de ces feuilletons.

— Bon, admettons. Après ?

— Je crois qu'il y a eu un deuxième coup de laser, pas mal de bruits de choses qu'on renverse, je ne sais plus au juste. Mais j'avais éteint la tridi, et je me rappelle une chose : on parlait à voix basse et on avait mis de la musique.

— Essayez de vous rappeler, c'est très important. Qu'est-ce qu'on disait ?

— C'était bien trop bas pour qu'on puisse distinguer. Je n'entendais qu'une voix qui ronronnait.

— Une voix, une seule ?

— Oui. C'est tout ce que je peux dire.
— Une voix d'homme ?
— Oui.
— Quel âge ?
— Je ne sais pas, une voix d'homme, c'est tout.
— Et la musique ? Qu'est-ce que c'était ?
— Je ne m'y connais guère, mais il me semble que c'était du jazz. En tout cas, on entendait du chant avec.
— N'y a-t-il rien qui vous ait frappé ? Une orchestration particulière ?
— Non. C'était une voix de femme, et derrière j'ai reconnu un son de piano, voilà tout.
— Sauriez-vous identifier la mélodie ?
— Je peux essayer. Je l'ai entendue plus d'une fois.
— Que voulez-vous dire ?
— Chaque fois que c'était fini, on la remettait. Ça a duré un bon moment.
— Il remettait la chanson plusieurs fois de suite ?
— Voilà, c'est ça.
— Et la voix de femme ?
— Je pense que je pourrais la reconnaître.
— Ce n'était pas un système artificiel ?
— Non, je ne crois pas. C'était humain.

Un murmure parcourut la petite salle, signe évident que les enquêteurs accordaient de l'intérêt aux propos de la vieille dame. Griffier donna des instructions à deux ou trois d'entre eux, puis s'adressa à son témoin :

— Mes hommes vont rechercher différents enregistrements de chanteuses de jazz. Vous serez convoquée d'ici peu, et on écoutera tout ça ensemble. On cherchera d'abord la femme, puis la chanson. Vous êtes d'accord ?
— Vous pensez vraiment que ça peut vous aider ?

Un pli douloureux vint biffer le regard aigu du commissaire. Cela ne dura qu'une demi-seconde.

— Si on ne le pensait pas, on ne se donnerait pas tout ce mal.

— Bon, d'accord. Alors à bientôt, messieurs. Et bonne chance.

— Tu te paies souvent des putes pour leur mordre les nénés ?

— Et toi, monsieur tout-joli-tout-propre, ça t'arrive jamais de bander en regardant une gamine, ou d'avoir envie de sauter la voisine d'à côté ? J'prends mon pied en mordant, qu'est-ce que ça peut vous foutre ?

— C'est toi qui as fait ça ? C'est toi ?

À l'abri de la glace sans tain, Savelli observait l'interrogatoire de Jager Régis, 35 ans, amateur de morsures en tout genre auprès des putes de la Canebière. Jorry, rouge autant de colère que de chaleur, brandissait des clichés couleurs sous le nez du suspect, tandis que Gazin se tenait en retrait, prêt à prendre le relais. Savelli s'était mis en tête de dénicher l'assassin avant Canavese et menait son enquête parallèle depuis trois mois, avec force moyens. Tout le monde le savait, mais personne ne désirait rompre le statu quo. Savelli connaissait du beau monde.

Sur les vingt-quatre enragés de la mâchoire connus des Mœurs, nombreux étaient ceux qui manquaient d'alibi pour un ou deux des meurtres en série. Mais Jager, lui, n'avait aucune couverture. Il vivait seul dans une roulotte sur un terrain vague aux limites nord de la ville, et personne ne pouvait attester l'avoir vu aux dates en question.

Jager errait de décharge en décharge. Dans un vieux landau crasseux, il entassait tout le cuivre qu'il trouvait. Quelquefois, il allait jusqu'à arracher les tuyaux d'eau dans les ruines pour apporter son tribut au ferrailleur. Avec ça, il se procurait de quoi boire. De temps en temps, il descendait au centre et payait une fille pour qu'elle se laisse mordre les seins. Une fois qu'il y était allé trop fort, un souteneur lui avait cassé la figure. Depuis, n'ayant pas les moyens de se faire soigner, il avait gardé un nez cabossé qui lui donnait un air d'ancien boxeur.

Le reste n'était pas de toute façon très attirant : tignasse rouquine, peau du visage parsemée de taches, yeux renfoncés et mobiles, dans lesquels un regard obscène avait élu domicile depuis longue date, regard que la loque humaine jetait à présent sur les chairs déchiquetées prises en gros plan.

— Moi j'mords, je bouffe pas ! Vous déconnez, les mecs.

— Et ça, c'est quoi ?

Loretta Ormelli, prise de face, le sein gauche presque arraché, le visage plissé de douleur sous la lumière du flash, tandis qu'une main gantée de vert à droite dans le champ dirige sur la blessure un spray d'analgésiques.

— C'te pute, t'y as pas bouffé un nichon ? Réponds, connard ! Tu t'rappelles pas que son petit copain t'a pété la gueule ? Tu veux que je lise le rapport de l'hosto aussi ?

— Eh, les mecs, j'ai payé pour ça, non ? Pourquoi vous m'emmerdez avec cette histoire ? C'était il y a deux ans, depuis j'me tiens peinard.

— Ça, faudra nous l'prouver, ordure. T'as rien, t'entends, rien pour appuyer tes salades !

— Vous non plus, pas vrai ?

— Tu donnes dans le vaudou? Ne dis pas le contraire, on a des preuves.

— Preuves, mon cul ! Il y a cinq ans que je touche plus à ces trucs-là, c'était mon ancienne nana qui tripait là-dedans.

— T'avais une nana, toi? Raconte pas de conneries ! Dis-moi, dans les rituels vaudous, on arrache bien le cœur aux gens, non ?

— Possible, mais j'vois pas le rapport avec moi.

— T'écoutes du jazz des fois ? Des chanteuses ?

— J'ai pas d'musique chez moi, faites chier !

— Et les vieilles saloperies, on en a trouvé un paquet chez toi, vrai ? Des poupées cassées, des cafetières, des pièces de bagnoles, est-ce que je sais ?

— Je vends aux puces, c'est pas interdit, non ? Mais qu'est-ce que vous avez bouffé, les mecs, vous êtes enragés !

— C'est toi qui parles de c'que j'bouffe? Et toi, t'as bouffé quoi, le cœur de plein d'innocents ? T'es un barjo, tu le sais ? Tu bois de l'alcool à brûler, tu boulottes des rats crevés, et tu taillades les gens, raclure !

— Pardon, les gonzesses seulement ! Tu sais ce que tu devrais faire ? Tailler une pipe à ton copain, là. Ça se voit que c'est bientôt l'heure, il tient plus en place.

Gazin porta deux doigts à son nœud de cravate, signe qu'il voulait intervenir à son tour. Jorry gifla Jager avec les clichés qui s'éparpillèrent au sol, puis s'éloigna. Gazin approcha une chaise et s'accouda sur le dossier en fer. Jager rota et lui coula un regard glauque.

— Après ton copain qui m'a joué le coup du salaud, tu vas me faire le mec sympa, pas vrai ? Tu vas m'offrir une sèche, et on va bavarder copain-copain, et après tu me demanderas gentiment de te raconter une histoire pour t'endormir, hein ?

Gazin tira un peu plus la chaise en avant. Son visage touchait presque celui du poivrot.

— T'y es pas du tout, mon pote. Le mec sympa, c'est déjà passé. Moi, je suis le pourri.

Et, de toutes ses forces, il lui donna un coup de tête. Le type et le tabouret partirent dans le décor. Gazin s'approcha de la chose qui hurlait par terre et lui balança quelques coups dans les côtes en lui criant d'avouer tout de suite. Jorry regardait en tirant sur sa cigarette. Jager avait le nez ensanglanté, il s'était pissé dessus et pleurnichait tout en jurant son innocence. Gazin se défoula encore quelques instants puis, voyant que l'autre avait perdu connaissance, sortit du box tout en s'essuyant le front avec un mouchoir. En passant devant Savelli, il lâcha :

— J'y ai pas cassé les dents vu qu'on a besoin d'y prendre les empreintes. Il a de la chance.

V

— Tout cela risque de nous mener à rien, commissaire. Brugier, expliquez-lui votre théorie.

Le psychiatre hocha la tête. C'était un homme assez obèse, équipé d'une anachronique paire de lunettes à double foyer. D'une intelligence très incisive, il choisissait toujours ses mots avec un grand soin, quitte à interrompre ses phrases pour se donner le temps de réfléchir.

Griffier, lui, semblait peu enclin à la patience.

— Eh bien, docteur ? Quelle est donc cette théorie ?

— Il me semble déceler une lueur d'ironie dans votre voix. Ne prendriez-vous pas au sérieux mes hypothèses de travail ?

— Laissez les lueurs où elles sont et venez-en aux faits, nom d'un chien ! Canavese me demande de laisser tomber les sectes, comme ça, sans aucune raison valable. Alors, si vous avez quelque chose à dire, c'est le moment !

— Bien. En fait, mon opinion est que le comportement des adeptes de sectes ne cadre pas avec ce que fait l'assassin. On a, certes, des cérémonies qui pourraient déboucher dans le cas d'une interprétation psychotique sur des sacrifices humains. Mais on devrait recueillir auprès des victimes autre chose que de vieux jouets ou des cartes postales. En toute logique, nous aurions dû trouver des pentagrammes, des signes cabalistiques, des godemichés ou des inscriptions en lettres de sang sur les murs. Enfin, quelque chose qui rappelle ce qu'on trouve dans les sectes justement. Vous avez des hommes sur le terrain. Interrogez Savelli, par exemple. Demandez-lui si cela ressemble à des bouées en forme de canard.

Griffier, tout en grattant son nez, soupira sur un ton excédé :

— Bon, je vois que vous êtes tous du même avis. Savelli me le répète depuis le début, à croire que vous vous êtes passé le mot. Alors que me conseillez-vous de faire ?

— Essayez autre chose. Je ne sais pas forcément quoi. Votre attitude envers moi est surprenante : vous n'accordez en général aucun poids à ce que je dis, et brusquement vous vous en remettez à moi.

— Écoutez, Brugier, vous m'emmerdez, c'est clair ?

— Tout à fait. Toujours est-il que j'apporte ma contribution à cette enquête à travers ma spécialité, et que je continuerai à vous aider autant que nécessaire.

Canavese fit signe à son voisin de laisser tomber.

— Commissaire, vous savez qu'on n'a absolument rien de concret avec ces bandes d'illuminés. Je ne dis pas qu'il faut tout abandonner, mais j'ai besoin d'hommes pour suivre des pistes plus solides.

— Vous avez réussi à établir une hiérarchie dans ce foutoir ? Vous me surprenez. Et qu'est-ce qui selon vous mérite un intérêt particulier ?

— Combes. Vous conviendrez qu'il y a de sacrées

différences entre ce cas et les précédents. Ça ne vous pose pas problème ?

— Je vous ai déjà dit ce que j'en pense : c'est un junkie qui a fait le coup et maquillé ça en crime de dingue. Une histoire de vengeance ou quelque chose comme ça.

— Excusez-moi, monsieur, mais moi, plus le temps passe et plus je suis persuadé que ce n'est pas un maquillage. Personne ne peut imiter notre bonhomme puisque nous avons réussi à tenir au secret l'existence des objets. L'assassin connaissait Combes, voilà.

— Tenez, regardez donc ça.

Le Soir titrait sur cinq colonnes : HOMICIDE EXPRESS COLLECTIONNE LES VIEUX OBJETS. En dessous, on voyait une photo de Salvetti avec son ours en peluche. Griffier eut un geste de fatigue.

— Vous voyez, ils peuvent pirater nos banques de données. Rapports de main courante, expertises, ordres de mission, tout. La famille de la nana va sûrement porter plainte parce qu'on voit sa moule pleine de bougie, mais qu'est-ce que ça changera ?

— Je croyais qu'on était dotés d'un système hyperfiable ?

— Il l'est. Mais ils emploient des types très forts. On va essayer de mieux se protéger, voilà tout. Bien, vous maintenez que cette histoire n'a rien à voir avec les junkies ? Alors pourquoi a-t-on fouillé toute la piaule ?

— Je l'ignore. Mais on n'a rien à gagner à courir après trois ahuris qui font tourner les tables, des petits cambrioleurs ratés ou des types qui montrent leur zob aux gamines à la sortie des lycées. Il faut se centrer sur les objets puisque maintenant ils sont connus : attaquer les brocanteurs, rechercher l'origine de la carte postale et celle du pied-de-biche. Il faut retrouver cette chanson de jazz et passer au crible les paroles, vérifier si notre dingue collectionne les disques de cette nana. Et il faut enquêter sur Combes, savoir qui il était.

— On a déjà interrogé tout son personnel. C'était un homme très secret. Croyez-vous pouvoir trouver davantage sur lui ?

Brugier se leva, appuya sur le bureau ses paumes moites et déclara doucement :

— Accordez un peu plus de confiance à vos hommes, monsieur le commissaire. Donnez-leur l'occasion de montrer réellement leur valeur. Ne cherchez pas à tout contrôler.

— Asseyez-vous.

— Vous devriez également vous faire enlever cette verrue. Mais peut-être cela vous priverait-il du plaisir de vous masturber le nez devant tout le monde ?

Il se laissa retomber dans le fauteuil, qui émit un grincement d'agonie.

Griffier, pâle, préparait une réponse cinglante quand le vidphone se mit à sonner avec insistance. Une longue minute s'écoula, au terme de laquelle le commissaire finit par prendre l'appel. Sur l'écran apparut le visage de Savelli, orné d'un sourire radieux.

— Jager a avoué, monsieur. Nous avons sa déposition.

Griffier le regardait fixement sans répondre, les lèvres tordues par un tic nerveux.

Le couloir était brillamment éclairé et présentait toute une armée de portraits : les policiers morts en service. Canavese se disait souvent que peut-être un jour on rajouterait sa photo. Il avait ses préférés : Martin Kovak, des Stupéfiants, qu'on avait démasqué lors d'une vente. Il n'avait pas eu de chance : deux heures auparavant, il avait perdu son Police Data. De plus, personne ne savait où il se trouvait ni avec qui il était en affaires. Kovak avait goûté de la marchandise qu'il était censé revendre, mais la drogue était trafiquée. Il était tombé dans le coma aussitôt. Linda Castelli, écrasée sous un aéro lors de l'évacuation d'un vieil immeuble en feu, dans un des quartiers nord. Une jolie fille avec un regard plein de vie et d'optimisme. Jacques Terrier, laserisé lors de l'attaque d'une usine d'implants bioniques au septième niveau. Un homme qui justement lui ressemblait un peu. Et tant d'autres…

Une porte s'ouvrit sur la droite. Savelli. Il se tourna vers Canavese, lui sourit en s'approchant.

— Alors, mon vieux, soulagé, hein ? On va pouvoir enfin prendre des vacances et rejoindre Vanina à Sartène ?

— Ne dis pas de conneries. Soulagé par quoi ? Vous ne tenez pas le bon type.

— Il a avoué, mon vieux.

— Bien sûr. À force de lui taper sur la gueule. Ça ne vaut rien, notre assassin court toujours.

— Rabat-joie. Mauvais perdant.

— Va te faire mettre. Je le coincerai, ce folingue, tu verras.

— Griffier a annoncé que l'affaire était suspendue.

— Griffier n'est qu'un fonctionnaire de merde. Il a hâte de pouvoir rassurer tout le monde, il est pressé que le maire lui foute la paix. Mais il fait fausse route et toi aussi.

— En attendant, il a ordonné de suspendre toutes les recherches. Il veut te confier d'autres affaires.

— Je liquide ça d'abord.

— Officiellement, tu n'as plus à t'en occuper.

— Eh bien, tu vas pouvoir courir lui dire que je continue. N'importe comment, je vous emmerde tous, et je fais ce que je veux. Plus on monte haut dans cette putain de hiérarchie, plus les gens sont incapables ! Moi, ça fait des années que je les baise pour pouvoir travailler en paix.

Il prit l'ascenseur jusqu'au garage du central, en surface. Sur le toit de l'immeuble, il s'adressa au robot :

— Inspecteur-chef Canavese. Vous avez un aéro prêt à décoller ?

— Oui, monsieur. Je crois savoir que monsieur le commissaire Griffier désire vous voir de toute urgence.

— Très bien, j'en prends note. En attendant, veuillez mettre un appareil à ma disposition.

Tandis que le robot faisait le plein et vérifiait les tuyères, Canavese s'approcha du bord du toit. Le vent chargé de gaz carbonique apportait par bourrasques les bruits de la ville qui s'étendait devant lui, à perte de vue. Quelque part là-dedans, pensait Canavese, il y a un fou qui se cache et qui tue. « Je jure que j'aurai ta peau, fils de pute ! » cria-t-il dans le vide.

Ingrid écoutait des cantiques quand le bruit agaçant de la sonnette vint la déconcentrer. Elle enferma son joint dans une boîte en fer afin qu'il s'éteignît sans dommages et ouvrit la porte.

— Mademoiselle Jeanine Lopez ? Service sanitaire. Je suis envoyé par le syndic pour traiter contre les cafards.

— Je ne suis pas au courant.

— Maintenant, si.

— Ça ne peut pas attendre un autre jour ? Je suis occupée. Et puis je n'ai pas vu de cafards chez moi.

— Y en a plein chez les voisins, on ferait mieux de s'en débarrasser. Tout le monde me réclame, et je n'ai pas que ça à faire, discuter.

La fausse blonde jeta un regard hostile à l'intrus. De grande taille et de proportions agréables, blond, il portait de fines moustaches qui lui donnaient un air distingué, assez peu en accord avec son parler et ses manières. Son visage semblait intelligent, son regard aigu et pénétrant. Ingrid, habituée depuis longtemps à pratiquer les hommes, réagit immédiatement par un étonnement teinté de méfiance, mais se traita d'idiote et ouvrit néanmoins la porte en grand. Pendant qu'il posait son matériel, elle éteignit la musique et alluma une cigarette. Puis elle revint s'asseoir sur le divan, à côté de la valise. Elle observait attentivement chacun des gestes de l'homme et, quand il plongea la main dans la poche de son manteau, elle comprit qu'il prenait un laser.

Elle lui jeta la cigarette au visage et lui envoya un coup de genou dans les testicules. Le laser tomba sous le divan. Ingrid se baissa pour s'en emparer, mais l'homme la saisit à la gorge. Suffoquant à moitié, elle lui griffa férocement le visage. Il poussa un cri de douleur, mais tint bon et serra davantage. Elle lui décocha un coup de poing, tenta de l'énucléer. L'homme la repoussa brutalement contre un meuble, ramassa l'arme et tira précipitamment, lui sectionnant la tête.

— Merde, c'est pas vrai ! Pourquoi t'as fait ça, salope, *salope* !

Tout en maintenant une main sur son œil, l'homme se saisit d'un maillet dans sa valise et frappa convulsivement les carreaux de céramique de la table du salon, les faisant éclater un à un, pour finalement libérer un rire nerveux et s'éloigner à la recherche de la salle d'eau.

Il s'examina un moment dans le miroir. L'œil n'avait rien : par réflexe, la paupière s'était refermée. Mais il avait tout de même perdu un verre de contact, il lui faudrait le chercher après. La cigarette n'avait pas occasionné de brûlure. Mais les faux ongles vernis avaient laissé une blessure profonde. En fouillant dans l'armoire à pharmacie, il trouva un spray cicatrisant à action instantanée. Au fond d'un tiroir se trouvaient des comprimés d'analgésiques. Il en préleva trois.

Il retourna au salon, mit ses gants de chirurgien et se dirigea vers le minuscule coin-cuisine pour se servir à boire. Puis il revint auprès de la morte.

Une odeur infecte lui coupa le souffle, et il lâcha son verre. Comme si le corps s'était décomposé en quelques instants. Incrédule, il recula et vit avec dégoût une masse jaunâtre glisser sur la moquette en émettant une sorte de sifflement de colère ou de peur. Ce liquide gluant sortait du crâne de la femme avec un bruit répugnant, comme si on déchirait un tissu mouillé et pourri, et plus il y en avait dans l'appartement, plus les miasmes gagnaient en intensité. Sans réfléchir, il fit feu sur la chose, sans autre effet que de brûler le tapis. Indifférente, l'épaisse masse puante s'était déjà reformée et s'étirait en direction des toilettes. Lentement, elle gravit la cuvette en polyester et se déversa à l'intérieur. En quelques secondes elle avait disparu. Saleté, pensa l'homme tout haut. Comment vais-je faire à présent ?

Il était tenté d'abandonner, de chercher un autre corps, mais il ne pouvait plus reculer, le programme devait être scrupuleusement respecté. Il cala tant bien que mal les deux moitiés de tête entre ses pieds joints et frappa avec le maillet, en répétant à voix basse : « C'est de ta faute, putain, c'est de ta faute ! » Os et cartilages craquaient rythmiquement, et il prit plaisir à accorder sa phrase obsédante sur la cadence du martèlement, en tapant sur les *t* de « faute » et « putain ».

Avec maladresse, il disposa ce qui restait de la tête et entreprit de déshabiller le corps.

Lançon se leva lentement, et contourna la table en faisant signe à son client de se rasseoir. « Je n'en ai que pour une minute », dit-il.

Il entra dans les toilettes des hommes, extirpa deux pilules bleues de sa poche, les avala avec un peu d'eau. Puis il s'attarda un instant devant le miroir. Les traits tirés, le teint légèrement pâle. Rien de bien flatteur. On ne peut pas vivre comme un fou et avoir l'air normal.

Il retourna avec son client, pressé tout à coup de liquider cette affaire, de tout expédier et de rentrer chez lui pour se coucher.

Deleuze regardait un match à la tridi, tout en servant ses clients. De temps en temps, il s'asseyait un peu, mais cela ne durait jamais. Il avait mal aux jambes et la chaleur commençait à peine à s'atténuer. Les humains s'entassaient dans la petite boîte, depuis que le *Neurotica* avait fermé. Pourtant, l'établissement était loin de pouvoir supporter la comparaison, et notamment il n'y avait que trois cabines neuro. Mais c'était dans le même secteur, et bon nombre d'habitués tentaient de s'y acclimater.

Peu importait pour Deleuze. Il avait eu la chance, comme Ferraris et Saporta, d'y retrouver du travail, voilà l'essentiel. Quand on est barman depuis bientôt dix-huit ans, on n'envisage pas facilement de changer. Il avait pris l'habitude d'interposer entre lui et le réel un écran mental quasi permanent qui maintenait tout à distance. Atteint d'un léger strabisme convergent, Deleuze avait tendance à laisser un de ses yeux se relâcher, ce qui avait pour effet de troubler sa vision des choses. Quand une tâche exigeait de la précision, il imposait à ses muscles oculaires la tension nécessaire à une bonne mise au point. Mais dès que possible, il repassait en vision floue et ne s'en portait pas plus mal. Si on le prenait à partie pour une raison ou pour une autre, il écoutait d'une oreille distraite, concentrant son attention sur la musique par exemple, et faisait mine de fixer son interlocuteur dans les yeux, alors qu'en vérité il attendait, simplement.

Quand Saporta, le videur, le rejoignit au comptoir, Deleuze ne se demanda pas ce qu'il voulait. Il se contenta de laisser venir. Saporta lui fit signe de se pencher, et lui dit à mi-voix : « Un type vient d'entrer, il pue le flic. S'il t'interroge, ne dis rien pour la dope, compris ? Fais gaffe à toi. » Et il repartit.

Deleuze n'avait pas grand-chose à dire. Ils faisaient du deal tous les deux, et après ? La moitié des personnes présentes ce soir se livraient à un trafic illégal avec l'autre moitié.

Effectivement, un moment plus tard le flic approcha et lui montra sa carte. Deleuze passa en vision précise : un homme de petite taille, aux cheveux bruns coupés très court, qui portait des moustaches et des lunettes en métal. Blouson de cuir rapiécé, jean et baskets, l'uniforme de la rue. La carte annonçait : Inspecteur-chef Canavese. Sur la photo, le type avait quelques années de moins. Deleuze bascula en vision floue.

— Je peux vous parler un moment ?

— J'ai déjà tout dit à vos collègues.

— Eh bien redites-le-moi, ça m'intéresse.

— Je ne vois pas à quoi ça servira. Et puis, j'ai du trav…

Le flic le tira par la cravate, lui colla son laser sous le nez et lui dit à mi-voix :

— Ouvre la bouche. Vite.

Le barman s'exécuta. Canavese passa les doigts sous la langue et en sortit trois pilules entourées de capsules plastique, qu'il lui mit sous les yeux :

— Si tu ne veux pas passer la nuit au bloc, tu vas commencer par me servir un demi bien frais, allez.

Deleuze rajusta son nœud, lissa ses cheveux et renifla. Son visage ruisselait à présent.

— Inspecteur-chef, hein ? Vous êtes là de votre propre initiative, vrai ? Je parie que vos chefs vous ont pas donné d'ordre pour…

— T'occupe pas. J'enquête sur la mort de Combes. Tu travaillais pour lui ?

— Ouais, mais j'ai entendu aux infos de vingt heures que vous teniez le dingue qui a fait ça.

— On n'en sait rien. Les reporters vont un peu vite en besogne. Bon, j'ai besoin de savoir.

— Savoir quoi ?

— Tout. Qui il fréquentait, s'il avait des amis, des ennemis, avec quoi il prenait son pied… Ne me raconte pas de conneries, j'en sais suffisamment pour vous coffrer, toi et tes petits copains. Vous êtes connus des Stups. Mais moi, je m'en fous. Je veux juste des infos sur Combes. Alors, on s'y met ?

— D'accord. Le boss était un type secret, il parlait pas beaucoup et buvait sec. Mais il était réglo, si vous voyez ce que je veux dire.

— Il tolérait vos trafics, c'est ça ?

— Euh… voilà.

— Est-ce qu'il a fait des crasses à quelqu'un, question dope ? Est-ce qu'il y a eu des histoires ?

— Le seul truc que je connaisse, c'est quand l'autre abruti a clamsé dans une cabine neuro, même que ça a fait une histoire avec…

— Je suis au courant, Jean Lazlo, un toxico accroché à la benzédrine et à la coke. Est-ce que quelqu'un aurait voulu venger ce type ?

— Ce légume ? M'étonnerait.

— Est-ce que ton patron était en relation avec des gens bizarres ?

— Bizarres ? Vous en avez de bonnes. Vous connaissez quelqu'un qui ne soit pas bizarre, vous ?

— Des gens violents, des types encore plus renfermés que lui.

— Sûrement, mais…

— Quelqu'un qui a été opéré du cœur ? Quelqu'un qui collectionne les vieilles photos ?

— On a un type ici, assez tordu, et qui porte une pompe à la place du battant.

— Il connaissait Combes ?

— Bien sûr. Il s'est même engueulé avec lui, j'allais vous le dire tout à l'heure. C'était un habitué. Tous les soirs au *Neurotica*, parole.

— Combes était pédé, pas vrai ? Et ton type, là, il en est aussi ?

À la façon dont Deleuze pâlit et renversa un peu de mousse sur le comptoir tandis qu'il le servait, Canavese comprit qu'il avait touché un point sensible. Il prit le temps de boire la moitié de son verre, tandis que l'autre s'essuyait les mains à plusieurs reprises sur le tablier qu'il portait autour de la taille.

— Écoute-moi, tête de nœud. Je vais te poser une question très directe, tu me réponds aussi net ou tu vas au trou, pigé ?

L'autre fit signe que oui.

— T'as déjà baisé avec Combes ?

Deleuze prit instantanément une expression abattue, tandis qu'il rougissait violemment. Il tenta de repasser en vision floue, de prêter attention à la musique, aux conversations des clients, mais l'autre était là, en face de lui, à le regarder fixement. Il finit par bredouiller :

— Je… Une seule fois. C'était au début, quand il m'a pris dans son équipe. Mais c'est pas moi qui l'ai buté !

— Raconte-moi ça. Et ne mens pas, je le saurai. Il t'a obligé, ou quoi ? Comment ça s'est passé ?

— On s'est rencontrés dans une boîte gay.

— Quelle boîte ?

— *La Mare*, à Toulon. Nous deux, c'était juste pour un soir. Mais après, il m'a dit qu'il voulait monter une affaire et m'a demandé mon contact. Je lui ai refilé mon code sans y croire. À cette époque, je bossais surtout à la saison et je cherchais du stable. Un mois plus tard, il m'a appelé et m'a proposé ce job au *Neurotica*.

— Il allait souvent là-bas ?

— Je n'en sais rien.

— Et vous n'avez plus eu d'autres séances ?

— Il m'a dit que le boulot et le cul, ça n'allait pas ensemble.

— Il n'avait pas tort. Cet opéré, là, c'est une choute aussi ?

— J'en sais rien. Allez lui demander et laissez-moi maintenant. Tout le monde nous regarde.

— Bonne idée. Tiens.

Canavese lui jeta une pièce sur le comptoir. Deleuze avait les larmes aux yeux.

Comme son client s'éloignait, quelqu'un d'autre s'assit face à Lançon. Celui-ci finissait un verre rempli d'un liquide bleu ambré, tandis que dans le petit box aux sièges de cuir les haut-parleurs diffusaient *Catèmbe* de Miles Davis.

Canavese montra sa carte à Lançon. Celui-ci fit un sourire poli mais forcé.

— Bonsoir, inspecteur. Que puis-je pour vous ?

— Répondre à quelques questions.

— Si vous pensez que je puis vous être utile…

— Nous le verrons bien. Votre nom ?

— Serge Lançon, trente-deux ans, 71126 coprop' 122, quinzième niveau est, à côté de la bretelle d'accès au seizième, électronicien au chômage. Voilà, vous savez tout.

— Combes. Dominique Combes.

— Je vois. Le propriétaire du *Neurotica*. Quelle triste fin. J'espère que vous ne tarderez pas à attraper ce détraqué.

— Je vous en réponds. Quelle était la nature de vos relations avec Combes ?

— J'étais client de son établissement, c'est tout.

— Rien d'autre ?

— Non.

— Que pensez-vous de sa mort ?

— Qu'elle est regrettable.

— Saviez-vous qu'il était homosexuel ?

— On le disait. Mais on dit tant de choses. Vous pensez qu'on l'a tué pour cette raison ?

Pas de réactions apparentes. Ou Serge Lançon était capable d'un grand contrôle, ou la piste homo était fausse. Canavese comprit que l'interrogatoire devait être mené avec rigueur et subtilité.

— Qui sait ? Nous devons explorer toutes les pistes.

— Je comprends.

— Est-ce que le *Neurotica* recevait une clientèle homosexuelle ?

— Pas que je sache. Enfin, peut-être. Vous savez, ce n'était pas un établissement spécialisé. Il y avait les équipements neuro, les projections vidéo, le strip-tease…

— On dit aussi qu'il y circulait pas mal de drogues.

Lançon eut un sourire ingénu.

— Oh, c'est comme partout. Ils font ça même dans la rue. Vous ne désirez pas boire quelque chose ?

— Merci, j'ai pris une bière au comptoir. J'ai discuté avec le barman.

— Yves est un garçon étrange mais sympathique. Il a pu vous renseigner probablement sur Combes. Ils ont travaillé longtemps ensemble.

— J'ai cru comprendre qu'ils n'ont pas fait que travailler.

— Vraiment ?

— Yves m'a parlé de vous aussi. Vous étiez un vieil habitué du *Neurotica*, n'est-ce pas ?

— C'est exact.

— Quel métier faites-vous déjà ?

— Pas grand-chose. Je répare des machins, je dépanne à droite à gauche, dans l'électronique. Je rends service.

— C'était une boîte chère, le *Neurotica*. Vous aviez les moyens d'y aller tous les soirs ?

— On m'y tolérait. J'avais un arrangement avec la maison.

— Ah bon ? Je croyais que vous ne connaissiez pas Combes ?

— C'est-à-dire, je... Je lui entretenais sa sono, ses cabines neuro.

— Je vois. Mais à ce propos, dites-moi, on raconte qu'il y a eu un incident tragique au *Neurotica*. Un client qui serait mort lors d'une...

— Je suis au courant. Mais l'enquête a établi qu'il n'y avait pas de défaillance technique. J'étais présent lorsque le matériel a été vérifié. Une expertise, jeudi dernier.

— C'est exact. Et c'est à cause de cela que vous avez eu une discussion orageuse avec Combes ?

— Il pensait que c'était de ma faute. Mais l'expertise a prouvé le contraire.

— ...

— Vous ne pensez tout de même pas que je l'ai refroidi pour ça ?

— Deleuze m'a dit que vous avez été opéré du cœur. Est-ce exact ?

— Oui, j'ai depuis trois ans un cœur artificiel.

— Quel effet ça fait ?

— J'essaie de ne pas y penser. Vous avez des questions surprenantes, inspecteur.

— C'est mon métier de surprendre. Croyez-vous en l'âme ? Pensez-vous qu'elle réside dans le cœur ?

— Je n'en sais rien. Je ne me suis jamais posé de questions là-dessus. Et je n'ai rien à voir avec le meurtre de Combes.

— Certainement. Eh bien, je vais vous laisser, à présent.

— Au revoir. Et bonne chance dans votre enquête.

Canavese dormait d'un sommeil de brute, sans rêves. La veille, il était resté longtemps dans sa cuisine, penché au-dessus d'un diagramme censé relier les faits. Une série de mots et de noms raccordés par des flèches, certaines surmontées de commentaires, d'autres de points d'interrogation. Le nom de Combes, entouré trois fois, était placé au centre, avec juste en dessous ceux de Deleuze et de Lançon.

Le vidphone le tira brutalement de son inconscience. Canavese prit l'appel dès la deuxième sonnerie, maudissant par avance son interlocuteur.

— Ah, Bastian. Qu'est-ce que c'est ?

— J'ai du neuf, monsieur. Vous dormiez ?

— Ça ne fait rien, allez-y.

— On a identifié la chanteuse de jazz. C'est une

certaine Meredith d'Ambrosio. Le témoin est formel.

Tout à fait réveillé, Canavese prit son bloc-notes et se fit épeler le nom.

— Bravo mon vieux, vous avez fait drôlement vite.

— Facile. J'ai demandé l'aide d'un gars de l'équipe de jour qui est fana de jazz.

— Et le disque ? Vous savez lequel ?

— On a éliminé tous ceux où il y a une orchestration importante : d'après le témoin, c'était quelque chose de simple. Cela nous fait six disques, on est en train de les lui faire écouter. Il n'y en a plus pour longtemps.

— Quelle heure est-il ?

— Onze heures.

— Merde. Bon, je vais quitter mon appart, mais je fais transférer les appels dans le véhicule que j'ai emprunté hier.

— Justement, à ce propos, j'ai vu Griffier, et il voudrait vous voir au rapport. Il a dit que c'était urgent.

— J'y passerai si j'ai le temps. Bastian, j'ai un petit boulot à vous confier, seriez-vous disponible ?

— Je peux me débrouiller. Que faut-il faire ?

— Vous allez me chercher tout ce qu'on a en mémoire sur un dénommé Lançon, électronicien, coprop' 122, quinzième niveau est. Et prenez-le en filature discrète. Vous avez noté ?

— Qui est-ce ?

— C'est peut-être notre homme. Salut.

En passant dans le hall du bloc, il croisa le robot concierge, qui lui fit signe de l'attendre.

— Monsieur, j'ai eu un appel hier dans ma loge, votre femme. Elle n'arrivait pas à vous joindre. Elle voulait savoir si vous en avez encore pour longtemps.

— Je ne pense pas. Je vais essayer de l'appeler dès que possible. Si vous l'avez à nouveau, dites-lui que… Non, rien.

Tu parles, pensait-il. Tu vois un robot en train de lui déclarer : « Il a dit qu'il vous aime et vous embrasse » ? Ça aurait l'air de quoi ?

Une fois installé dans l'aéro, Canavese s'adressa à l'unité centrale :

— Tu possèdes un pilote automatique, je suppose ?

— Bien sûr, monsieur. Je suis un des véhicules les plus modernes de la police.

— Et tu as aussi un plan intégré de la ville. Peux-tu calculer un itinéraire optimal entre ici et un point donné, sans conserver de traces en mémoire ?

— Oublier une destination ? On ne me l'a jamais demandé.

— Eu égard à mon grade, tu me feras le plaisir d'innover.

— Bien. Où est-ce ?

— Au 15e niveau est. En route.

Durant le trajet, il explora les soutes de l'engin. Il y avait deux fusils d'assaut, un .44 Mauser, un laser Uzi. De l'outillage également.

Il se gara à quelques blocs de chez Lançon et, muni d'un sac contenant son équipement, parcourut le reste à pied. Avec un peu de chance, il ramènerait une pièce à conviction et damerait le pion à tout le monde.

Arrivé devant l'entrée, il crut bon de vérifier si l'appartement était vide. Ce qu'il faisait était illégal et pouvait lui coûter cher. Autant s'assurer que la voie était libre. Il consulta le fichier de l'interphone. Celui-ci ne comportait pas de noms mais un clavier numérique. Canavese avait noté le code de Lançon dans son terminal portable. Il le composa.

Un visage apparut, ce n'était pas celui de Lançon. Un type aux cheveux blonds et au menton fuyant.

— Oui, que désirez-vous ?

— Je suis bien chez monsieur Lançon ?

— Il sera là à partir de vingt heures. C'est pour quoi ?

Surpris, Canavese annula l'appel.

Lançon vivait avec un type. L'hypothèse homo tenait la route. À moins que… On avait retrouvé un cheveu blond sur le lieu d'un des crimes : Lançon était l'assassin, ou alors il vivait avec.

VI

« La Dolce Vita », écrit au néon. Sur le mur était peinte à l'aérographe la célèbre scène de la fontaine, avec Marcello Mastroianni et Anita Ekberg. Mais personne n'y prêtait la moindre attention : il était treize heures, et les serveurs s'activaient de leur mieux pour rassasier leur troupeau quotidien. À quelques mètres seulement, une marée de véhicules roulait au pas. Indifférent au bruit et aux fumées, Lançon tentait de lire le menu, sans vraiment y parvenir.

Il était épuisé. Théoriquement, il disposait de l'appartement à partir de vingt heures. Mais en fait, les contacts avec les clients se faisaient essentiellement le soir, et il fallait ensuite fabriquer le matériel commandé. Le garage et l'appartement devant être libérés à huit heures, il travaillait souvent pendant la nuit. Le lendemain matin, condamné à errer pour toute la journée, il se traînait comme une loque.

S'il avait disposé du garage dans la journée, il aurait pu s'occuper de ses contacts le soir, rentrer dormir et travailler l'après-midi. Mais Leuris était resté intraitable sur ce point, et depuis des mois Lançon tenait grâce à la dope. Il lui arrivait souvent de ne pas se rendre à la boîte uniquement parce qu'il avait sombré dans le sommeil dès son arrivée à l'appartement ; très fréquemment aussi, Leuris le trouvait encore au lit à 8 heures.

Depuis quelque temps, Lançon avait trouvé une solution intermédiaire. Grâce à son jeu de clés, il s'introduisait dans la copropriété, mais au lieu de se rendre à l'appartement, il s'installait dans une tanière secrète.

C'était un réduit qui servait à stocker le matériel d'entretien de l'ascenseur. Il était situé à la base du bloc, au niveau 18, juste à côté du moteur, et appartenait à la société de dépannage. Il y faisait assez chaud mais on y était tranquille. Jamais personne ne s'était aperçu qu'il venait y dormir. Il y avait une caisse en fer cadenassée, contenant vraisemblablement des outils. Quelques cartons vides, un ou deux sacs en toile et des pots de graisse. Le local, très sombre, comportait une petite ampoule, et il y avait une prise électrique à côté de la porte. Un des panneaux du fond contenait une boîte de dérivation et des relais Télécom.

Lançon avait découvert l'endroit par hasard, un jour qu'il s'était égaré près du parking du 18e niveau. Il y avait amené par la suite une vieille couverture, une boîte de biscuits et une bouteille d'alcool.

Depuis sa découverte, il lui arrivait de passer de nombreux après-midi d'amnésie. Sitôt le déjeuner avalé, il s'effondrait sur sa couche misérable après avoir programmé une alarme pour vingt heures. Puis il passait à l'appartement, se rasait et se douchait, repartait au club. Mais la fatigue accumulée depuis des mois et l'irrégularité de sa vie, combinées à une relative accoutumance, tout cela faisait qu'il prenait des amphétamines malgré tout et se sentait fatigué.

Mais il aimait bien s'enfermer ainsi. Se couper du monde, disparaître. L'obscurité, la chaleur, le ronronnement du moteur, tout contribuait à la somnolence, une sorte d'état nouveau qu'il appréciait de plus en plus.

Dans les ténèbres moites du réduit, Lançon avait appris à vivre une enclave de non-signification totale. Une espèce de régression néo-fœtale dans laquelle le langage, la pensée, les références au monde extérieur disparaissaient. Il se roulait en boule, parfois à même le sol, et se plaisait à imaginer qu'il n'était plus un être vivant avec ses problèmes et ses contradictions, mais une simple chose qu'on aurait posée là et oubliée. Au fil des semaines, une ivresse de l'inexistence l'avait gagné, et il prenait un réel plaisir à désapprendre, à sombrer dans le néant.

Sitôt le repas absorbé, il retournerait dans ce monde parallèle, dont le vide compensait le trop-plein de l'autre.

Le serveur vint troubler le plaisir anticipé. Il déposa sur la table un vidphone portable. Un appel pour monsieur Lançon.

Le visage de Leuris.

Cauchemar.

— Lançon, j'ai mis un moment à vous trouver. J'ai besoin de vous parler.

— Oh non, mais c'est pas vrai ! Vous ne dormez pas à cette heure-ci ?

Il résista à l'envie impulsive de couper le contact : Leuris l'aurait rappelé aussitôt.

— Je veux que vous répondiez à ma question.

— Qu'est-ce que c'est encore ? Leuris, vous commencez à me fatiguer.

— Qu'est-ce que la police vous veut, Lançon ?

— La police ?

— Oui. Hier soir, un homme est venu sonner à notre niveau. Il vous a demandé, puis la communication a été coupée. Mais j'ai eu le temps de voir son visage, et je l'ai reconnu tout de suite, c'est un type de la Criminelle. Que vous veut-il ?

— Comment est-ce que…

— Il y a sa photo dans le journal de l'autre jour.

— Je peux voir ?

Rageusement, Leuris présenta le journal devant l'optique du vidphone.

Canavese.

— Alors, Lançon, qu'est-ce que la police vient fiche chez moi ?

— Qu'est-ce que ça peut vous faire ?

— Ça peut faire que je n'aime pas que la police débarque comme ça chez moi. Et si vous êtes mouillé dans une sale histoire, je tiens à le savoir. Je vous signale que si c'est le cas, vous pouvez dire adieu à l'appartement : je vous fais virer tout de suite. Vous vous retrouvez à la rue, compris ?

— Leuris, ce type, je ne le connais pas. Il est venu me voir hier soir, je ne sais pas pourquoi.

— C'est ça. Et moi, je suis furieux, Lançon. Démerdez-vous pour ne plus attirer l'attention sur vous. Je ne veux pas d'histoires.

Et l'image disparut. Lançon resta un moment à fixer l'écran vide. Jamais il n'avait vu Leuris autant en colère. Avait-il quelque chose à se reprocher ?

Et ce flic qui lui tournait autour à présent.

Lançon renonça à son repas et décida qu'il était temps de regagner son abri d'inconscience.

Tandis qu'il survolait la surface, Canavese reçut un appel au vidphone. C'était Novaro, qui lui demanda de le rejoindre sur le toit du centre commercial Qualité Plus. Il vira de bord direction la Canebière.

Novaro l'attendait dans la cabine d'un aéro de service. Il lui montra une copie d'extrait de caisse :

— C'est notre type. Il a acheté ses outils en avril dernier. Et parmi eux, le pied-de-biche rouge. J'en avais deux autres, mais le premier correspond à une entreprise de démolition, j'ai été voir le patron, il a le nez propre. Le deuxième est en taule actuellement, c'était un type en conditionnelle.

— Vous avez l'identité ?

— Pas encore, je vous attendais.

— Allons-y.

Ils descendirent jusqu'au treizième étage, le rayon bricolage et décoration. Là, ils rencontrèrent un responsable qui les conduisit au bureau du chef caissier.

C'était une petite cabine vitrée, ceinte d'un comptoir recouvert de paperasses et de poussière. Perché sur un tabouret à roulettes, un homme en manches de chemise transpirait abondamment face à un écran d'ordinateur. Il se tourna vers eux et les gratifia d'un sourire surmené :

— Bonjour. Je suis au courant, j'ai déjà vu votre collègue. Alors comme ça, c'est chez moi que votre type a pris son matériel ?

— On le dirait. Inspecteur Canavese.

Après une poignée de main moite, il se tourna à nouveau vers l'écran.

— Comme j'ai dit à votre collègue tout à l'heure,

il faut que je retrouve la référence du bon de caisse pour savoir comment ça a été payé. L'idéal, ce serait qu'il ait fait un chèque.

— Est-ce que vous prenez des photos des clients lors des règlements par chèque ou par crédicarte ?

— Seulement quand ça dépasse deux cents crédits. Mais là, on ne les atteindra pas, à moins qu'il ait pris un ou deux gros articles ce jour-là. Voyons un peu...

L'homme déplaçait sa souris et sautait de menu en menu avec une grande rapidité. Il était petit, bien en chair et portait des lunettes de travail. Ses cheveux calamistrés sur le côté dégageaient sous les éclairages violents de la cabine une odeur de produit chimique fort incommodante.

— Ah, ça y est, nous y sommes. Le 11 avril, il a fait un chèque de soixante-sept crédits. Dommage pour la photo. J'ai le numéro : un, deux, huit, six, sept, un, deux, neuf. Il faut que je consulte le registre des chèques pour ce mois et que je trouve ce numéro.

Il fouilla parmi ses dossiers, sortit une pochette orange marquée *Avril*, et commença à tourner les pages. Canavese et Novaro piaffaient d'impatience. Un moment après, il isolait un chèque correspondant au montant et lisait à haute voix : « Madame Hélène Sorgues, 45, boulevard Édouard-Herriot. »

Canavese lui arracha le papier des mains.

— Madame ? Il vous a refilé un chèque au nom de madame ?

— Cela arrive souvent. Les hommes viennent avec un chèque qui appartient à leur femme. En général on les accepte pour de petites sommes.

— Oui, mais pour du bricolage ? Enfin, il va falloir vérifier ça. Novaro, vous allez à Castellane voir ce que c'est, et vous me tenez au courant. Moi, je dois me rendre à Toulon.

— Vous êtes déçu, n'est-ce pas ?

— Aucune importance. Tôt ou tard, je le coincerai.

Les deux hommes regagnèrent l'ascenseur en silence.

— Je vous dérange ?

— Je suis en consultation.

— Je vais faire vite : j'ai interrogé un suspect, Serge Lançon, qui selon moi est lié à la mort de Combes. Tout est en mémoire au fichier central, je me suis servi du Police Data à son insu. Je voudrais votre avis.

— Que voulez-vous savoir ?

— Le maximum de choses. S'il le connaissait, si c'est lui qui l'a dessoudé, tout quoi.

— Très bien. Dès que j'ai un moment, je visionne ça et je vous dis ce que j'en pense.

— Inspecteur, ça y est, j'ai le texte. C'est une chanson de Kenny Wheeler, *Everybody's song but not my own*. Vous avez un fax à bord ?

— Oui.

— Très bien. Donnez-moi l'identification de votre aéro, et je vous fais parvenir tout ça.

— Avec une traduction ?

— C'est en route.

— Magnifique, Varenne. Je suis dans le véhicule de service numéro TY 7523.

— Un instant.

Une feuille de papier se déroula sans bruit hors de la fente dans le tableau de bord. Canavese s'en saisit.

— Il faut rentrer ça dans l'unité centrale pour analyse sémiotique et numérique ; prévenez aussi Brugier qu'on a du travail pour lui.

— On s'en occupe. Monsieur, vous savez que le commissaire veut vous voir au rapport.

— Je sais, oui. Je passerai demain, si je peux. Envoyez-moi par modem une copie de la chanson, je voudrais l'écouter.

Le morceau débutait par une courte intro au piano. Puis la chanteuse enchaînait, accompagnée par un trio jazz. Canavese lut en écoutant les paroles :

Somehow the words never fit, somehow the song isn't right.
Although the day may be good,
I've learned it ends in a night. Everyday I hear a melody,
Something tells me that my own song has yet to be.
Watching people and their lights, finding the sun, finding someone.
Wish as much as I may, each day you still find me playing,
Everybody's song but not my own.
So many roads did I take, so many tears to be shed,
So many plans to be made, such unsung songs in my head.
All I hear is like a memory,
Like intented for someone else but not for me.
Sounds and voices from the past, quiet and slow, tender and low.
Though the sadness faced me, there's music there I'll be singing,
Everybody's song, everybody's song but not my own.

La voix avait des inflexions profondes et douces, comme si la femme livrait quelque confidence intime à son auditeur. Canavese se souvint douloureusement de l'absence de Vanina, partie depuis bientôt trois mois. Mais quelques instants après, une autre feuille apparut, avec la traduction et, après avoir remis la musique, il s'absorba dans la lecture :

D'une certaine façon, la chanson n'est pas juste,
Les mots ne sont jamais les bons.
Bien que le jour puisse être beau,
J'ai appris qu'il se termine par une nuit.
Chaque fois que j'entends une mélodie,
Quelque chose me dit que ma propre chanson reste à faire.
En regardant les gens et leurs lumières
Trouver le soleil, trouver quelqu'un.
Quelle que soit la force de mon souhait,
Chaque jour on me trouve en train de chanter
La chanson de tout le monde mais pas la mienne.
Tant de routes ai-je prises, tant de larmes à verser,
Tant de projets à faire, tant de chansons inchantées dans ma tête.
Tout ce que j'entends est comme un souvenir,
Comme si c'était pour quelqu'un d'autre mais pas pour moi.
Des bruits et des voix du passé, calmes et lents, tendres et bas.
Bien que la tristesse m'ait fait face,
Il y a là de la musique et je chanterai
La chanson de tout le monde mais pas la mienne.

Avec un stylo, Canavese souligna certains passages du texte, et griffonna des notes dans la marge tout en écoutant la voix chaude et sensuelle de Meredith d'Ambrosio.

L'aéro se posa lentement à un emplacement réservé aux taxis, et Tissier laissa le gyrophare en fonction tandis qu'il déclenchait l'ouverture des portes. Il emprunta un passage voûté et se retrouva dans une cour intérieure.

Une série de baraquements en tôle et en bois de récupération s'agrippait aux parois de pierre des vieux immeubles. La plupart avaient des toits en fibrociment, et un fouillis de gouttières traçait des obliques sur leurs peintures écaillées. On avait gagné de la place tant bien que mal sur la cour, sans doute vaste à l'origine. Une inscription partiellement mangée par la rouille, ainsi que quelques colonnes, dormants, volets cassés et un morceau d'escalier indiquaient qu'autrefois il y avait une menuiserie. Plus loin, des palettes s'entassaient en piles irrégulières ; au-delà, une demi-douzaine de grilles derrière lesquelles des ventilateurs évacuaient l'air saturé de graisses de quelque cuisine de restaurant. À gauche des poubelles, une rangée d'épaves et un container rempli de ferraille, avec en contrebas un petit atelier de mécanique aux fenêtres et porte barraudées, dont le seul accès apparent était une volée de marches en pierre, noires de crasse.

Tout au fond de la cour étaient garés trois camions peints en jaune et portant l'inscription DÉMÉNAGEMENTS ZURLETTI — GROUPAGE, ÉTRANGER, GARDE-MEUBLES. Ils étaient tous recouverts d'une épaisse couche de poussière et avaient les pneus à plat.

Derrière les camions, un escalier rejoignait une porte en bois étroite. Les marches étaient si usées que le béton craquelé laissait voir par endroits ses armatures de fer oxydé par les pluies.

Sur la porte gauchie, on devinait les restes d'une inscription portant le nom de Zurletti, tracée par-dessus un autre nom à présent illisible. Elle s'ouvrit en grinçant. Dans le couloir sombre, un vieil homme de forte carrure, en tricot de corps et short marron, était assis sur une chaise paillée. Les pieds nus, il griffonnait avec un crayon sur un calepin à spirales, en fronçant ses sourcils épais derrière des verres qui l'étaient encore davantage. Entre ses lèvres était pincée une cigarette sans filtre à l'odeur forte, probablement du tabac brun. Quand Tissier montra sa carte, l'homme sembla prendre vie :

— La police ? Écoutez, m'sieur, j'ai dit l'autre jour à m'sieur Levacher qu'son bahut, c'est pas moi qui l'ai. Vous pouvez fouiller, allez-y, moi j'ai rien à cacher !

— Vous êtes monsieur Zurletti ?

— Ben oui, mais j'vous dis, z'avez qu'à r'garder derrière, j'l'ai pas, son bahut. C'est d'sa faute aussi, y part en vacances et y laisse pas d'instructions pour son bastringue. Moi, j'suis seul à bosser, y a les congés au milieu, et son truc, j'l'ai largué sur sa terrasse. J'y peux rien si on lui a piqué, c'est pas moi.

— Je viens à propos…

— Il a pas porté plainte, au moins ? Passque l'autre jour y menaçait d'aller à la police ; moi, j'en veux pas, d'emmerdements, hein ! De toute façon c'est fermé, ici. Encore un mois et je liquide, j'suis en train de calculer le fric que je dois, et terminé.

— L'affaire dont je m'occupe n'a rien à voir avec ce que vous dites.

— Ah bon. Eh ben, tant mieux. Mais si jamais ce type porte plainte, faudra y dire que…

— Ce ne sera certainement pas moi qu'on mettra là-dessus, monsieur Zurletti. Est-ce qu'on pourrait aller dans un endroit plus pratique pour discuter ?

— Ouais. Suivez-moi, c'est par là. Faites gaffe, c'est pas bien éclairé. L'ampoule a pété, et j'ai pas eu le temps d'la remplacer.

Il poussa une porte marquée DIRECTION et actionna l'interrupteur. Un néon jauni clignota quelques instants avant de se stabiliser dans un bourdonnement sourd.

L'endroit puait la moisissure, et les murs en pierre étaient tachés par endroits. La paroi du fond comportait une ouverture voûtée qu'on avait bouchée avec des agglomérés. Deux grandes étagères en particules ployaient sous les dossiers fermés par des sangles. Les restes d'un cyclomoteur Honda s'appuyaient contre le rebord d'un bureau en placage qui disparaissait lui-même sous une montagne de papiers gras, godets plastique et emballages de sandwiches. Une culasse de camion faisait office de cendrier ; à côté était posé un cube en plexiglas si rayé que Tissier ne put distinguer les photos qu'il contenait. Zurletti se laissa tomber sur une caisse agrémentée d'un coussin élimé et invita l'inspecteur à en faire autant face à lui, dans un fauteuil en velours qui sous l'éclairage paraissait vert olive et sentait l'urine de chat.

— J'vous écoute, c'est quoi, votre histoire ?

— Voilà, nous recherchons des gens qui ont déménagé en juin 2026 et qui ont utilisé un camion j…

— Là, j'vous arrête tout d'suite, mon vieux : moi, j'ai pris l'affaire qu'il y a deux ans seulement. C'est ce putain d'Ferrand qui s'en occupait à l'époque. Çui-là, j'le retiens ! Un bâton merdeux qu'y m'a tendu, et j'l'ai attrapé à pleines mains ! En .26 vous dites ? À l'époque cette putain d'boîte tournait encore, je suppose. Quand y m'l'a vendue…

— Ce monsieur Ferrand, on peut le joindre où ?

— Si j'le savais ! Pensez bien qu'y m'a pas refilé sa nouvelle adresse ! J'ai entendu dire qu'y ferait des transports du côté des docks.

— Pensez-vous qu'il ait gardé les factures de cette année ?

— Ma foi, j'en sais rien. Possible. Faudrait fouiller dans toute cette merde, là.

Il désigna d'un geste vague d'énormes chemises cartonnées entourées de lanières de cuir, qui occupaient tout un pan de mur.

— Tous ces machins étaient ici, à ce vieux sagouin. Pouvez y jeter un œil si vous voulez. Pouvez même y foutre le feu. J'aurai dû tout fiche à la poubelle, les rats bouffent ces trucs depuis belle lurette.

Les dossiers devaient peser trente kilos chacun, ils étaient saupoudrés d'une pellicule grise et collante, constellés de chiures, et Tissier eut beau cligner des yeux, il ne vit aucune inscription qui puisse l'aider à déterminer ce que chacun contenait.

— Voilà ce qu'on va faire. Je vais contacter le central, ils vont envoyer quelqu'un pour emmener tout ça. Quand peuvent-ils venir ?

— Ben, ce soir, c'est le 31, je sais pas, moi... Mettons le 4 janvier ?

— D'accord. Je programme ça pour le 4.

— Et si vos gus veulent embarquer tout c'merdier, dites-leur de pas s'gêner, hein ? Moi, j'fous l'camp, j'en ai plus rien à cirer.

— C'est noté.

— Dites, pouvez vraiment rien faire pour cette histoire de bahut à la con ?

Canavese laissa l'aéro dans une ruelle, regrettant de n'avoir pas emprunté un engin banalisé : il aurait pu se garer directement sur le toit de *La Mare*.

Il se demanda pendant qu'il marchait s'il devait prendre l'air homo. Mais cela n'aurait donné qu'une grossière caricature absolument pas crédible. Après tout, se dit-il, tous les gays ne se font pas remarquer.

Il paya son entrée, ce qui lui donnait droit à deux consommations plus une soupe à l'oignon s'il restait jusqu'à six heures le lendemain. À cette heure-là, se dit-il, je serai couché depuis longtemps.

Il parvint à se glisser jusqu'au bar parmi une marée humaine. Beaucoup d'hommes s'étaient contentés de se mettre en valeur, soit par l'élégance de la toilette ou un léger maquillage, soit par la légèreté du vêtement : débardeur sur des épaules musclées, ce genre de choses. Rares étaient ceux qui, déguisés de façon excentrique pour passer le réveillon, avaient eu recours au rouge à lèvres et aux cosmétiques en général. Tout le monde dansait au son d'une musique pulsive sinon lascive, tandis que, sur une scène suspendue par des chaînes au-dessus du public, un jeune éphèbe se livrait à un strip-tease suggestif.

Canavese s'assit sur un tabouret au coussin de cuir placé juste sous un petit spot orange. Aussitôt, un barman torse nu vint à sa rencontre et cria pour se faire entendre : « Tu veux quoi, mon mignon ? »

Canavese commanda un J & B et tenta de réfléchir à un plan malgré le vacarme qui lui martelait tout le corps. Le whisky l'aida considérablement, et au bout d'un moment, satisfait de constater que personne n'était venu l'importuner, il fit signe au serveur.

Celui-ci rappliqua aussitôt :

— C'est quand tu veux comme tu veux, mon beau. Qu'est-ce qu'il y a pour ton service ?

— Je suis recommandé par un copain, il m'a dit d'aller voir monsieur Vecchi.

— Pour quoi faire ? Dommage qu'il t'ait pas dit de venir me voir.

— J'ai besoin d'amphés, ça presse salement. Mon pote s'appelle Deleuze.

— C'est pas vrai ! Tu connais Yves ? Qu'est-ce qu'il est devenu ?

— À peu près la même chose que toi. On peut aller chercher le patron ? Je manque.

— Allez, viens, je t'y emmène. Pauvre vieux, on va t'arranger ton coup, va ! Ça, j'en reviens pas, alors ! T'es un copain d'Yves !

Ils traversèrent la salle dans toute la longueur, un trajet qui semblait ne jamais devoir finir. Ils étaient ralentis par tous ces corps en sueur qui s'agitaient sous les lumières, Canavese éprouvait un début de nausée. La chaleur, le stress. Plus ils se rapprochaient de la scène, plus le bruit augmentait, mais Canavese semblait être la seule personne importunée.

Comme ils atteignaient une porte marquée PRIVÉ — DÉFENSE D'ENTRER, la sono annonça minuit et tout le monde se sauta au cou. Le barman se retourna et embrassa violemment Canavese sur la bouche. Celui-ci dégrafa son laser, le glissa jusqu'à l'entrejambe du type et le lui pointa dessus. L'autre devait croire qu'il s'agissait d'une caresse, il continua. Mais quelque chose dans le regard de l'inspecteur le fit s'arrêter.

— Tu as un laser réglé au maximum sur les

couilles, et je me retiens à grand-peine de te les cramer. Alors amène-moi à ton patron, et finissons-en.

Vecchi était un homme blond et moustachu, bien mis et raffiné. Quand Canavese entra sans frapper, accompagné de son guide, il était en compagnie d'un jeune garçon de douze ou treize ans. Ils se séparèrent brutalement et Vecchi fit un geste en direction d'un tiroir.

— À votre place je m'abstiendrais. Police.

Tout en le tenant en joue, Canavese lui tendit sa carte.

— Mais vous venez de Marseille-centre, nous sommes dans le district de Toulon, je ne dépends pas de vous.

— Viens par ici, toi.

Le jeune garçon se dirigea vers Canavese avec assurance :

— Tu veux, toi aussi ?…

— Fais voir tes yeux ? Accroché à l'héro. Allez, dégage. Je vous conseille de coopérer, Vecchi. Je peux vous envoyer mes collègues dès demain matin, et si on veut on vous coffre pour détournement de mineurs, trafic de stupéfiants ou n'importe quoi d'autre.

— Bon, ça va.

Vecchi fit signe au barman.

— Laissez-nous aussi, Gilbert.

— Au contraire, restez.

L'homme s'assit sur un canapé en cuir véritable et demanda :

— Alors, que voulez-vous ?

— Des renseignements sur ce type.

Il lui montra un cliché couleurs de Combes. On le

voyait pris en gros plan devant son comptoir, en train de mimer une fellation avec une bouteille de gin.

— Je vois qui c'est. Je ne sais pas son nom mais on l'appelait Patte-folle. Il venait souvent à une époque.

— Quand ?

— Je ne sais pas, c'est un vieux client.

— C'était. On l'a buté, j'enquête sur sa mort. Il s'appelait Combes. Je veux savoir qui il fréquentait, s'il venait souvent, tout, quoi.

— Il venait deux à trois fois par semaine, et il levait un type différent à chaque fois. Je ne sais pas s'il payait pour ça.

— Quel genre de mecs se faisait-il ?

— Je ne suis pas sûr… Je crois que c'étaient souvent des blonds.

Canavese sentit son cœur s'accélérer. Pas encore, pensa-t-il, c'est trop tôt. Il montra un cliché de Lançon d'après l'interrogatoire qu'il avait digitalisé :

— Jamais vu en compagnie de cet homme ?

— Non.

— Vous ne le connaissez pas ?

— Je ne crois pas.

— Est-ce que Combes est venu récemment ?

— Non, ça fait un bon moment qu'on ne le voyait plus.

— Depuis quand ?

— Je ne sais pas, à peu près trois ans, mettons quatre.

— Est-ce que quelqu'un d'ici le connaît bien ?

— Il y a Gazou, mais…

— Mais quoi ? Qui est ce Gazou ?

— C'est un serveur. Il a la grippe. Lui doit en savoir un peu plus que nous, mais il…

— Son nom, son adresse, vite.

— Il s'appelle José Gambini, il habite au boulevard Fénelon, à Pont-du-Las, en surface.

— Il vit seul ?

— En ce moment, oui.

— Bien, j'y vais. Si vous le prévenez de mon arrivée, je reviens ici et je vous fais foutre au trou, compris ?

Quand il rejoignit la salle, il faillit buter sur deux types nus enlacés à même la moquette, en plein coït. On lui souhaita la bonne année. Il ne se retourna pas.

— Qui est-ce ? Revenez demain, je suis malade.

— Gazou, ouvrez, c'est très important. Je viens de la part de Gilbert.

— Merde, mais qu'est-ce qu'il veut ? Je lui ai déjà prêté cent sacs le mois dernier. Je suis couché, j'ai la grippe. Allez taper quelqu'un d'autre.

— C'est pas pour du pognon, c'est juré. Ouvrez, Gazou. *Ouvrez !*

Canavese tambourina à la porte jusqu'à ce que le bruit du loquet se fît entendre.

Gambini était un petit homme au visage grimaçant et au corps incroyablement velu. Il grelottait, nu, dans la lumière de l'entrée, et s'effaça pour livrer passage à Canavese. Derrière lui, des photos d'hommes nus et d'une fellation, sur laquelle il avait rajouté au feutre : *Le sperme, c'est comme la fumée : il y a ceux qui avalent et ceux qui font semblant.*

— Je vais me recoucher, on discutera mieux comme ça.

— Non, reste ici. Police. Voilà ma carte.

— Police ? Pourquoi vous ne l'avez pas dit ?
— Tu n'aurais pas ouvert.
— Vous avez un mandat ?
— Je pourrais en avoir un demain matin, alors gagnons du temps. Regarde ce type, tu le reconnais ?
— Bien sûr, c'est Dominique. Qu'est-ce qu'il a fait ?
— Lui ? Il est mort.
— Merde. Comment ? Pourquoi ?
— Quelqu'un l'a buté, je ne sais pas qui. C'est un peu long à expliquer. Dis-moi tout ce que tu sais, je ferai le tri.
— Dominique aime… enfin aimait… les jolis blondinets. Il venait au club pour s'en payer un, assez souvent.
— Depuis quand ne venait-il plus à *La Mare* ?
— Est-ce que je peux prendre au moins une couverture ?
— Après. Réponds.
— Je ne sais pas, moi. En gros, depuis le printemps de l'année .29.
— Tu le connaissais bien ?
— Comme ça.
— Tu l'as vu plusieurs fois avec la même personne ?
— Non.
— Ne mens pas !
— Euh… les derniers temps, je l'ai vu une ou deux fois avec le même type.
— Tu pourrais le reconnaître ? Est-ce lui ? (Il montra le cliché de Lançon.)
— Non.
— Est-ce que tu pourrais me décrire ce type ?

— Il était blond, je ne me souviens de rien d'autre.

— As-tu remarqué quelque chose le jour où tu l'as vu ?

— Non, je…

— Est-ce que tu aurais entendu son nom ?

— Deux secondes, laissez-moi réfléchir…

— Arrête de te foutre de moi. Crache le morceau si tu ne veux pas te retrouver au bloc !

— J'ai rien fait, moi… Vous n'avez pas le droit…

— Je vais me gêner. Crache le morceau, vite !

— Attendez, je me souviens : Dominique l'a appelé Cat.

— Cat ? C'est un nom, ça ?

— Je n'en sais rien. Peut-être un petit nom mignon.

— Rien d'autre ?

— Non, juré.

— T'as intérêt à jouer réglo avec moi. Alors, d'après toi, il se serait mis à la colle avec Cat le blondinet ? Est-ce qu'il t'en a parlé ?

— Il m'a dit une fois que… Vous voulez savoir quel genre de trucs il aimait aussi ?

— Pourquoi pas ? Si ça peut m'aider.

— Il m'a raconté qu'une fois, l'autre lui faisait une pipe et s'est amusé à lui mordre le gland. Juste un peu, pour voir. C'est rigolo, non ?

VII

Quand Canavese ouvrit le bureau de Griffier, il comprit tout de suite que quelque chose n'allait pas. Le commissaire ne bougea pas d'un millimètre, mais les muscles de son visage se contractèrent, signe que cette immobilité apparente était le résultat d'un important effort de contrôle.

— Ah, vous voilà. Ce n'est pas trop tôt.

— Vous vouliez me voir, commissaire.

— Je vous cherche depuis deux jours.

— Qu'est-ce qu'il y a ?

— Comment, qu'est-ce qu'il y a ? Vous osez le demander ?

— Attendez, là, je n'y suis plus.

Griffier appuya sur une touche de son terminal, et Canavese entendit sa propre voix qui disait :

> *« Griffier n'est qu'un fonctionnaire de merde. Il a hâte de pouvoir rassurer tout le monde, il est pressé que le maire lui foute la paix. Mais il fait fausse route et toi aussi.*
>
> *— En attendant, il a ordonné de suspendre toutes les recherches. Il veut te confier d'autres affaires.*
>
> *— Je liquide ça d'abord.*

— Officiellement, tu n'as plus à t'en occuper.

— Eh bien, tu vas pouvoir courir lui dire que je continue. N'importe comment, je vous emmerde tous, et je fais ce que je veux. Plus on monte haut dans cette putain de hiérarchie, plus les gens sont incapables ! Moi, ça fait des années que je les baise... »

— Cela vous suffira ? Alors non seulement vous désobéissez aux consignes, mais encore vous insultez vos supérieurs et l'administration ? Vous empruntez un véhicule officiel pour disparaître on ne sait où, vous vous arrangez pour qu'on ne puisse plus vous joindre et, je l'apprends il y a à peine un quart d'heure, vous menacez monsieur Vecchi dans son établissement sans aucun mandat officiel, en dehors de votre territoire ? Laissez-moi vous dire une chose, Canavese : j'ai besoin de vous pour boucler cette enquête, mais sitôt après, il y aura des sanctions disciplinaires. En attendant, prenez garde à ce que vous faites : l'Inspection générale des services fait une enquête sur vous.

On frappait à la porte. Canavese, du coin des yeux, vit un type en uniforme passer timidement la tête par la porte entrebâillée. Il rétorqua, coléreux et ironique à la fois :

— C'est Savelli qui tire les ficelles, hein ?

— Je vous conseille de changer de ton, Canavese ! Savelli fait son travail, faites le vôtre. Et cessez de jouer au petit malin en compagnie de Brugier. Vous avez fait une formation psycho, c'est très bien, mais ne vous prenez pas trop pour un génie. Qu'est-ce que c'est ?

L'homme, après s'être éclairci la gorge, déclara :

— Il faudrait venir d'urgence à la cellule 15, monsieur. Le suspect est décédé.
— Quoi ? Qu'est-ce que vous racontez ?
— Jager, monsieur. Il est mort.

L'équipe de jour au grand complet, les inspecteurs des différentes brigades, le secrétariat, les hommes en uniforme : on se bousculait dans le couloir des détentions provisoires. Canavese dut jouer des coudes pour apercevoir la cellule un bref instant. Il y avait du sang sur les murs. Le corps avait été enlevé. Gazin, la tête dans les mains, était assis sur la couchette. Canavese s'adressa à un sergent qu'il connaissait :
— Qu'est-ce qui s'est passé ?
— Il le travaillait de trop près.
— J'ai toujours pensé que ce type n'est qu'une brute. Quelqu'un lui a parlé ?
— Il ne répond pas. Il a l'air en état de choc.
— Et Jager ?
— On l'a porté aux niveaux inférieurs, dans le service de médecine légale.
— Margaillan va étouffer l'affaire, c'est ça ?
— Pas lui, en tout cas. Il a eu une poussée d'ulcère, ça fait une semaine qu'on ne l'a pas vu. Le stress. Bonnal est en congé, on n'a plus que Roux, et il est débordé.
— Merde. Et moi qui attends mon *post mortem* de Combes.
— Ça finira par venir. Vous avancez ?
— Pas mal. Plus que Savelli. Où est-il ?
— Il est resté enfermé dans son bureau.
— Je vais aller le voir.

Canavese entra sans frapper. Savelli se força à sourire, mais ce n'était guère convaincant.

— Alors, quel bon vent t'amène ? J'ai entendu parler de toi et de ton petit western chez les gays. Tu commences l'année en beauté.

— Tout le monde sait que tu étais derrière Gazin. Alors tu vas dire aux bœuf-carotte de me lâcher, sinon je te fais plonger.

Il fit demi-tour et regagna ses quartiers.

Installé sur son fauteuil en skaï gris, il jetait un coup d'œil distrait aux papiers en retard et répondit au vidphone tout en classant ses dossiers :

— Inspecteur Canavese, j'écoute.

Silence. Il finit par relever les yeux.

Vanina.

Il eut tout à coup un très fort sentiment de culpabilité et sut que cela se voyait, rien qu'au regard qu'elle lui lança.

— Alors, Jean-Paul, tu t'amuses bien avec tes brigands ?

— Je... Vanina... J'aurais dû...

— Oui, tu aurais dû ! Mais tu as oublié. Tu n'as même pas appelé pour dire que tu ne venais pas.

— J'ai été drôlement bousculé cette semaine, et je...

— Tu es toujours bousculé, et je crois que tu aimes ça. Tu vis comme un fou. Tout le monde me demandait quand tu viendrais, et je ne savais pas quoi répondre. Les enfants du village sont passés, ils avaient un cadeau pour toi, je ne l'ai même pas ouvert.

— Tu sais, j'ai presque coincé mon bonhomme, je te promets...

— Pas de promesses ! Et ne me parle pas de ton travail, je l'ai pris en horreur. Ça te plaît de vivre au milieu des violeurs et des assassins ? Pas moi !

L'écran s'éteignit. Canavese ouvrit un tiroir de son bureau métallique, en sortit une boîte de pastilles à l'anis et s'en servit deux.

— Je vois que vous continuez vos efforts pour ne plus prendre d'anxiolytiques. Vous avez du mérite.

— Ah, c'est vous ? Je ne vous ai pas entendu arriver.

Brugier se tenait près de la porte, sa sacoche à la main. Canavese lui fit signe d'approcher. Le psychiatre lui sourit.

— Vous avez l'air surmené.

— Vous avez entendu notre conversation ?

— Involontairement, je vous assure. Ainsi, vous pensez vous aussi que ce malheureux n'avait rien à voir dans notre affaire, et vous continuez à chercher ?

— Évidemment. Mon meurtrier, un poivrot misérable ?

— Vous avez raison. Notre homme a plus d'envergure.

Brugier alla fermer la porte, se laissa choir sur une chaise et sortit un dossier de sa sacoche joufflue. Il chaussa ses lunettes et déclara :

— L'idéal serait de boucler cette affaire au plus vite. Ainsi, vous pourriez rejoindre votre femme, décompresser un peu, et Griffier vous oublierait un moment. Il paraît qu'il vous a collé l'I.G.S. sur le dos ? C'est un peu de ma faute, je n'aurais pas dû le provoquer avec son nez.

— Je ne pense pas que cela aille bien loin. Parlez-moi de Serge Lançon.

— Vous ne vouliez pas m'interroger d'abord sur la chanson ? Il a l'air de vous intriguer, ce type.

— Pour une fois que je tombe sur quelqu'un de subtil.

— C'est vrai qu'il est fort. Mais je ne dirai pas subtil. Ce n'est pas un vrai intellectuel. Plutôt un hypersensible.

— On s'en fout, doc. Est-ce lui, mon assassin ?

— Je ne le crois pas. Il est capable de tuer, il l'a peut-être déjà fait, mais pas comme ça, pas avec un rituel. Je sais que cela vous contrarie, mais non, je ne crois pas que ce soit lui.

— En tout cas, il connaissait Combes ?

— Sans aucun doute. Vous l'avez coincé, lorsque vous établissiez son lien avec Combes. Avez-vous remarqué ses mains ? Il les croise lorsqu'il est à l'aise ; il saisit son verre quand il est gêné. Boire lui permet de dissimuler son regard, de baisser les yeux tout en faisant diversion. J'ai beaucoup observé ses yeux et ses mains.

— Et alors ?

— Disons tout de suite qu'il est constamment sur la défensive. À mon avis il n'est pas clair. Même s'il n'en est pas l'auteur, je le verrais bien lié à la mort de Combes. Quand vous en parlez, son regard ne bouge pas. Supposez qu'il ait autre chose à se reprocher. Vous arrivez, et vous ne lui donnez pas les raisons de votre présence. Quand il comprend que c'est pour Combes, il coopère. Mais dès que vous le questionnez sur ses activités, il ment manifestement. Et il esquive au moyen d'une invite directe : « Vous ne voulez pas boire, vous aussi ? » Il est évident qu'il ne s'occupe pas de sonorisation et que les services qu'il rend sont illégaux.

— J'ai eu l'impression qu'il se défilait.

— C'est difficile de travailler en temps réel. Heureusement, vous aviez votre terminal. Il s'en est aperçu d'ailleurs. À la fin, votre concentration a diminué, vous avez commencé à attaquer sur le cœur et l'âme…

— Je voulais le troubler.

— La question sur le cœur artificiel l'a réellement troublé. Il doit souffrir de très fortes angoisses à ce sujet, sans raison d'ailleurs car les prothèses actuelles sont très fiables. Quand il dit que vos questions le surprennent, sa main droite se serre convulsivement sur le verre. Mais quand vous parlez d'âme, il disjoncte, tout simplement. Vous l'avez agacé avec son cœur. Il n'écoute plus et se débarrasse de vous. Vous avez bien fait de clore l'entretien à ce moment.

— Merci.

— Et quand son regard se fixe sur le terminal, terminé, il rentre dans sa coquille.

— Est-il homo au moins ?

— Difficile de répondre. De façon latente, c'est sûr, mais nous le sommes tous à ce compte-là. La question sur la drogue le dérange bien plus. Il doit en consommer, mais aussi en vendre. Cela dit, il est très fort pour cacher son jeu. En conclusion, ce n'est pas notre homme, mais peut-être le connaît-il ?

— Ils vivent de toute façon tous deux dans le même environnement ?

— Certainement.

— Lançon vit avec un type.

— Ah ? Alors je me suis trompé. Peut-être vit-il très bien cette homosexualité ? Mais il n'a pas l'air de prendre les choses du bon côté. Je vous ai renseigné ?

— Vous me faites surtout douter.

— C'est mon métier. On passe au texte ? Malheureusement ce n'est pas aussi facile. C'est moins parlant qu'un visage ou des mains.

— On fera avec.

— Je n'ai pas eu le temps de pousser très loin, mais à première vue, votre assassin souffre d'une altération très nette de la personnalité. Il ne sait pas réellement qui il est. Si on se base sur l'hypothèse qu'il s'identifie aux paroles, bien sûr.

— Il faut espérer.

— Oui, cette phrase qui revient, « la chanson de tout le monde mais pas la mienne », si on assimile le fait de « chanter sa propre chanson » à celui de « vivre sa propre vie », alors votre assassin endosse l'identité de ses victimes. Ou alors, il vit par procuration plusieurs vies fantasmatiques qui suppléent au vide de la sienne. « Tout ce que j'entends est comme un souvenir, comme si c'était pour quelqu'un d'autre mais pas pour moi. » Il ne sait plus ce qui vient de sa propre mémoire ou de celle des autres. Je suis en contact avec un ami psychanalyste et traducteur d'anglais à Aix. Je lui ai confié le texte original pour qu'il l'examine du point de vue psychanalytique.

— Excellente idée. Que cherche-t-il à faire, doc ?

— Il veut détruire l'identité de ses victimes. Pour prendre leur place, qui sait ? Il les tue, leur fait des cadeaux dérisoires et brûle des photos ou Dieu sait quoi dans leur poitrine. Je n'ai pas vu cela souvent, il faut l'avouer. En gros, il tue des gens pour nier leur identité, probablement parce qu'il doute de la sienne. Vous avez une idée, je le sens.

— Ce n'est qu'une vague idée.

— Mais dites-la.

— L'assistance publique. Un orphelin.

— Pourquoi pas ? Mais tous les orphelins ne passent pas forcément par l'assistance publique.

— Il faut bien attaquer par quelque part, pas vrai ? Ainsi, Lançon n'est pas mon client…

— Ça vous déplaît, n'est-ce pas ?

— Vous pouvez même dire que ça me reste en travers.

L'interphone. Il appuya sur le bouton avec un geste impatient.

— Canavese.

— T'as un autre macchabée, mon vieux. Une fille. Bloc C, 147 ouest, 8e niveau. Rétamée comme les autres, avec ambiance aux chandelles.

Il prit son blouson, salua le psychiatre et se rua vers l'ascenseur.

Lançon entra dans la pharmacie et s'assit un instant. Il y avait peu de monde, et il mit à profit ce court repos pour faire le point. Depuis qu'on le filait, il avait dû renoncer temporairement à rencontrer ses clients. En conséquence, un bon nombre de contrats n'avaient pu être honorés, et il perdait de l'argent. Si cette histoire se prolongeait, il serait bientôt dans l'incapacité de payer le loyer. Et Leuris le mettrait dehors. Cette pensée provoquait en lui une véritable panique. Se retrouver à la rue, quel cauchemar.

En attendant, il en était réduit à errer de chambre d'hôtel en abri de fortune.

Il se mit à examiner le présentoir de brosses à dents. Il le faisait tourner, tourner…

— Monsieur ?

Il sursauta et renversa une douzaine de boîtes.

C'était une préparatrice qui l'avait déjà servi. Ils se connaissaient de vue, il venait là pour la troisième ou quatrième fois. Elle lui souriait, amusée par l'incident. Ils se baissèrent pour tout ramasser. Elle bavardait mais il n'écoutait pas. Vingt-cinq ans, blonde, un visage intelligent avec de beaux yeux verts. Elle s'était mise à genoux, une de ses jambes dépassait de sa blouse. Il prit conscience avec amertume qu'il n'avait pas eu de rapport sexuel satisfaisant depuis des mois. Elle était jolie, bien proportionnée et avait l'air attentive à son égard. Il lut sur son badge qu'elle s'appelait Michèle Aubert.

Ils regagnèrent le comptoir et il commanda une boîte de comprimés pour lutter contre la migraine. Tandis qu'elle le servait, mû par une impulsion soudaine, il demanda :

— Que faites-vous ce soir ?

— Pourquoi ?

— Je vous aurais invitée à dîner.

La surprise apparut sur le joli visage, les sourcils se froncèrent légèrement. Il comprit qu'il avait commis une erreur.

— Non merci, monsieur. Ce sera douze crédits.

Il paya à contrecœur et conserva le silence pendant qu'elle lui rendait sa monnaie. Elle lui tendit la boîte toujours avec le même sourire, ce leurre purement professionnel mais si parfait que pendant un instant il s'y était laissé prendre.

Déprimé, il se dit qu'il ne reviendrait plus se servir à cet endroit.

— Mais ça pue la merde, ici ! Qu'est-ce qui s'est passé ?

Roux et l'assistant photo, entrés en premier, eurent le même mouvement de recul. Mais déjà Canavese les poussait et manipulait les commandes d'aération. Les deux hommes en uniforme étaient restés dans le couloir pour prendre la déposition de la concierge.

Le corps de la fille, étendu sur la moquette du salon, gisait les bras en croix. Toujours le même scénario : visage tuméfié, plaie béante sur le sternum, écoulements de bougie et cendres. Canavese chercha des yeux l'objet.

Une vulgaire assiette-souvenir, en céramique peinte, contenait divers poissons et coquillages grossièrement imités. Dans un coin, l'inscription GOLFE-JUAN était encore lisible. Accroupi par terre, l'inspecteur la regardait en silence.

Il se releva. Le flash jetait sur le cadavre une lumière sans complaisance. Brönner arrivait, essoufflé, chargé de matériel.

— Je me suis pris la sortie des bureaux, la vraie panique. J'ai bien cru que j'allais rater la fête… Eh, mais qu'est-ce qui pue comme ça ?

Canavese lui serra la main.

— On n'en sait rien, on vient d'arriver. Peut-être les toilettes qui refluent ? En tout cas, il n'y a aucun excrément visible dans la pièce.

— Vous avez vu les carreaux de la table ? Il n'y a que la ferraille qui ait résisté.

Canavese se tourna vers le médecin légiste.

— Doc, ça remonte à quand pour elle ?

— À première vue, deux jours.

— Et tout ce sang partout. Prélevez-en là-bas aussi. Rien ne dit que c'est tout à elle.

— Je compte le faire.

— En fait, il y en a surtout entre le corps et ce coin, là. On va voir, Brönner ?

— Allez-y, j'arrive.

L'homme tendit des gants blancs à Canavese, enfila les siens et s'agenouilla près du corps. Il projeta un mélange de résines et de solvants et réussit, non sans mal, à ramasser les cendres sans rien détruire. Il enferma le tout dans une boîte en plastique qu'il mit sous scellés. Puis il passa les doigts de la morte à l'encre et présenta les empreintes devant l'optique du terminal pour les mettre en mémoire. Enfin il prit son détecteur et se rendit à la salle de bains.

Du sang sur le tapis, près de l'évier, sur la tablette. Canavese fouillait la commode ; Brönner se mit à inspecter chaque recoin avec l'appareil. Chaque fois qu'il détectait une empreinte, même partielle, il la passait au scanner du Police Data et demandait la comparaison avec les échantillons faits à l'instant. Canavese suspendait alors son activité pour écouter la réponse. Mais la voix artificielle répétait inlassablement : « Appartient à la victime. » Sur la cabine de douche, la commode, les interrupteurs, les tubes de crème, le verre à dents…

— L'évier a été nettoyé récemment, rien. À mon avis, le type a été blessé, et il est venu…

— Se soigner ! Vérifiez les pansements, les emballages de coton, de compresses !

Canavese s'était mis à fouiller l'armoire à pharmacie, malgré les protestations de Brönner sur son manque de méthode. Tenez, disait l'inspecteur. Essayez-moi ça. Et ça. Et encore ça.

Finalement le terminal finit par annoncer : « Empreintes inconnues. »

Un spray cicatrisant.

— Ça y est, cette fois-ci ! Et des belles, en plus. J'opère une saisie, on va demander si notre bonhomme est fiché.

— Elle a dû bien l'amocher. Regardez tout ce qu'il a perd…

Le sol se mit brusquement à trembler, tandis qu'un grondement énorme résonnait dans tout l'appartement. Canavese se rendit au-dehors et interrogea la concierge :

— Le métro, c'est ça ?

— Oui, monsieur. Il passe toutes les cinq minutes. On finit par ne plus faire attention.

— Il doit être tout près.

— Juste de l'autre côté du mur, à mon avis. On a pas mal de locataires qui sont devenus à moitié sourds. J'en ai même un qui dort dans sa salle d'eau, parce qu'elle est de l'autre côté.

— Et merde. On n'aura pas de témoins. Enfin, on a les empreintes, c'est déjà pas mal.

Il retourna auprès du corps. Le légiste examinait les restes du crâne.

— J'ai trouvé ce qui pue comme ça : la tête.

— Décomposée ? Pas possible ?

— Non, c'est un Yoma, ces espèces de saloperies qu'on a ramenées de je ne sais plus où. Regardez, le type a tiré n'importe comment, il a coupé la boîte crânienne en deux. Le rayon est entré au niveau pariétal droit, il est ressorti au sommet. Et quand on ouvre, qu'est-ce qu'on voit ? Les tissus sont tassés, compressés. Il y a des régions entières où ce truc a tout écrabouillé, petit à petit. Quand la fille est morte, il s'est tiré. Il est peut-être encore dans le coin. L'odeur vient de là.

— Ce ne sont pas ces bestiaux qui font planer ? Cela expliquerait les icônes et les statues.

— Probable. Et si vous lanciez un avis de recherche ? Il pourrait témoigner.

— Tu parles. « On recherche extraterrestre ayant assisté à un meurtre. Signe particulier : pue la merde. » Non, je pense qu'on a plus sérieux : le type est blessé. Vous n'avez pas trouvé d'objet qui aurait pu servir d'arme ?

— Non, mais regardez les ongles de la main droite : pleins de sang. Peut-être qu'elle l'a griffé ?

— Vérifiez au labo. Si c'est le cas, on a une chance que ce soit au visage.

Brönner était venu les rejoindre entre-temps et s'asseyait dans un fauteuil en skaï, ses pieds touchant presque ceux de la morte.

— Notre meurtrier n'est pas fiché.

— Il y a eu du sport ici. Un vase est renversé sur le buffet, la table est démolie : ils se sont battus. Elle l'a griffé, il est allé se soigner, et quand il est revenu…

— Il a vu le truc se séparer des neurones et a tiré dessus. Regardez sur le tapis.

Un trou profond. Le rayon avait presque atteint l'infrastructure métallique du sol.

Les brancardiers emportaient le corps sur un signe de Roux. Canavese retint le médecin par la manche alors qu'il s'en allait.

— Doc, il n'y aurait pas moyen de faire passer ça en priorité ?

— Mon vieux, on vient à peine de la trouver, calmez-vous. Il y a des tapées de tests en labo à effectuer, et j'en ai plein d'autres avant.

— C'est une affaire importante, vous le savez.

— D'accord avec vous, mais si on commence à faire comme ça, on ne s'en sort plus. Margaillan est malade, Bonnal est en congé et ne revient que dans quatre jours, et moi je bosse comme un âne. Désolé.

— Essayez au moins de faire les tests sanguins.

— Je vais voir, je ne promets rien.

Ils déménagèrent les meubles pour inspecter le tapis à la loupe. Canavese allait et venait sans intention précise. Au bout d'un moment, incapable de partir mais trop fatigué pour être vraiment efficace, il se vautra sur le divan et s'assoupit.

— Eh, regardez ça ! (Brönner tenait quelque chose entre deux doigts. Canavese cligna des yeux et s'approcha.) C'était sous le divan, je parierais ma chemise que cette lentille de contact appartient à notre bonhomme.

— Perdue. Qu'est-ce qui nous dit que ce n'est pas à elle ?

— Impossible de savoir comme ça.

— Soyons logiques. Si c'était à elle, on devrait en retrouver une autre quelque part. Ou, au moins, du matériel d'entretien, des produits de nettoyage, enfin quelque chose.

Ils écumèrent les différentes strates de particules accumulées, en vain. La lentille n'appartenait pas à Jeanine Lopez.

— Il a dû chercher un moment, puis renoncer.

— La lentille est tombée juste derrière un des pieds. Il fallait tout changer de place pour la dénicher. Je vais l'examiner dès mon retour au labo, j'essaierai d'en tirer le maximum.

— Je crois que ce type n'a pas eu de chance avec elle. Il y a laissé des plumes.

— Elle s'est bien défendue.

— Pas assez bien.

Savelli entra dans la pièce avec lenteur et hésitation, comme s'il s'était agi d'une pente savonneuse. Griffier, occupé ou feignant de l'être, lui fit signe d'approcher tout en tripotant les divers objets éparpillés sur le bureau métallique.

Quand tous deux furent face à face, Griffier attaqua sans préambule :

— Vous savez que Gazin va être viré. Normalement, vous devriez y passer aussi. D'abord pour avoir mené une enquête parallèle sans jamais en rendre compte à vos supérieurs, ensuite pour la mort de Jager. Mais vous avez de la chance : ce type n'avait pas de famille, et sa disparition passera inaperçue. Vous ne serez même pas rétrogradé, mais je vais m'arranger pour vous mettre sur autre chose. Il y a la série de braquages dans les banques des niveaux inférieurs, les petites agences de quartier. Il faut trouver qui, tout démanteler. Le dossier est sous le code Z-345, et vous travaillez avec Jorry et Mercier. C'est tout.

Savelli quitta les lieux sans avoir prononcé un mot.

Griffier prit l'interphone et dit :

— Canavese, vous aviez raison pour Jager. Vous avez bien fait de continuer. Je vous confie l'affaire et vous donne carte blanche. Présentez-vous au rapport.

— Je pense qu'il vaut mieux…

— Quoi ?

— Écarter Savelli de l'enquête.
— C'est fait.

Canavese s'assit sans façons et déclara avec assurance :

— Nous allons le coincer. Vous avez pris connaissance de ce qui s'est passé chez la fille ?

— Oui, enfin ça bouge un peu. Tôt ou tard, il devait tomber sur une victime plus coriace. Brönner a la lentille ?

— Il va l'analyser. J'aurai besoin de votre appui pour secouer un peu Roux, qu'il active le mouvement.

— Il est englouti sous les paperasses et le boulot.

— Je sais, mais il faudrait qu'il traite prioritairement.

— On va essayer. La prochaine réunion de synthèse a lieu demain, je lui en parlerai. Pour notre type, on va attaquer du côté des opticiens, dommage qu'il n'ait pas été fiché. Dès qu'on a les caractéristiques de la lentille, on met tout le monde sur la brèche. J'ai lu vos incursions chez les gays : peu de méthode, mais des résultats. On va chercher ce blond, Cat, qui doit porter des lentilles et se balader avec une cicatrice.

— Vous pensez que c'est lui qui…

— Il faut foncer, voilà ce que je pense. Et faites attention, Canavese. Veillez à rester dans la stricte légalité, évitez faux pas et paroles irréfléchies. Je guetterai la moindre erreur.

VIII

Le lendemain, sur le bureau de Canavese, se trouvaient deux feuillets imprimés, accompagnés de quelques lignes tracées par-dessus au stylo rouge :

Margaillan vient de m'expédier son rapport, je vous en ai fait tirer une copie. Lisez le passage que j'ai souligné.

J. Griffier.

Canavese repéra le paragraphe concerné, fut tenté d'y sauter directement comme on l'y invitait, mais par esprit de contradiction décida de lire le rapport en entier. Il faut dire qu'il avait toujours apprécié l'étrangeté du discours médical : comment la langue pouvait-elle devenir si désincarnée, aride, objectiviste, alors même qu'elle rendait compte de l'intimité de la chair, de la souffrance, de la mort ?

COUR D'APPEL D'AIX-EN-PROVENCE
TRIBUNAL DE GRANDE INSTANCE DE MARSEILLE
CABINET DE MONSIEUR VUILLEMIN, JUGE D'INSTRUCTION
SOUS COUVERT J. GRIFFIER,

COMMISSAIRE DE POLICE JUDICIAIRE
N° D'INSTRUCTION 987/32
N° PARQUET : 4857364
ORDONNANCE DE COMMISSION D'EXPERT
AUTOPSIE EN DATE DU 24/12/.32

Rapport d'expertise médico-légale
Autopsie du corps du sieur Combes Dominique
en date du 27/12/.32

Docteur Philippe Margaillan
C.E.S. de médecine légale
Expert près la cour d'appel d'Aix-en-Provence
6. av. R.-Schuman, 13002 Marseille

Je soussigné, docteur Philippe Margaillan, médecin légiste, expert près la cour d'appel d'Aix-en-Provence, domicilié 6, av. R.-Schuman à Marseille ;

Commis par monsieur Jean Griffier, commissaire de police judiciaire à Marseille-centre, sous couvert de M. Vuillemin, juge d'instruction près le tribunal de grande instance de Marseille, en exécution d'une ordonnance de commission d'expert, avec pour mission d'établir les circonstances et raisons exactes de la mort du sieur Dominique Combes, déclare avoir procédé aux examens nécessaires et suffisants pour établir les observations suivantes :

Commémoratifs succincts

Des renseignements qui nous ont été fournis, il apparaît que le corps sans vie de Combes Dominique a été découvert à son domicile le 24/12/.32 à 11 heures par Mme Nicolet, concierge de l'immeuble. Nous nous sommes rendu sur place et avons procédé aux premières constatations, en présence de MM. Canavese et Savelli, inspecteurs de police.

Autopsie

1) Aspect extérieur du cadavre

Il s'agit du corps entièrement nu d'un homme de 45 à

50 ans, de race blanche, de forte corpulence, mesurant approximativement 1,75 m. L'examen systématique de la surface tégumentaire révèle :

• Au niveau du massif cranio-facial d'où s'exhale une forte odeur anisée, une tuméfaction de tous les téguments du massif facial avec disparition de la plupart des reliefs musculaires et osseux, au niveau du massif nasal et des orbites qui sont vides. Les téguments des joues et des lèvres sont déchiquetés. Au sein de cette bouillie tissulaire on retrouve des esquilles osseuses ; en revanche, au niveau des berges des plaies et des déchirures musculaires, il n'est pas noté d'organisation en caillots. En ce qui concerne la joue droite, constatons un aspect quadrillé de la surface tégumentaire. Il est possible de décrire en région médio-frontale, à 170 cm de la sol plantaire, une brèche cutanéo-osseuse régulière et arrondie de 4 cm de diamètre, d'où sourd de la matière cérébrale. Sur les berges de cette effraction sont retrouvés des dépôts de cire rouge. En situation postérieure, au-dessus de la protubérance occipitale externe, est retrouvé à 168 cm de la sol plantaire un orifice arrondi régulier de 4 cm de diamètre, dont les bords semblent cautérisés.

• Au niveau du thorax on retrouve une vaste effraction cutanée irrégulière sise en position para-sternale gauche, en regard du mamelon, à 140 cm de la sol plantaire, et dont le centre se situe à 8 cm de la ligne médiane antérieure. Il n'est pas retrouvé d'hématome au niveau des berges de cette effraction. On note un aspect déchiqueté, en forme de rainures, sur les berges supérieures et inférieures, pouvant correspondre à des empreintes dentaires. De cette plaie s'échappe une odeur chimique.

• Au niveau du membre inférieur droit, on constate l'existence d'une prothèse à 5 cm en dessous du genou droit, correspondant à un matériel prothétique (polyuréthanne léger) après amputation de la jambe. Au niveau tégumentaire du moignon, on voit des traces parcheminées, profondes et étendues, pouvant correspondre à <u>une mise en force *post mortem* de la prothèse</u>.

2) Ouverture des cavités

• Au niveau du crâne, à la brèche cutanéo-osseuse frontale décrite *supra*, correspond une tunnellisation non hémorragique de la matière cérébrale, selon un trajet parallèle au plan sagittal, légèrement de bas en haut, lorsque le crâne est en position physiologique. Il n'est pas retrouvé d'hématome ni d'hémorragie le long des berges de cette tunnellisation.

• Au niveau du thorax, à l'effraction précédemment décrite correspond une section franche de la jonction chondro-sternale des 5e et 6e côtes gauches, sur 7 cm, mettant à nu le système pleuro-pulmonaire sous-jacent. Au sein d'un hémo-thorax abondant d'approximativement 2 litres, on constate une section déchiquetée des gros vaisseaux de la base du cœur et de la veine cave inférieure, à laquelle se rattachent quelques débris péricardiques. Le muscle cardiaque n'est pas retrouvé. À sa place on trouve, mêlés à la collection sanguine, des débris et des cendres de papier d'origine chimique.

Discussion — conclusion

Les constatations macroscopiques effectuées lors de l'autopsie du sieur Combes Dominique permettent de retenir les données suivantes :

— Remaniements cutanéo-musculaires et osseux de la face, avec fractures nasales et bi-orbitaires, et dilacérations effractives des os du massif facial et des mandibules, dont l'étiologie est traumatique contondante, l'aspect quadrillé retrouvé au niveau de la lésion de la joue droite indiquant un traumatisme par utilisation d'un maillet de boucher. Les caractéristiques des lésions permettent de décrire des traumatismes administrés *post mortem*.

— L'effraction frontale et son trajet encéphalique permettent d'affirmer qu'il s'agit d'une lésion par rayon laser.

— Une effraction cutanée thoracique gauche, avec section exérèse des 5e et 6e arcs costaux antérieurs gauches, et section des vaisseaux de la base du cœur, présente des caractéristiques de plaie par morsure, avec section instrumentale des côtes et arrachage-dilacération du muscle cardiaque.

Nous avons remis aux inspecteurs de la police judiciaire le papier brûlé intra-thoracique, prélevé par pulvérisation de résines ; ont été également remis aux inspecteurs chargés de l'enquête :

— Du sang intra-thoracique ;

— Les coulures de paraffine ;

— Les tissus adjacents aux effractions frontales et thoraciques ;

— Un échantillon viscéral moyen ;

— Le contenu gastrique ;

— Le contenu vésical ;

... À toutes fins d'analyse toxicologique ou anatomopathologique jugées utiles par les enquêteurs.

Lançon s'assit dans un coin de la salle, essoufflé. Son adversaire vint se poster face à lui :

— Ça va ?

— Oui. Tu m'as bien touché, mais ça passe un peu. Je n'ai pas la forme ce soir.

— On t'a déjà vu mieux.

— Je ne dors pas assez.

— Tu devrais. C'est important pour avoir de bons réflexes.

Lançon hocha la tête, tout en se massant les côtes. Son interlocuteur se mit à l'écart et fit des assouplissements. Lançon regardait les karatékas combattre sur le tapis. Mais il pensait à autre chose.

S'il était exact qu'il manquait de sommeil, ça n'expliquait pas entièrement sa médiocrité de ce soir. Il y avait d'autres choses bien plus embarrassantes qui le préoccupaient et l'empêchaient de se concentrer.

Tout d'abord la mort de Combes et ses conséquences, difficiles à évaluer pour le moment, mais qui promettaient de lui compliquer sérieusement la vie.

Et puis cet inspecteur Canavese, qui semblait lui vouloir du mal.

Enfin, le fait qu'il était suivi. Depuis deux jours à peu près.

Oui, à quelques mètres du dojo, posté dans un renfoncement mal éclairé, le type de tout à l'heure devait encore attendre. À moins qu'on ne l'ait remplacé par un nouveau. Peu importait, du reste. Lançon savait que cela ne s'arrêterait pas de sitôt. Lui en voulait-on à propos de l'affaire Combes, ou bien cette surveillance était-elle liée à ses activités illégales ? Quelqu'un du *Neurotica* avait-il voulu l'impliquer pour se venger de quelque différend ? Dans ce genre de milieu, on a toujours des ennemis, parfois parmi ceux qui vous font le plus de manières. Lançon dut s'avouer que, pour l'instant, il ne savait pas du tout de quoi il retournait.

Puis vint le moment du salut. Il se dirigea avec lassitude jusqu'aux vestiaires, se déshabilla sans prêter attention au bavardage des autres et se glissa avec gratitude dans une cabine de douche.

Il aurait aimé rester passif ainsi des heures, sous le jet bien chaud, parmi les vapeurs qui l'engourdissaient. Les muscles enfin délassés, dans cette stase intemporelle de l'eau, le retour au Yin parfait.

En face de lui, Katia, ceinture noire troisième dan, se frottait le corps sans façons. Cela faisait partie des règles tacites du dojo, c'était un lieu dépourvu de sexualité. Ici, ils n'étaient que des combattants. Pourtant, il ne put s'empêcher de la regarder à la dérobée, comme avec culpabilité. Elle était bien faite. Il se plut à imaginer que tout à coup elle traverserait l'étroit espace qui les séparait et, s'agenouillant devant lui…

Il se détourna vers le fond de la cabine afin qu'elle ne vît pas son début d'érection.

— Allons, messieurs, un peu de silence.

Tout le monde était nerveux depuis l'éviction de Savelli. Canavese prenait les rênes en main, c'était un homme fier et renfermé qui n'avait jamais eu d'équipier attitré. On le savait intransigeant et décidé à prendre des risques. Des bruits circulaient sur l'échec de sa vie de couple et, comme il ne se confiait à personne, on se méfiait de lui. Mais c'était aussi un très bon flic, grand travailleur, inspecteur-chef à trente-cinq ans.

Griffier frappa le micro du plat de la main, à la fois pour l'essayer et pour faire taire le tumulte des conversations qui s'éteignirent rapidement. Il fit l'effort de prendre la parole.

— Hier on a encore trouvé un cadavre, une fille. Jeanine Lopez, 26 ans, célibataire. Toujours le même *modus operandi*, mais cette fois-ci elle s'est défendue et l'a blessé, on a trouvé pas mal de sang dans l'appartement. Avant de vous livrer la suite de nos découvertes, je voudrais entendre Roux, s'il a quelque chose à dire là-dessus.

Roux attendit qu'on lui fasse passer le micro sans fil, puis déclara :

— Je n'ai pas eu le temps de faire grand-chose, mais je vais vous dire ce que ça donne : les prélèvements de sang effectués sur les ongles de la fille et dans la salle de bains sont identiques. Donc elle l'a bien griffé. Il y a des débris de peau sous les ongles, on va déclencher une analyse génétique, mais comme vous le savez, c'est très long. Je pense qu'on aura plus de résultats qu'avec le cheveu récupéré chez la victime numéro trois. J'ai déniché aussi un poil de barbe là-dedans, on peut affirmer qu'elle l'a griffé au visage. La victime était défoncée quand on l'a trouvée. Les collègues vous confirmeront, il y avait du cannabis sur le lieu du crime. Il n'y a pas eu de violences sexuelles, mais elle porte des traces de strangulation. La mort a été causée par le laser, comme chez les autres, mais notre assassin a eu la surprise de trouver du monde dans la tête : elle abritait un Yoma. Voilà, c'est tout.

— À Brönner, maintenant.

— Eh bien, moi, j'ai du neuf aussi. On a trouvé une lentille de contact qui appartient au meurtrier. C'est un verre organique légèrement bleuté, qui a dû se décoller quand la fille s'est défendue. Il est tombé, et notre type ne l'a pas retrouvé.

Griffier se pencha en avant pour écouter plus attentivement. Un léger remous de murmures agita la salle.

— Droit ou gauche ?

— Impossible de répondre, désolé. Mais voilà les caractéristiques optiques : verre torique, correction de – 2.00 (– 1.00). Notre assassin est donc myope et astigmate.

— Beaucoup ?

— Pas mal. Ce qui est intéressant, c'est l'axe de déformation de la cornée. Il est assez inhabituel : 40°. Il ne doit pas y avoir beaucoup de gens qui correspondent à ce cas.

— Comment peut-on déterminer l'axe d'une lentille qui est ronde ?

— Il y a un prisme ballast en bas, pour qu'elle se tourne d'elle-même dans le bon sens.

— Concrètement, ça nous avance à quoi ?

— Le type va peut-être la faire remplacer. Sinon, il éprouvera de grandes difficultés. Si la lentille correspond à l'œil directeur, il aura beaucoup de mal à lire, à conduire, à viser avec son laser. Sinon, il ne sera que gêné.

Les conversations reprirent dans la salle. Les enquêteurs manifestaient leur satisfaction. Brönner attendit quelques instants avant de poursuivre :

— En ce qui concerne les empreintes, il n'y en avait que trois séries, celles de la victime, celles de la concierge, celles de l'assassin. J'ai tout mis en mémoire et on a vérifié, le type n'est pas fiché, dans aucun service. Je suis en train d'analyser le tapis, je cherche des poussières caractéristiques ou des fibrilles. J'ai jeté un coup d'œil sous les ongles de la nana, mais il n'y avait rien pour moi. Ah, j'oubliais : ses yeux ne correspondent pas à la lentille. On est donc sûrs qu'elle ne lui appartenait pas.

Les regards se tournèrent à nouveau vers Griffier, qui interrogea Canavese sur ce qu'il avait de nouveau. L'intéressé alluma une cigarette, à la fois étonné et gêné du silence qui attendait ses déclarations.

— J'ai fait des investigations concernant Combes. Elles m'ont mené sur la piste de Serge Lançon, un individu qui me paraît plus que louche, et j'ai dû enquêter à Toulon dans une boîte gay, *La Mare*, vous avez dû en entendre parler. Là, j'ai appris que Combes était client régulier jusqu'au jour où il s'est mis avec un blond.

Mon témoin m'a dit qu'il l'avait appelé Cat, pour l'instant je n'en sais pas plus. Lançon vit avec un type qui est blond justement. Ce pourrait être lui. J'ai chargé Bastian de le surveiller.

Griffier réclama, sur un ton mêlé de lassitude et d'impatience :

— Je voudrais entendre Bastian, s'il est ici.

Une voix cria que oui, du fond de la salle. On fit passer le micro.

— J'ai cherché dans le fichier des arrestations, j'ai fait remonter jusqu'à une dizaine d'années, on n'a rien du tout. J'ai consulté mes indics, on m'a dit que ce type trafiquait du matériel militaire volé. Il bricolerait des cartes de crédit volées aussi. Barnier m'a dit qu'il y a eu une descente au *Neurotica*, l'année dernière. Mais Lançon ne s'est jamais fait poisser avec de la dope sur lui. S'il est mouillé, alors il est très fort, parce qu'on n'a rien, mais rien du tout.

— Et la filature ?

— Le premier jour, il a traîné dans un bar, sans rien faire de spécial. Il s'est même endormi, à un moment. Après, il est rentré au bercail et il est ressorti deux fois : d'abord pour faire des petites courses, ensuite il s'est rendu à un club d'arts martiaux et a participé à un entraînement de karaté. J'ai interrogé le prof, il n'a rien pu me dire : Lançon vient régulièrement depuis un an, trois fois par semaine, mais a déjà pratiqué avant ; il a un assez bon niveau. Rien de suspect.

— Et après ?

— Depuis hier, il est resté enfermé chez lui.

Canavese éteignit sa cigarette en l'écrasant au fond du cendrier d'un geste brutal. Griffier l'ignora et continua :

— Je voudrais entendre les enquêteurs qui suivent la piste des déménageurs, je crois que c'est Tissier qui s'en occupe, non ?

— Oui, c'est moi. J'ai pour Marseille uniquement douze boîtes qui utilisent des camions jaunes, deux pour l'orange, et une jaune et orange. Le jaune, en psycho des couleurs, est associé à la vitesse, c'est pourquoi les transporteurs l'utilisent volontiers. Sur les quinze boîtes, on en a vérifié onze, toutes négatives. Une des boîtes est en règlement judiciaire mais j'ai les anciens registres, il nous en reste trois à visiter, mais on a déjà pris contact par vidphone, tout y est informatisé et ils nous ont autorisés à consulter leurs fichiers depuis le central, ce sera facile. Par contre, le boulot sur les vieux dossiers risque d'être fastidieux et compliqué, ils sont moisis et presque illisibles. Faudra tout passer au scanner et retravailler les contrastes.

— Vous n'avez pas commencé ?

— On les reçoit dans deux jours.

— Attendons. Novaro, à vous.

— Le pied-de-biche a été payé par un chèque au nom de madame Hélène Sorgues. J'ai vérifié sur le fichier : elle est morte.

— Quoi ?

— Oui. Le 10 avril, soit la veille de l'achat. À mon avis, c'est notre type qui a fait ça. L'affaire avait été classée, vous ne vous rappelez pas ? Cette femme qui avait pris un coup de surin en plein cœur. On a retrouvé le corps au bord de l'autoroute Est.

Roux fit signe que oui de la tête. Il avait fait l'autopsie, cela lui revenait. Griffier prit une expression pensive.

— Ainsi donc il n'a inventé son mode opératoire

que récemment… Je me demande combien de meurtres ce type a sur la conscience. On devrait ressortir nos affaires classées et voir au niveau des homicides par blessures au cœur. Canavese, reprenez-moi un peu ce dossier Sorgues.

Brugier demanda la parole. Griffier la lui accorda en se grattant distraitement.

— En ce qui concerne Lançon, il n'est pas étranger à la mort de Combes, mais je ne crois pas qu'il soit l'assassin, je l'ai déjà dit et j'insiste. Sinon, je me suis occupé aussi des paroles de la chanson entendue lors du meurtre de Combes. J'arrive à la conclusion que l'homme qui tue ces gens le fait parce qu'il ne sait pas réellement qui il est. Nous avons pensé, Canavese et moi, à un orphelin. Peut-être un amnésique aussi.

— Bien. Des questions ? Quelqu'un veut dire quelque chose ? Allez-y.

— Est-ce qu'on a fait les magasins de disques pour voir si notre type collectionne ceux de cette chanteuse ?

— Pas encore, vous voulez le faire ? Quoi d'autre ? Rien ? Bon, moi je voudrais insister sur un point : je viens de lire l'autopsie de Combes, comme beaucoup d'entre vous je suppose. La fausse jambe en plastique a été déboîtée, puis remboîtée en force. Il y a tout lieu de penser que l'assassin a pris quelque chose caché à l'intérieur et, avant de penser à cette cachette, il a fouillé le reste de l'appartement. Combes appartenait au milieu, c'est clair pour moi. On m'a dit que Combes était l'indic de Morgand, depuis que celui-ci avait trouvé un type mort par overdose dans une des cabines du *Neurotica*. À mon avis, la mort de Combes est l'œuvre de quelqu'un d'étranger aux meurtres en série et qui a monté une mise en scène pour nous embrouiller. Canavese pense le contraire. Mais quelle que soit la bonne théorie, je dis qu'on ne doit pas négliger les junkies, et Lançon en fait certainement partie. J'ai visionné son interrogatoire. Ce type nage en eaux troubles, sans doute dans les parages de notre assassin, si ce n'est pas lui. Et son petit copain ? A-t-on fait une enquête sur lui ? Je veux qu'on en fasse une. Richez, c'est pour vous. Novaro, prenez du monde et attaquez l'assistance publique, en douceur mais avec fermeté. Retrouvez la trace des orphelins d'il y a une trentaine d'années, et cherchez des gamins qui mordaient, qui souffraient du cœur, qui étaient violents, vous voyez le topo ? Richez, parallèlement au type qui vit avec Lançon, vous vous connectez aux Stups et écumez le milieu. Un dealer qui s'appellerait Cat, un mordeur, commencez par où vous voudrez.

— Bien.

— Bastian, occupez-vous de reconstituer l'emploi du temps de la fille, de trouver ses moyens d'existence, ses relations connues, si elle a de la famille, tout quoi. Varenne, et ce que je dis là est valable pour tous, ratissez-moi toute la ville à la recherche d'un blond balafré appelé Cat, et qui serait astigmate. Voyez vos indics, questionnez les clients des bars à choutes, le grand jeu mais tout en souplesse, il ne faut pas que l'oiseau s'envole. Prévenez le commissariat de Toulon pour qu'ils en fassent autant. Scheiffer, vous parliez des disques de la chanteuse : chargez-vous-en. Beltram, Lauzier : les antiquaires. Vous emporterez un document vidéo sur les objets, il est prêt. Les autres, c'est le moment d'évacuer les graisses superflues accumulées pendant le réveillon. Guettez les opticiens, vous avez un astigmate qui va demander une nouvelle lentille, il ne faut pas le rater. Dès qu'on a quelqu'un qui correspond, on l'agrafe et on vérifie ses empreintes. Vous savez, Lançon est tout à fait capable de se balader avec une perruque blonde. Canavese, continuez à lui coller au train et tâchez d'obtenir ses empreintes ou un échantillon de sang. Et s'il vous échappe…

— Il ne m'échappera pas, monsieur. Je vous en réponds.

— Vous me faites douter, inspecteur. Finalement, ce Lançon est peut-être plus dangereux que je ne l'ai cru.

— Votre boulot et le mien sont complémentaires. Je crois que ce type, même s'il n'est pas mon tueur en série, a profité de la situation pour dessouder Combes.

— Mais c'est ce que Griffier disait tout à l'heure encore, et vous le contestiez.

— C'est vrai. Mais j'ai changé d'avis. Vous aviez raison, je tenais à charger Lançon, je ne sais pas pourquoi.

Brugier s'abstint de répondre. En son for intérieur, il pensait que Canavese était attiré par Lançon et luttait contre cette tendance en cherchant à le détruire, ou tout au moins à le contenir mentalement à la place du suspect, de l'ennemi. Brugier avait visionné l'incursion de Canavese chez les gays, et cela avait jeté un éclairage nouveau sur l'inspecteur-chef. La violence qu'il avait manifestée cachait probablement autre chose que la simple envie de faire progresser l'enquête. Flic moral et intègre, Canavese ne soupçonnait pas la lézarde que Brugier avait décelée dans son mur d'enceinte.

— Et maintenant, que pensez-vous de lui ?

— Je pense qu'il y a un dingue qui tue des gens. Et on a deux possibilités : Lançon le connaît et cherche à le couvrir, par exemple le type qui vit chez lui ; ou bien Lançon a buté Combes pour d'autres raisons et a simulé le rituel du tueur.

— L'un n'empêche pas l'autre, d'ailleurs. Il peut avoir décidé de protéger son ami en tuant Combes, pour un mobile inconnu, tout en imitant son mode opératoire.

— Juste.

— Mais je sens qu'au fond vous vous accrochez à l'idée que Lançon est votre tueur en série. Il y aurait un moyen simple de le vérifier : la griffure au visage, chez la fille.

— Avec un bon maquillage, si la blessure n'est pas trop profonde, il peut nous donner le change. Ce n'est pas compliqué de coller un peu de néoderme par-dessus une cicatrice. Je n'attends pas grand-chose de cet indice-là, malheureusement. C'est comme la couleur des cheveux. Il peut se balader avec une perruque.

— Je crois au contraire que cela peut nous servir énormément. Mais vous avez quelque chose d'irréfutable en tout cas : votre idée de confronter ses empreintes à celles trouvées chez la fille, ou de lui piquer un peu de sang. Par comparaison génétique, il est cuit si c'est lui.

— J'ai donné des instructions aux enquêteurs qui le surveillent, qu'ils s'arrangent pour prélever des échantillons. D'après les rapports de surveillance, il s'achète de quoi manger au self du sixième niveau. On a placé quelqu'un là-bas, et on va récupérer un verre dès qu'il y retourne. Il n'est pas loin de midi, on a une chance de le baiser.

Le sourire de Brugier s'élargit.

— J'ai interrogé la concierge, les voisins, on m'a dit que c'était une pute. Pas de famille ni de petit copain. Elle vivait seule et sortait moins depuis quelque temps. Alors…

— Les voisins connaissaient son job ? D'habitude les putes font preuve de discrétion.

— Quelqu'un du bloc l'aurait vue une fois et c'est venu aux oreilles de la concierge. À moins qu'elle n'ait tout inventé. Enfin, en tout cas, cette nana Lopez avait mauvaise réputation. Du coup, je suis allé faire la tournée de tous les bars à putes et de toutes les boîtes de ce secteur. J'ai montré la photo que m'avait donnée l'ordi, jolie fille d'ailleurs, et j'ai retrouvé sa trace…

— Au *Neurotica* ?

— Voilà. Elle travaillait chez Combes.

— Intéressant, Bastian.

Canavese prit un bloc et se mit à griffonner un schéma. Cette manie amusait ou irritait ses collègues ; il était connu pour ses entrelacs de flèches tordues qui reliaient de façon échevelée des paquets de gribouillis flous au centre desquels, soulignés et cernés de points d'interrogation, les noms de suspects semblaient se courir après. Très souvent, incapable de résister, Canavese superposait son encre sur les petits carreaux du bristol et construisait à certains endroits des parois de briques partiellement écroulées. Un jour que Griffier, agacé par cette manie, lui demandait ce qu'il faisait, il avait paraît-il répondu qu'il démolissait « le mur derrière lequel se cache la Vérité ». Ailleurs, il entourait un mot de cercles concentriques puis ajoutait des rayons, de telle sorte qu'il se trouvait placé au centre de ce qui évoquait irrésistiblement une cible de tir, ou une toile d'araignée. Il avait une nette tendance à s'acharner sur tel ou tel élément. Présentement, il épaississait les noms de Lançon et Combes, bâtissait autour d'eux festons et rectangles qu'il unissait par un réseau serré de traits, pleins ou pointillés, suivant qu'il était plus ou moins sûr de ses informations. Quand il était fatigué, il n'était pas rare qu'il agrémentât le tout d'illustrations plus fantaisistes, armes, suspects à la mine patibulaire ou animaux fantastiques.

— Pas de famille non plus ?

— Une sœur à Reims, qui ne l'avait plus revue depuis six mois.

— Est-ce qu'on a pu déterminer quand le meurtre a eu lieu ?

— Dans la soirée du 30 décembre.

— Vous avez remarqué que notre assassin s'excite de plus en plus ? Les intervalles entre les crimes raccourcissent. Il est temps qu'on le coince, bientôt ce sera un par jour. Aucun témoignage ?

— Rien, le bide total.

— Qu'est-ce qu'elle a fait, cette fille, dans la journée du 30 ?

— Pour l'instant je l'ignore. Elle est sortie vers 11 heures le matin, est revenue vers 17 heures, voilà tout ce qu'on sait.

— Est-ce que Roux a déposé son rapport définitif ?

— Oui. Griffier lui est tombé sur le poil et...

— Un instant. Je voudrais jeter un coup d'œil à quelque chose qui peut-être va nous aider.

Canavese demanda l'impression du rapport d'autopsie ; quelques instants plus tard il trouva l'information qu'il cherchait et la lut à haute voix :

— « ... À l'ouverture de l'estomac, on retrouve une bouillie alimentaire faite de morceaux de pain blanc, ainsi que de viande synthétique pouvant être de l'agneau, au sein d'une bouillie liquidienne pâteuse évoquant le yaourt, avec quelques fragments végétaux provenant d'une salade verte. » Ah, eh bien, voilà qui est utile. Ça ne vous dit rien ?

— Et vous ?

— Gyros. Viande d'agneau avec salade et sauce au yaourt. Excellent. Vous aurez d'ailleurs l'occasion d'en goûter car...

— Je vais faire tous les restaus grecs de Marseille, c'est ça ?

— Voilà, vous avez deviné. Allez, au boulot. Une fois qu'on saura où elle a mangé, avec de la chance on y verra un peu plus clair.

La pluie tombait rageusement sur le béton boursouflé. Les passants se pressaient, engoncés dans leurs toiles noires et brillantes. Chaque geste s'accompagnait de craquements vernis.

Lançon marchait sans but. Depuis qu'on le filait, il se cantonnait à des plongées prolongées dans l'inconscience et à de rares sorties purement hygiéniques. Il s'arrêta un instant sur le bord du trottoir et laissa flotter son regard sur la ville.

Un amoncellement chaotique d'immeubles de verre

sale, de cheminées de briques. Des milliers de poutrelles d'acier, de toboggans sur lesquels filaient les lumières aveuglantes des voitures. Pluie, vapeurs étouffantes.

Il avait envie d'une douche et éprouvait une envie pressante. Il se mit à marcher plus vite ; il n'était plus très loin de la copropriété. 17 heures 30, disait sa montre. Avec un peu de chance, Leuris serait déjà parti.

Dans l'ascenseur, il vit une jeune femme aveugle qui habitait au même niveau. Un visage d'une rare beauté, aux yeux dissimulés sous une paire de lunettes au mercure. De temps en temps il la croisait, et il avait remarqué avec quelle facilité elle se déplaçait, accompagnée d'une canne radar reliée par radio à son cortex. Il n'avait jamais offert son aide, c'était inutile. Comme d'habitude, elle dit bonsoir d'une voix grave, et il répondit dans un murmure. Elle le mettait mal à l'aise. Il se sentait coupable du mélange de pitié et de désir qu'il éprouvait. Profitant lâchement du fait qu'elle ne pouvait pas le voir, il détaillait souvent son anatomie parfaite, tout en se laissant entraîner dans des visions de coïts sans fin.

Au bout de l'interminable couloir, il arriva devant la porte 71126, chez lui. Il posa son pouce sur la plaque d'identification.

Rien. Aucune réaction. Il recommença, sans succès. Pas de déclic. Il sonna plusieurs fois, mais personne ne vint ouvrir. Leuris devait être absent.

Il fit demi-tour. Il devrait se rendre au service de l'entretien, pour faire une déclaration de panne. Cela ne l'enchantait guère. Les robots ne comprenaient jamais rien, et le personnel humain mettait une mauvaise volonté évidente à servir les locataires. Le plus souvent il fallait soudoyer les ouvriers afin de ne pas rester en plan pendant des semaines.

— Eh, Lançon !

Surpris, Lançon rejoignit l'appartement. Leuris l'attendait sur le pas de la porte, un sourire satisfait sur ses lèvres pincées.

— Alors, qu'en dites-vous ?

— De quoi ? Vous avez saboté la porte ?

— Pas vraiment. J'ai fait modifier le système.

— C'est-à-dire ?

— Avec l'accord du syndic, j'ai fait poser un temporisateur.

— Vous avez fait quoi ?

— Comme ça, vous ne pourrez entrer en dehors de votre tranche horaire. Remarquez, c'est valable aussi dans l'autre sens : je ne peux pas pénétrer dans l'appartement avant huit heures le matin.

— Vous êtes complètement cinglé.

— Et vous, vous êtes malhonnête, Lançon. Vous profitez de cet appartement en dehors des heures où il vous appartient. Sur le plan légal, c'est une violation de propriété privée. Voilà où votre attitude nous mène. Maintenant, c'est fini. Vous n'entrerez plus en dehors des heures normales. Vous l'avez constaté : la serrure n'obéit plus.

— Je suis électronicien. Ce n'est pas un gadget comme ça qui m'arrêtera.

— Libre à vous de tenter une effraction. Mais si je le sais, vous serez viré de la coprop'.

— Leuris, est-ce que je peux au moins utiliser les toilettes ? Je n'en ai pas pour longtemps. Ça presse.

— Pas question. Je vous connais : une fois à l'intérieur, vous traînerez jusqu'à ce que ce soit l'heure.

— J'ai un truc à prendre. Écartez-vous.
— Vous n'entrerez pas.
— Écartez-vous ou je vous pète la gueule !
— Je porterai plainte.
— Je m'en fous !

Lançon entendit un bruit sur le côté. Un locataire, intrigué par les éclats de voix, se tenait sur le pas de la porte 71123 et les regardait avec amusement. Dans le couloir on entendait brailler les tridis. Leuris consulta sa montre.

— Il est dix-sept heures cinquante-cinq. Dans deux heures et cinq minutes, vous êtes chez vous.

Il attendait, les bras croisés. Lançon respira lentement, se força à se calmer : il y avait un témoin et, en cas d'histoires, il risquait l'expulsion. Il repartit dans le couloir, sous le regard triomphal de Leuris.

— O.K., je repasserai dans un moment, vous êtes content ? J'aurais dû vous pisser sur les chevilles.

Il avait le sentiment désagréable que c'était lui qui venait de subir ce genre d'affront.

Quand Canavese entra chez Griffier, celui-ci posa le coupe-papier avec lequel il se curait les ongles et dit :

— Quoi de neuf ?

— Sur Lançon, rien. Par contre, j'ai des choses intéressantes sur la fille Lopez : une pute qui travaillait pour Combes.

— Pas mal. Cette info ouvre de nouvelles perspectives. Quoi d'autre ?

— D'après le rapport d'autopsie, je pense qu'elle a mangé grec. J'ai envoyé Bastian faire la tournée des restaurants spécialisés.

— Doit y en avoir pas mal.

— Assez, oui. Monsieur, je voulais vous demander quelque chose.

— Allez-y. Tant que c'est dans les règles.

— Oui. Je veux un ordre de mission pour enquêter à Toulon. Je veux pouvoir réquisitionner des gens là-bas si besoin est, effectuer tous les contrôles et perquisitions que je jugerai nécessaires.

— Je vais essayer. Théoriquement, on a de bons rapports avec eux. Il y a un ou deux tordus, mais c'est comme partout. Vous projetez quelque chose, j'espère ?

— J'ai établi sur digiface un portrait-robot du petit copain de Lançon. Je veux le montrer à Gambini et à tous les pédés que je croiserai.

— Faites attention avec Vecchi. Il est bien copain avec le président du Conseil général.

En l'absence de tout repère temporel, Lançon eût été incapable de savoir si Marseille s'endormait, se réveillait ou prenait son déjeuner. Le réduit baignait dans une sempiternelle pénombre. L'ampoule nimbée de toiles d'araignées diffusait chichement sa lumière jaunâtre, et Lançon éprouvait de grandes difficultés pour continuer sa tâche.

Sur un bloc en papier carotte, il écrivait :

02/01/.33. Je suis avec Ivy ou une autre fille dans une baignoire qui dévale une rue en pente. C'est une antiquité en fonte, et elle laisse des traînées d'étincelles sur son passage. Je demande à Ivy d'actionner le frein mais elle rit et gesticule au lieu d'obéir. Je la pousse par-dessus bord. Puis j'arrive dans une grande salle remplie d'eau ; tout le monde est habillé en combinaison de plongée, sauf moi, et on me regarde. Leuris est couché dans une boîte en carton, et Ivy pleure. Elle dit que c'est bien dommage et que son sexe ne pourra plus servir. Elle le touche et commence à le caresser, mais il se transforme en serpent et lui mord la main, qui se met à enfler et devient toute violette. Alors elle tourne un doigt énorme vers moi et me dit que tout cela est de ma faute, que c'est moi qui ai tué Leuris. Son visage se modifie, elle devient peu à peu l'inspecteur Canavese. À la place du doigt se trouve maintenant un canon laser qui me tire dessus. Je veux courir pour éviter les rayons mais, gêné par l'eau qui m'entoure, je bouge au ralenti. En voulant hurler, je me réveille en sueur et terrorisé.

Lançon posa son stylo et réfléchit silencieusement. Parmi les pilules qu'il absorbait régulièrement, il en était une de couleur bleue, appelée Locus Cœruleus, qui avait la propriété d'augmenter les proportions de sommeil paradoxal et de donner des rêves beaucoup plus riches et denses. Le L.C. était encore au stade expérimental, et Lançon avait eu beaucoup de mal à en obtenir, malgré ses nombreux contacts. Depuis sa découverte du local, il avait nettement augmenté sa consommation de L.C. et notait scrupuleusement ses productions.

Les effets du psychotrope étaient peu connus, mais Lançon avait remarqué en ce qui le concernait que les rêves élaborés s'articulaient toujours étroitement avec la réalité, soit par leur caractère prémonitoire, soit du fait qu'ils l'aidaient souvent à résoudre ses problèmes.

De nombreuses difficultés techniques avaient trouvé une réponse adaptée par l'entremise du rêve. Plans et schémas se succédaient toute la nuit, et il se voyait en train de souder, câbler, imaginer de nouvelles combinaisons. Mais rien pour l'instant n'était venu éclairer l'impasse dans laquelle il se trouvait présentement : il était étroitement surveillé par la police. Aucune allusion, même détournée, à la situation actuelle ne lui avait permis d'entrevoir une issue. Au contraire, le songe effectué à l'instant posait plutôt de nouvelles questions : vivrait-il un conflit plus intense avec Leuris, qui les amènerait à se battre, à s'entre-tuer ? Ivy ou une autre femme jouerait-elle un rôle accusateur dans les jours prochains ? Qu'allait-il donc se passer avec Canavese ?

Un seul détail significatif se référait à la réalité : le sexe qui se transforme en serpent. Par-delà la symbolique freudienne classique, il y avait un élément objectif :

Le lendemain de Noël, il avait trouvé un cadeau de la part de Leuris, accompagné d'un mot lui demandant de ranger le studio. Le paquet, une fois déballé, contenait un chasse-mouches en plastique. Lançon avait ressenti une immense tristesse. Ce n'était pas vraiment de la rancœur vis-à-vis de l'inégalité des présents, Lançon ne regrettait pas d'avoir offert à son colocataire une disquette des *Chants de Maldoror*, bien qu'il pensât que Leuris ne l'écouterait pas. Non, il s'agissait de quelque chose de plus profond, qui le saisissait chaque année, à la même période : la conscience de sa solitude. Noël exacerbait ce sentiment, probablement à cause de l'ambiance de fête apparente qui donnait l'impression que tout autour de lui les gens étaient heureux. Il se sentait exclu de ce bonheur et renvoyé à sa propre indigence sexuelle et affective. Le souvenir diffus de tous les Noëls ratés avait fini par créer un état dépressif important qui revenait cycliquement, dès le début décembre, *ad infinitum*.

Il s'était mis sans conviction à ranger le studio et, pris d'une curiosité grandissante, avait fini par crocheter la serrure de la table de nuit de Leuris. La disquette n'avait pas été déballée : Leuris était inaccessible à la poésie, il l'aurait juré. Mais, poursuivant son exploration profanatrice, il avait déniché un petit paquet enveloppé de papier kraft. Une série d'ampoules, une seringue hypodermique. Leuris se droguait-il ?

Plié en quatre et tenu par un élastique, un petit tract expliquait :

ALEXIA PRODUCTIONS, LE MEILLEUR DE L'AMOUR

ÉLIXIR DE VIRILITÉ

Depuis longtemps, les Chinois connaissaient les vertus aphrodisiaques du venin de serpent. Nos laboratoires ont réussi depuis peu à synthétiser une molécule nouvelle, à base d'A.D.N. de serpent, qui vous permettra de toujours satisfaire vos partenaires. Effets garantis. Posologie : 3 injections par jour. Pas d'utilisation prolongée sans avis médical.

Ainsi Leuris se piquait clandestinement avec de l'extrait de reptile afin d'augmenter ses performances sexuelles et, pour renforcer encore l'autosuggestion, il était allé jusqu'à se faire implanter des fausses écailles sur le bas-ventre. Lançon avait ri de bon cœur et soigneusement replacé les choses telles qu'il les avait trouvées, satisfait de connaître un tant soit peu les petits secrets de cet intrus permanent dans sa vie.

En rangeant ses feuillets couverts de pattes de mouches, Lançon eut envie à nouveau de rire.

Mais le reste du rêve était trop inquiétant.

Il hésita entre éteindre l'ampoule pour sombrer à nouveau dans le non-être et acheter à manger ; la faim l'emporta. La montre affichait 21 heures, les programmes culturels commenceraient bientôt. Il conçut le projet de monter au sixième niveau, d'acheter un plateau tridi et de redescendre dans sa tanière pour se repaître de protéines et d'images. Le poids de ce repas, sinistrement solitaire et triste, l'accablait à l'avance.

Le contact du plastique chaud sur ses paumes, associé aux arômes artificiels savamment élaborés, redonna de la consistance à sa motivation première et déclencha le processus de salivation. Sous la protection thermique en polystyrène se trouvait un Schwab T.D. Dîner : deux œufs synthétiques, une purée d'algues parfumée au poulet, une pâtée aux amandes et une barre de glucides au chocolat. Un gobelet en carton contenait un reste de complexe vitaminé isotonique à l'orange, que Lançon avait bu aux trois quarts pour descendre quelques bennies. Il se sentait bien, presque euphorique. Le speed faisait un mélange détonant avec les pilules bleues, et il envisageait l'avenir avec un relatif optimisme.

La porte s'ouvrit sans la moindre difficulté. Satisfait, Lançon déposa son plateau dans l'entrée et alluma la lumière. Le peignoir de Leuris, jaune et brodé S. L. en noir, traînait au sol. Merde, se dit Lançon. Ce coup-ci, c'est moi qui serais en droit de râler.

Il prit le peignoir sous le bras, ferma la porte et se dirigea vers la salle de bains.

Du coin des yeux, un détail incongru attira son attention.

Un pied nu dépassait de derrière le canapé.

Il s'approcha. Ses oreilles bourdonnaient.

Une flaque de sang. L'odeur. Le sexe recouvert d'une croûte de cire rouge. La cage thoracique défoncée et noircie. Le visage réduit en purée.

Les écailles sur le bas-ventre.

Lançon se mit à vomir sur la moquette, le regard capturé par le dérisoire gant de ski que Leuris portait à la main droite.

IX

Lançon jeta un coup d'œil dans le couloir : personne. Sans même refermer, il se précipita en direction de l'ascenseur. Ses pas résonnaient alors qu'il aurait voulu ne provoquer aucun écho. Il appuya sur le bouton, plusieurs fois d'affilée, et jeta des regards affolés autour de lui. À présent qu'il était contraint d'attendre, il revoyait chacun de ses gestes comme si tout s'était déroulé au ralenti.

Il avait tout d'abord dégainé son laser et fouillé toutes les pièces. Personne. Il était seul avec le cadavre. Il était revenu dans la salle de séjour, gesticulant de façon incohérente, allant et venant, terrorisé et incapable de réfléchir. Cette phase d'agitation s'était poursuivie par une tentative frénétique de condamnation de la porte d'entrée, à l'aide d'un gros meuble en plastique imitation teck, très lourd, que Lançon avait déplacé sur près d'un mètre avant de renoncer, vaincu par la résistance qu'offrait la moquette. De toute façon, s'était-il dit après coup, je me serais retrouvé prisonnier.

Tremblant, en nage, il s'était mis ensuite à rassembler quelques affaires, persuadé à chaque instant de voir arriver la police. Dans un sac en toile, il avait fourré des vêtements, un stock de pilules, deux ou trois crédicartes, quelques boîtes de conserve. En fouillant l'armoire il avait volontairement éparpillé chaussettes, slips et autres objets personnels dans le studio où flottait l'odeur de la mort, comme pour s'attribuer enfin l'espace, ce no man's land dans lequel ils avaient cohabité près de six mois. Pris d'un accès incontrôlable de vandalisme, il s'était mis à dévaster le meuble, avec ses chaussures impeccablement alignées, les vestons stricts pendus à leurs cintres noirs, les pots de cirage et les produits d'entretien. Puis, impulsivement, il avait fracturé la table de nuit et récupéré la disquette offerte quelques jours plus tôt, dans une vie qui lui paraissait à présent tout à fait irréelle. Les ampoules de serpent s'étaient retrouvées brisées au sol et piétinées.

Dans la cuisine, il s'en était pris à ce qui symbolisait le mieux la tyrannie du défunt : le réfrigérateur. Il avait renversé l'étagère de Leuris et avait emporté les fameux yaourts de « la seule marque mangeable ». Ce geste, dérisoire et puéril, avait valeur de catharsis, et Lançon s'était vu faire comme dans un rêve, avec un mélange atroce de sentiments contradictoires : libération, vengeance, défoulement ; culpabilité, terreur, dégoût.

Confusément, il avait l'impression d'agir à l'encontre de la logique. Fuir était probablement la dernière chose à faire. Mais il ne pouvait rester sur place, avec ce corps massacré auprès de lui. Et il savait très bien à quoi s'en tenir avec les flics : aucun alibi puisque vraisemblablement Leuris avait été tué pendant que Lançon rêvait, quelques niveaux en dessous.

Au moment de partir, il s'était senti brusquement

épuisé et, renonçant à fuir, avait pointé son arme contre sa tempe : « Que justice soit faite. » Mais non, pas assez de cran. Une autre impulsion l'avait alors poussé à voler les papiers de Leuris, ses clefs de voiture et sa carte de crédit, avec par instants un étrange détachement : tout cela n'avait rien de réel, un simple cauchemar. Et puis, au moment de sortir, il avait trouvé le petit carnet de Leuris, là où le peignoir traînait tout à l'heure, et s'en était emparé, comme si les secrets du mort avaient encore la moindre importance. Enfin, après quelques minutes d'hésitation et de sueurs froides, se berçant debout d'avant en arrière, puis prenant son souffle comme s'il se préparait à plonger dans un puits, il avait entrebâillé la porte.

Et maintenant, le bourdonnement lointain du moteur vibrait dans ses oreilles, interminablement, comme si l'ascenseur remontait du fin fond des enfers.

Avec la crosse du laser, Lançon martelait le bouton d'appel, alors que les larmes ruisselaient sur son visage.

Enfin le déclic se fit entendre. Il s'engouffra dans la cabine.

Il y avait quelqu'un. Trop tard pour ressortir.

L'aveugle.

Lançon restait stupidement sur place, tandis que la séduisante jeune femme lui sourit :

— Monsieur Lançon. Bonsoir. Vous désirez monter ou descendre ?

Lançon, au prix d'un violent effort, réussit à s'arrêter un instant de trembler. Une forte nausée montait graduellement, et il ne parvint qu'à hoqueter. Déjà l'ascenseur s'était remis en route et, dans le silence terrible de l'étroit habitacle, on n'entendait qu'une respiration hachée.

— Vous avez couru pour attraper l'ascenseur ?

— O… oui, je… J'ai couru.

— Vous ne vous sentez pas bien ?

— Non, ce… n'est rien. Va passer.

Les lunettes lui renvoyaient l'image d'un homme malade, fou de peur et traqué. Derrière cet écran opaque, qu'était-elle en train de penser ? Il était persuadé qu'elle avait tout compris, instantanément. Comme pour répondre à ses interrogations, elle s'approcha de lui et enleva les verres un instant.

Elle avait des yeux magnifiques, d'une couleur bleu-vert incroyablement lumineuse, tristes malgré son sourire. Il comprit que ce geste était une invite, un signe de consentement. En d'autres circonstances, il l'aurait embrassée. Mais la nausée soudait ses lèvres, et il ne pouvait détacher son dos de la paroi à laquelle il s'appuyait.

La cabine s'arrêta au niveau – 1, là où le bloc se raccordait au métro. La jeune femme murmura un « au revoir » et s'éloigna. Lançon regarda dans le hall : en face de lui, à quelques mètres, le flic était toujours là, assis sur un banc, un casque type walkman sur les oreilles. Lançon appuya aussitôt sur le bouton. Il tenait toujours le laser à la main, et son visage portait tous les signes d'un état de choc. Le type comprit qu'il s'était passé quelque chose et se redressa. Lançon le vit crier une sommation puis dégainer une arme, tandis que les portes se refermaient avec une lenteur onirique. Le claquement sourd étouffa les bruits de détonations au-dehors, qui disparurent dans les hauteurs.

Durant la descente, Lançon fut pris de violents maux de tête et de vertiges. Il se laissa glisser au sol et s'aperçut qu'il s'était uriné dessus. Il eut envie de retourner dans l'appartement pour se changer et récupérer la photo de Danièle, qu'il avait oubliée. Mais il ne pourrait pas, et il comprit qu'une page de son passé venait de se tourner.

Au niveau – 6, l'ascenseur ralentit. Lançon se redressa, tendu à l'idée de croiser encore quelqu'un.

Ivy entra et, voyant Lançon, se mit à rire bruyamment :

— Serge, mon vieux, tu en fais une tronche ! Ça fait une semaine que…

Sans même comprendre ce qu'il faisait, il asséna un atémi sur la tempe de la fille, qui poussa un cri et s'effondra. Lançon fouilla le sac à main, récupéra l'argent liquide et jeta le reste sur la fille — une jambe tordue de façon insolite, et toujours le même sourire idiot sur le visage. L'ascenseur s'arrêta, Lançon enjamba Ivy qui gémissait et s'éloigna, indifférent au ballet des portes coulissantes qui allaient et venaient, perturbées par le bras de la fille qui dépassait, empêchant la fermeture.

— Qu'est-ce qui se passe ? Vous avez des empreintes ?

— Non, il… Écoutez, il y a du pétard ici. Je viens de le revoir dans le hall, il avait l'air défoncé et il se baladait avec un laser. Il était avec une aveugle et la tenait en joue. Il m'a repéré, et…

— Vous avez fait les sommations ?

— Pas eu le temps. Il s'est tiré.

— Il vous a filé entre les doigts ?! Dans quelle direction ?

— Je ne sais pas. Il a pu aussi bien prendre par le

toit et piquer un engin, ou… Il me semble qu'il est redescendu. La nana a dit qu'il était armé et en état de choc. Avec un peu de chance, il est simplement allé se barricader chez lui. Je fonce à sa piaule, si on pouvait m'envoyer du renfort…

— Espèce d'âne ! Vous avez pris l'identité de cette femme ?

— Oui. Elle allait sortir mais du coup elle a dit qu'elle restait à disposition chez elle. Bon, j'y vais.

— Pas d'imprudences. Il est dangereux.

« Belle journée, monsieur Lançon ! Quelle chance vous avez de posséder un garage privatif à ce niv… »

— TU VAS LA FERMER, SALOPERIE ?

Lançon désintégra le haut-parleur encastré dans la paroi et s'approcha de la petite voiture noire de Leuris. Fort heureusement, elle ne possédait pas de système d'alarme ou de dispositifs incapacitants. Il mit plusieurs longues secondes à retrouver les clefs et, pleurant et tremblant à la fois, tenta à plusieurs reprises de manœuvrer la serrure. Finalement la portière s'ouvrit en grinçant. Lançon tâtonna à la recherche du contact, effaré par l'idée que l'antique moteur à explosion pourrait ne pas démarrer. Mais à la première sollicitation la mécanique se mit en branle. Il bascula le siège passager, posa son sac, puis se mit à entasser pêle-mêle tout l'outillage qu'il pouvait récupérer, tandis que les gaz d'échappement troublaient l'atmosphère d'un voile bleu. Avec fureur, Lançon jetait au loin tout ce qui encombrait l'établi, déchirant les toiles d'araignées, traquant dans leurs cachettes composants, matériaux et appareils de mesure. Le type devait déjà avoir trouvé le cadavre de Leuris et peut-être même connaissait-il l'existence du garage. Les issues extérieures de la copropriété seraient bouclées d'ici quelques minutes. Indifférent aux fumées qui lui brûlaient les yeux, Lançon poursuivait avec acharnement sa besogne hallucinée, mais il n'avait rempli le petit véhicule qu'aux trois quarts. Tant pis, il fallait partir. Il eut une pensée d'adieu pour son mentalographe, puis s'installa au volant, passa la marche arrière et écrasa l'accélérateur. Le pare-chocs avant accrocha la porte d'une vieille armoire en bois, qui s'écroula sur le capot, déversant brosses métalliques, marteaux et truelles, pots de graisse et chiffons, bidons d'huile et boîtes à boulons. Sans ralentir, la voiture s'expulsa hors du box, enfonçant la porte du garage placé vis-à-vis, et bondit en direction de la sortie. Un bidon de peinture rouge s'était renversé sur le toit, et le liquide opaque recouvrait à présent la moitié du pare-brise. Les objets roulaient encore sous la lumière des néons alors que la voiture avait disparu au bout du couloir.

La traînée de rouge réduisait la visibilité et rappelait à Lançon tout le sang qu'il avait vu en haut. Il chercha la commande des essuie-glaces mais regretta aussitôt de l'avoir trouvée : la peinture s'étalait mais ne partait pas. Lançon poussait les vitesses et conduisait de manière dangereuse, évitant au dernier instant les piliers en ciment, s'engageant à l'aveuglette sur les rampes qui montaient vers la surface — du moins l'espérait-il — et dérapant dans les virages jusqu'à racler la tôle des portières contre les coffrages de béton noircis de calamine. Ne se fiant qu'à son instinct puisqu'il n'avait jamais emprunté les passages motorisés, il prenait tantôt à droite ou à gauche, incapable de la moindre intention stratégique. La seule chose qui importait était d'aller vite, encore plus vite.

Après une série de girations sans fin et de montées interminables au sein d'une sombre forêt de véhicules immobiles, Lançon, désespérant de trouver à temps l'issue de ce dédale, parvint enfin à un portillon électronique surmonté d'une caméra et se rappela que Leuris utilisait une carte pour sortir. Ayant oublié de la prendre, il accéléra et, tout en tirant sur la caméra, traversa l'obstacle. Le choc ébranla toute la carlingue et projeta à l'avant une partie du matériel. Une sirène retentit quelque part à l'arrière, mais Lançon n'y prêta pas attention : dans quelques mètres il serait sur la voie rapide et, à cette heure, il y avait peu de chances pour qu'il tombât en plein embouteillage.

L'aéro atterrit brutalement sur le toit de la copropriété, et déjà les hommes sautaient sur le gravier et s'engouffraient dans les puits de descente. Canavese, suivi des brigades d'intervention rapide, courait l'arme au poing. Derrière eux, un deuxième appareil se posait dans un nuage de poussière, tous feux allumés.

Au fur et à mesure qu'ils progressaient, les hommes occupaient les points de passage. Reliés par talkie-walkie, ils descendaient niveau par niveau, sans cesse plus nombreux.

Quand ils parvinrent à l'appartement, un mot les attendait sur la porte entrouverte :

Il y a un macchabée dedans.
Lançon s'est tiré, je suis aux niveaux inférieurs.
F. S.

Canavese prit un appareil et régla la fréquence :

— Szymanski, où êtes-vous ?

La voix lui parvint faiblement, couverte de grésillements :

— Il nous a échappé, monsieur. Niveau – 17, parking 7112 F. Il a piqué un véhicule et s'est tiré. Je suis allé voir à la sortie du niveau 9, il a grillé un contrôle, on l'a filmé.

— Le numéro de la plaque ?

— Je suis en train de repasser la bande au ralenti, mais on n'a pas grand-chose dessus, il s'était mis en pleins phares. Mais c'est bien lui. On pourra toujours rechercher la marque et le modèle. Elle est noire avec de la peinture rouge sur le pare-brise et le capot, et d'après les dégâts elle a dû salement déguster quand…

— Chiotte ! Et qu'est-ce qui se raccorde, à cet endroit ?

— La voie rapide, monsieur.

— Rien que ça. Vous pouvez dire adieu à votre avancement, mon vieux. Bon, j'envoie du monde pour le signalement. Où est-ce qu'elle est, votre aveugle ?

— Niveau – 15, appartement 70025.

— C'est tout près, on y va.

— Il y a autre chose, monsieur. Il a agressé une femme dans l'ascenseur. Je l'ai trouvée inconsciente et l'ai laissée dans le box fracturé.

— Bien. J'envoie du monde la récupérer. C'est parti.

À nous deux, Serge Lançon, se dit Canavese.

— Il vous a dit quelque chose, il a parlé ?

— Très peu. Il était bouleversé. Juste qu'il avait couru. Il tremblait et avait la nausée.

— Il vous a menacée ?

— Non. Mais je savais qu'il avait un laser. Je suis équipée d'un radar cervical.

— Vous le connaissez ?

— Comme ça.

— Auriez-vous une idée de la direction qu'il aurait pu prendre ?

— Aucune, désolée.

— Réfléchissez bien, c'est très important.

— Je m'en doute.

Sarah Beauclair prit une moue renfrognée tandis qu'elle se dirigeait avec assurance vers un canapé. Une fois assise, elle se tourna vers Canavese :

— Puis-je vous demander ce qu'il a fait exactement ?

— Nous devons tenir secrets certains détails qui… Franchement, c'est abominable. Il a tué, ne précisons pas comment, je ne crois pas que ce serait de votre goût.

— Qui était-ce ?

— Probablement le type qui vit avec lui. On attend confirmation. Vous n'avez pas l'air effrayée par ce que vous avez vécu.

— Pas vraiment, non. Je devrais ? Puis-je vous faire part d'une opinion personnelle ?

— Certainement.

— Et si ce n'était pas lui ? Vous êtes bien sûr de votre affaire, mais moi, je n'ai pas l'impression qu'il ait pu tuer quelqu'un. S'il l'avait fait il n'aurait pas hésité à me supprimer également, non ?

— Pas sûr. Hé, vous le connaissez ou non ? J'ai l'impression que vous ne dites pas tout.

— Je le connais assez pour vous dire… C'est une question d'instinct. Quand on est privé de vue, on développe d'autres sensations pour approcher les gens, et je… Je peux vous dire par exemple que vous êtes habillé en cuir, que vous fumez du tabac brun, que vous mesurez à peu près 1 mètre 70 et que vous avez sur vous une arme à feu qui n'a pas servi ce soir. Vous êtes quelqu'un d'impulsif et nerveux, très brillant. Jamais vous n'abandonnerez. Vous avez une raison personnelle de poursuivre cet homme. Je pourrais vous dire d'autres choses, mais vous seriez probablement surpris.

— D'accord. Très bien, je vais interroger un autre témoin et, en attendant, je vous demande de bien vouloir rester à notre disposition. Je vais vous envoyer un spécialiste en psychiatrie, il passera vous parler.

— Pour quoi faire ? Vous pensez que je suis folle ?

— Non, mais je veux savoir exactement quelle est la part de vrai et de faux dans ce que vous avez dit. Parce que moi, sans être aveugle, avec mes deux yeux je vois bien que vous avez, vous, une raison personnelle de défendre cet homme. Et puis ce que vous direz à monsieur Brugier pourra nous aider à savoir si Lançon est fou, lui.

Lançon maintenait sa vitesse, en dépit des signes visibles de détérioration du véhicule. Lors du choc, la calandre avait défoncé le radiateur, et en une demi-heure le moteur s'était retrouvé bouillant. Mais il tenait bon pour l'instant, et l'homme n'avait nullement l'intention de ralentir.

En surface il pleuvait abondamment ; quand il parvint à destination, l'eau chargée d'acides et de fumées grasses avait partiellement dilué les coulées de peinture.

Il se trouvait à l'entrée d'un tunnel, sur une voie rapide peu fréquentée. La route était enchâssée entre deux murs en pierre d'une douzaine de mètres, recouverts de suie noire. Tout en haut, sur le côté droit, une station-service, avec un poste de lavage automatique. À gauche, à la base de la paroi, un raidillon envahi de ronces montait depuis le tunnel jusqu'à un portail désaffecté qu'on distinguait à peine. En faisant face à la montée, on se trouvait encaissé entre deux plaques de béton grossièrement bâties, d'où dépassaient au sommet des piquets tendus de barbelés. Un des côtés était percé d'une porte en fer rouillée et copieusement recouverte de végétation ; il constituait la base d'un immeuble. Cette porte se situait bien en deçà des fondations, et, le seul accès à pied étant condamné, personne probablement ne s'en rappelait plus l'existence. Il aurait fallu pour s'aventurer ici passer en voiture et s'arrêter, comme le faisait Lançon, ce qui était peu probable. Cette trouée dans la continuité avait depuis longtemps perdu sa signification, si tant est que jamais elle en avait eu.

Lançon tassa la voiture tant bien que mal sur l'accotement et attendit que l'averse finît. Puis, muni d'un démonte-pneu, il s'attaqua au cadenas. En peu de temps il fut ouvert, et, avec cette sorte de patience qui précède l'épuisement, l'homme déchargea ses bagages.

C'était un local étroit, rempli d'armoires électriques. Tout y était recouvert de toiles d'araignées, ce qui confirmait l'impression d'abandon et rassura Lançon. Deux caisses en bois oblongues contenaient encore des chutes de gaines et de fils, il y avait des gravats sur le sol et une autre porte donnait sur un interstice entre deux murs maîtres, dépourvu d'éclairage et tapissé de goulottes et de câbles. Lançon pensa distraitement que, s'il mourait ici, jamais on ne retrouverait ses restes.

Trois heures du matin. Il rassembla tout son courage pour ne pas s'effondrer à même le sol. Il s'imposa de retourner à la voiture, inspecta le moteur et, jugeant qu'il avait assez refroidi, le remit en route. Puis il prit en direction du nord.

Au bout d'un moment, alors qu'il longeait une voie ferrée, les voyants de chauffe se rallumèrent. Ignorant leurs lueurs menaçantes, Lançon conduisait, dans le but d'éloigner le plus possible la voiture de son abri de fortune. Finalement le véhicule se mit à ralentir, tandis qu'une fumée nauséabonde montait le long du pare-brise. Brusquement les roues se bloquèrent ; Lançon descendit, soulagé, et commença à marcher vers les rails.

À cette heure-là ne passaient que des trains de marchandises, autoguidés, aveugles. Les infinies ramifications des aiguillages reflétaient les rares lueurs des néons noyés de brume. Attentif à ne pas se blesser, Lançon progressait lentement dans l'entrelacs de ferrailles emmêlées à ses pieds. Chaque fois qu'un convoi passait, il ne savait jamais si la machine n'allait pas se jeter droit sur lui et le broyer. Le train oscillait à droite, à gauche, à droite encore… Parfois il bifurquait brusquement et s'engouffrait dans l'obscurité noire d'un tunnel.

Une machine passa près de lui à vitesse réduite. Il monta à bord, dans un wagon rempli de voitures, et s'installa sur un siège confortable tout en se demandant si ce n'était pas la dernière fois. Il programma une alarme pour une heure après et s'endormit.

Il se réveilla en sursaut : le convoi venait de stopper. Dans la grisaille bleutée, il ne distinguait pas la raison de l'arrêt, mais sans demander son reste il descendit et continua à pied.

Un embranchement prenait vers le sud. Il le longea, et s'aperçut qu'il suivait la voie rapide de tout à l'heure.

Quand il rejoignit sa cachette, il faisait presque jour. Il entra, referma et se roula en boule pour dormir.

— La comparaison avec les empreintes du tueur ne donne rien : on a fait fausse route, Lançon n'est pas dans le coup. On a retrouvé une vieille carte d'identité avec une empreinte de son index droit et on a vérifié immédiatement.

— Et sur le corps ?

— Négatif : des traces de gants en caoutchouc. Et toujours les mêmes cendres, sauf que cette fois-ci le message est plus accessible, on l'a confié au service informatique pour analyse fragmentielle. Le traitement des indices prendra du temps… Une chose est certaine : Lançon a tout saccagé chez lui. C'est lui qui a fracassé la table de nuit, dévalisé le réfrigérateur et mis à sac la piaule. Mais de là à dire que c'est lui qui a tué…

— Il était sur place à l'heure estimée du décès, il a pris la fuite…

— Il a peut-être assisté au meurtre, ou découvert le corps. Inspecteur, peut-être qu'on s'emballe.

— Ça suffit, vous deux. Lançon a probablement fait le coup, il a imité le meurtrier pour faire la peau à ce… Novaro, comment s'appelle-t-il ?

— Leuris. Simon Leuris. J'ai eu des infos à propos : lui et Lançon vivaient en multiloc. Ça fiche par terre l'hypothèse homo, il paraît qu'ils ne pouvaient pas se blairer. Leuris se serait plusieurs fois plaint de Lançon, à propos d'horaires non respectés.

— Eh, mais c'est intéressant, ça… Dans un moment de colère, il l'aurait…

— De colère ? Et il aurait monté toute cette mise en scène ? C'est surprenant, monsieur.

— Oui… Et il ne se serait pas baladé ensuite le laser à la main. Dites, Brugier, on ne vous entend guère. Vous dormez ?

Le gros homme gratifia l'assistance d'un sourire étudié, celui qu'il utilisait dans les moments difficiles, dans le but de détendre l'atmosphère :

— Je vous écoutais, et je me disais que vos réflexions étaient tout à fait intéressantes. Je dois dire que plus d'une fois vous avez fait, les uns et les autres, des remarques pertinentes qui, une fois combinées…

— Assez de pommade, doc. Abrégez.

— … Des remarques qui m'amènent à imaginer la scène de cette façon : Serge Lançon déteste Leuris. Il n'y a *a priori* aucune composante homosexuelle dans leur relation. Contraints de vivre ensemble, ils se haïssent. Bien. Première hypothèse, qui vous plaira, Canavese : sous l'emprise de la drogue, Lançon tue Leuris, extériorisant tout ce qu'il refoule depuis longtemps ; il se venge sur l'ameublement aussi. Puis il réalise la situation où il se trouve et veut s'enfuir. Le fait qu'il ait imité notre assassin prouve que soit il le connaît, soit il en sait suffisamment sur lui pour reproduire tout le processus de façon parfaite. Cela vous convient-il ?

— Pas mal… mais insuffisant. Et Combes ? Moi, ce qui m'interpelle, ce sont les similitudes entre les deux affaires. Il avait tout fouillé et pris quelque chose dans la jambe en plastique ; là, il casse la table de nuit, sans doute pour s'emparer d'une pièce à conviction. Quant au reste, ça ressemble à une façon de maquiller une fouille en saccage. Pour moi, Lançon a buté Combes et Leuris, et il a essayé de coller ça sur le dos de l'autre. Cela explique également les intervalles rapprochés entre les meurtres.

— Soit, mais permettez-moi de soumettre ma deuxième hypothèse : Lançon, drogué, assiste d'une certaine façon à la mort de son colocataire. L'assassin a négligé de contrôler l'appartement, il se croit seul et procède à son rituel. Lançon l'entend, et…

— Vous n'allez pas nous refaire le coup de la scène primitive ?

— Permettez. Lançon entend mais ne peut réagir. Quand il retrouve ses moyens, il croit avoir rêvé. Mais il découvre le corps. Et là, le déclic se produit : il réagit exactement comme s'il avait tué, car la pulsion existait très fort en lui. Brusquement, il est physiquement confronté à un fantasme devenu réalité. C'en est trop pour lui, il s'enfuit. Mais avant, dans une sorte de transe liée au cumul d'émotions fortes et de psychotropes, il se livre à une orgie destructrice et jubilatoire. En fait, il oscille entre la culpabilité et la joie féroce. C'est pourquoi il cherche à se barricader, puis détruit tout et consomme les aliments, et finalement s'en va. En route, il rencontre deux femmes : l'aveugle, qu'il se contente de tenir en joue. Puis la blonde, qu'il agresse immédiatement, car entre-temps il a échappé de peu à Szymanski et la tension est montée d'un cran.

Brugier essuya son front avec son mouchoir, et quelques secondes passèrent pendant lesquelles personne ne dit mot. Griffier esquissa le geste de gratter son nez, puis posa les mains à plat sur son bureau et demanda :

— Vous avez vu cette femme ?

— J'ai rencontré les deux. Mademoiselle Beauclair, qui m'a dit très sincèrement être amoureuse de Lançon. Elle n'est pas complice et ne nous cache aucune information.

— Vous pouvez le certifier ?

— Absolument. Et mademoiselle Le Berre, qui m'a dépeint Lançon comme un personnage assez dépressif, rêveur et hypersensible, ce que je savais déjà. Bref, je vous dirai franchement que j'imagine mal ce type supprimer aussi stupidement sa Némésis, même après avoir absorbé de la drogue.

— Merci, doc. Mais la première hypothèse a notre préférence. On va diffuser un A.R.T.U. sur Serge Lançon, et on place ça en priorité 1, mais je veux qu'il n'y ait qu'un seul passage sur les ondes : ne créons pas de panique. Et précisez bien que ce n'est pas notre tueur en série, mais un type qui s'est greffé sur l'affaire ; une fois Lançon neutralisé, si l'autre remettait ça, on passerait pour des cons. Poursuivons les recherches sur les deux fronts ; Canavese, nous allons nous répartir les effectifs. Brönner, vous avez inspecté les débris dans le parking ?

— Oui, il a salement amoché la voiture, et j'ai trouvé des traces d'eau grasse là-bas. De la façon dont il a percuté le portillon, je déduis qu'il a bousillé son radiateur, ce qui lui donne une autonomie d'une heure maximum, au-delà, c'est le joint de culasse foutu et le moteur qui serre peu après. Une heure à cent trente maximum, mettons cent avec la phase d'agonie du véhicule, cela lui donne un rayon de cent bornes autour de son point de sortie.

Canavese frappa du plat de la main sur le bureau de Griffier.

— Merde. Avec cent bornes, il est sorti de Marseille.

— Il est possible que dès son arrivée en surface il ait abandonné le véhicule.

— Non, j'ai fait vérifier tout le secteur.

— Ou alors il en aura piqué un autre au bout de quelques kilomètres.

— Il faut attendre les plaintes pour vol de la matinée. Et la bande vidéo ?

— On a tout digitalisé, ils sont en train de reparamétrer le signal.

— Bordel de merde, et dire que je le tenais, ce fumier !

Renversant son siège, Canavese s'était levé et, les poings serrés, vociférait dans le bureau enfumé. Les autres hommes lui jetaient des regards surpris. Griffier, froidement, tout en lui intimant l'ordre de se rasseoir d'un geste, déclara :

— Voici un texte, c'est ce que vous allez dire à la conférence de presse. Apprenez-le, et tenez-vous-en à ça. En attendant, tempérez votre excitation. On ne le retrouvera pas en s'agitant en tous sens, mais en accumulant des informations sur lui. Retournez questionner les gens qui le connaissent, fouillez dans son passé, est-ce que je sais… Mais allons-y en douceur, je ne veux pas de bavures. Compris ?

— Est-il vraiment indispensable que ce soit moi qui…

— Vous êtes chargé de l'enquête, oui ou non ?

Le type à la drôle de tête répondait lentement aux questions, comme à contrecœur. Il n'avait pas vraiment l'air d'un flic. Ainsi, pensait l'homme avec intérêt, c'est donc ça qu'on a mis à mes trousses. Il étudiait le visage de l'inspecteur-chef, il faisait connaissance autant avec la voix grave et traînante qu'avec les sourcils taillés en accent circonflexe, qui semblaient ponctuer quelque étonnement permanent. Le regard perçant, les gestes vifs, en contraste avec le reste, si mesuré. Il répugne au fait de s'exprimer devant les caméras tridi, pensait l'homme, quand tout à coup le visage disparut, remplacé par celui d'un inconnu. Intrigué, il prêta attention à ce qui se disait :

« … nous avons des raisons de croire que c'est lui qui a tué Dominique Combes et, hier soir, Simon Leuris, avant de prendre la fuite. En effet, nous avions posté un enquêteur à son domicile. Il s'appelle Serge Lançon, il est armé et dangereux. Nous ne pensons pas actuellement qu'il soit l'auteur des meurtres en série, mais qu'il a copié les méthodes de l'assassin afin de maquiller les deux crimes ; nous ne connaissons pas encore ses mobiles mais il pourrait s'agir d'une affaire de stupéfiants. Nous vous tiendrons au courant de la suite des événements. Maintenant, veuillez m'excuser, mais il y a encore beaucoup de travail qui m'attend. »

Le programme enchaîna par un reportage sur la vie à bord de la station orbitale autour de Saturne. Les clients du bar continuèrent à grignoter leurs cacahuètes et à boire des apéritifs, indifférents au jeune homme blond qui avait brusquement quitté son siège et déposait d'une main tremblante un billet sur la table.

Qu'on lui volât deux de ses meurtres l'indifférait. Peu importait qu'on pensât ceci ou cela. Mais ce qu'il venait d'apprendre était grave, et il sentait la colère lui faire tourner la tête. Il s'était trompé de victime, et il avait procédé au rituel en toute bonne foi ; les conséquences pouvaient être désastreuses. Pour rattraper cela, il fallait absolument retrouver ce Lançon et le rectifier proprement. Le programme devait être scrupuleusement respecté.

Au fond de sa poche, sa main se crispait sur le laser. Il se retenait à grand-peine de tirer sur le poste tridi et tous les porcs amassés autour.

Est-ce que j'ai vraiment fait ça ? J'ai tué Leuris ? Mais comment ? Lançon doutait sincèrement de ce qu'il venait de voir.

Il avait mis toute la matinée à se connecter correctement sur les réseaux, à isoler les bons câbles, à bricoler une interface pour convertir le signal tridi en image vidéo compatible avec son écran portable... Et tout ça pour obtenir confirmation : on le recherchait pour meurtre. Il s'était comporté de façon absurde la veille, et les flics avaient bondi sur l'occasion.

Il ne parvenait pas à comprendre ses propres agissements. Mais le pire était ce doute sur sa propre innocence. Bien plus effrayante que tout le reste, la pensée qu'il était peut-être l'auteur des crimes se vrillait en lui avec insistance, comme les vagues qui frappent sans relâche les rochers, jusqu'à les arrondir.

Il essayait en vain de visualiser une scène où il tuait Leuris ou n'importe qui d'autre, pour procéder à ce rituel immonde que se complaisaient à décrire les médias. Mais ses évocations étaient bien abstraites et n'éveillaient rien en lui qui pût passer pour une réminiscence. Sournoise, l'hypothèse du clivage du moi schizophrénique se glissait dans son esprit comme une ombre silencieuse. Était-il possible qu'une partie de lui-même ait tué, à l'insu de l'autre ?

Et cet inspecteur, pourquoi s'acharnait-il sur lui depuis le début ? Le meurtre de Leuris avait-il un lien avec la présence de la police ? Leuris avait réagi violemment lorsque Canavese était venu à la copropriété.

Lançon ramassa un gravat et le jeta sur le mur. Il lui fallait rencontrer Canavese, une explication devenait nécessaire.

Et il savait comment s'y prendre.

— Écartez-vous ! Laissez passer !

Canavese joua des coudes et franchit le périmètre protégé, serra la main à Brönner et demanda sans préambules :

— Des empreintes ?

— Elle en est farcie. Et j'ai comparé la peinture recueillie sur le toit et le capot avec le bidon renversé dans le parking : c'est bien la même.

— A-t-il été blessé ?

— Non. Des traces d'urine seulement.

— Et cet impact sur le pare-brise, là ?

— Très certainement un objet qui a traversé l'habitacle, car le choc s'est produit sur la face interne. Je ne sais pas ce que c'était. Vous voyez, j'avais raison : le radiateur a été endommagé et, comme il a continué à rouler, il a…

— Cette voie ferrée, là, elle est très fréquentée ?

— Est-ce que je sais !

— Novaro, venez voir.

— Monsieur ?

— Prenez contact avec la S.N.C.F. et demandez la liste de tous les trains qui ont emprunté cette voie, depuis hier soir 23 heures. Contactez tous les chauffeurs, humains ou artificiels, et soumettez-leur l'image de Serge Lançon. Priorité 1, n'oubliez pas.

— Bien monsieur.

— Vous autres, là : des témoins ?

Un des enquêteurs, un homme à la mine fatiguée et au teint couleur kiwi, alluma un cigare et déclara, tout en recrachant quelques bouffées nerveuses :

— Rien. À cette heure-là, le quartier est désert. Des entrepôts, un chantier… Les rares péquenots du coin sont habitués au bruit des trains, ils dorment quand même. J'ai interrogé les manœuvres dans la baraque à côté : zéro.

Canavese eut brusquement envie de battre ce type suffisant et vulgaire. Mais il se contenta de répondre :

— Étendez les recherches en amont et en aval sur l'avenue, et tenez-moi au courant.

Fatigué, à bout de nerfs, Canavese se laissa tomber sur le confortable siège de l'aéro de service : depuis qu'il dirigeait l'affaire entièrement, il n'avait plus eu de difficultés avec Griffier sur ce point, et il en profitait. L'unité centrale l'accueillit en ronronnant, et la voix synthétique demanda :

— Où dois-je vous déposer, monsieur ?

— Chez moi. C'est toi qui conduis.

Il somnolait depuis un moment lorsqu'un signal retentit. C'était Bastian qui le tenait au courant de ses démarches : il avait fait tous les restaurants grecs de la ville, et personne n'avait vu Jeanine Lopez. Canavese, après réflexion, lui suggéra d'essayer les snacks, les camions et baraques à sandwiches. Ensuite ce fut le tour de Scheiffer, qui avait parcouru en vain tous les grands magasins de disques et demandait s'il devait attaquer plus petit, ce qu'on l'enjoignit de faire. Enfin, Griffier se rappela à son bon souvenir et demanda où on en était.

— C'est bien la voiture de Leuris, j'ai personnellement vérifié sur le fichier des cartes grises. Et on y a retrouvé des empreintes de Lançon. Mais ce salaud n'a laissé aucun indice.

— Et pour le reste ?

— Ça suit son cours.

— Vous voulez bien préciser ?

— Pour autant que je sache, nos gars sont en place et ils cherchent. Rien chez les opticiens, et une fausse alerte chez les Stups : un dealer nommé Katz, ne correspondant pas du tout au signalement. Chez les orphelins, c'est en cours… Quant au dossier Sorgues, je l'ai consulté mais il ne m'a rien appris.

— Remuez-vous, Canavese. Je vous rappelle que Lançon n'est qu'un épiphénomène, alors ne polarisez pas outre mesure là-dessus.

— Il a tout de même tué deux personnes, et…

— Possible. Mais notre meurtrier court toujours.

Alors mettez la gomme ou je repasse l'affaire à Savelli. Il ne demande pas mieux.

Quand l'écran s'éteignit, Canavese était parfaitement réveillé et d'une humeur massacrante.

Il rentra chez lui accompagné d'une sorte de brouillard où s'entremêlaient souvenirs et projets, rêveries et préoccupations concrètes, inductions et déductions, le tout dominé par l'absence de sa femme qui lui manquait.

Arrivé devant sa porte, il ouvrit, manipula l'antique interrupteur électrique et referma. Un laser se pointa sur sa nuque, une voix lui ordonna d'avancer sans faire d'histoires.

Serge Lançon.

Canavese se retrouva en peu de temps attaché par ses propres menottes à une conduite en cuivre. Lançon le fouilla. Canavese le fixait d'un regard noir.

— Vous ne vous en tirerez pas comme ça.

— Pensez-vous réellement que j'aie tué Leuris ?

— Pour moi, vous avez fait le coup, c'est sûr. Pourquoi filer, sinon ?

— Vous me faisiez suivre. Et puis je ne m'entendais pas bien avec Leuris. Écoutez, je ne suis pas précisément un modèle d'honnêteté, mais je jure que je n'ai jamais tué ce type. J'étais ailleurs dans la coprop', dans un local situé en dessous, au dix-huit...

— Si c'est le cas, rendez-vous ! Il y aura un procès, vous gagnerez et serez innocenté.

— Ben voyons.

— *A chi magna dolce un stupa amaru* : celui qui mange sucré ne crache pas amer.

— Autrement dit, j'ai la gueule de l'emploi, c'est ça ? Depuis le début, vous voulez me poisser.

— C'est mon boulot. Et je vous promets que vous allez me payer ce que vous faites maintenant. Comment avez-vous trouvé mon appartement ? Vous ne me suiviez pas, je m'en serais aperçu.

— L'autre jour, j'ai enregistré vos ondes mentales.

— Mes ondes quoi ?

— J'y ai repensé hier, et j'en ai tiré parti grâce à une invention à moi. Je suis arrivé, j'ai attendu que vous sortiez et je me suis installé dedans pour... Tiens, ça c'est intéressant.

Il examinait le Police Data.

— Vous m'avez piégé avec ça l'autre jour. Si ça se trouve, il continue à tout enregistrer. Je l'embarque.

— Salaud. Vous le regretterez. Et ça ne vous mènera pas bien loin.

— S'il y a une fonction émetteur dedans, je la désactiverai. Parlons un peu, inspecteur. Vous êtes un homme intelligent, alors expliquez-moi pourquoi vous pensez que je suis lié à la mort de Combes.

— À mon avis, c'est une affaire de dope.

— Ridicule. Et vous le savez aussi bien que moi. Je vous assure encore une fois que je n'ai rien à voir dans tout ça... Mais je m'aperçois que je perds mon temps. C'est dommage. Moi qui pensais que discuter nous mènerait à quelque chose... Mais il est sans doute trop tard, et je dois assumer mes erreurs. Je n'aurais pas dû partir.

Il sortit de sa poche une seringue, vissa l'aiguille et remonta une manche du blouson de l'inspecteur, qui le regardait faire sans rien dire alors que le piston descendait.

— Ne vous inquiétez pas, vous allez juste dormir quelques heures. Un petit cocktail de mon invention : eau sucrée et quelques cachets d'anxiolytiques que j'ai trouvés dans la salle de bains, plus un somnifère. Veinard, va ! Vous allez pouvoir décrocher un moment de toute cette merde. Vous ferez de beaux rêves dans lesquels j'espère sincèrement que vous me coincerez.

— Mais je vais vous coincer, Lançon, tôt ou tard, et là… c'est vous… qui cesserez… de rêver.

Lançon prit une cigarette dans le blouson de Canavese, l'alluma et la mit entre les lèvres de l'inspecteur, tout en comptant mentalement. Il était arrivé à dix-sept lorsqu'elle tomba sur la moquette. Il l'écrasa du bout du pied, ramassa le portefeuille de Canavese et s'en fut silencieusement.

X

Claquemuré dans son antre de pénombre, Lançon avait aligné dans la poussière les fragments de sa vie antérieure. Au dos du carton d'emballage des yaourts, il dressait une liste de tout ce qu'il possédait — pour encore combien de temps ? Chaque objet, une fois déposé, se trouvait répertorié dans une des catégories suivantes : matériel et composants, vêtements, armes, nourriture, pilules. Lançon se disait qu'un intitulé « divers » serait utile pour classer une partie du bric-à-brac, lorsqu'il retrouva le petit carnet. Il eut simultanément deux pensées : lire les secrets du mort lui changerait les idées ; il pourrait également continuer son inventaire ou noter ses réflexions dans les pages vierges. Il ouvrit au hasard et lut :

Falcone Émile : homme de main de Garaudy. A déjà plongé une fois pour voie de fait sur un flic, 2 ans. Relâché pour bonne conduite, depuis a monté deux ou trois trafics discrets. Se méfier. 16, rue du Louvre (surface). 919 117 33.

Fieschi Antoine : mac. Isabelle, Wilma et Armelle, du *Sunset*, entre autres. Aime les cogner, se balade en voiture de sport. Carbure aux amphés. Contact au *Sunset*, demander Antoine, 910 217 82.

Fleury Gérard : un taré qui a fait quelques casses réussis dans des petits commerces du vieux centre. Une ou deux banques. Picole dur, parle trop, a du mal à trouver des équipiers. Bosse souvent avec Bevelacqua, un autre débile. Bloc D — 15 Nord, 11e niveau. 919 339 74.

Fontaine Aimé : accro au stade terminal. Donne son sang pour pouvoir bouffer de temps en temps, claque tout ce qu'il a en dope. Je lui fournis principalement de la morphine. Doit revendre pour consommer, mais je ne sais pas qui est son contact. S.D.F.

Frisch Nadine : gouine accro à l'héroïne qui vient chercher sa dope chez moi. Vit avec une mineure, Sylvie Cavalero, qui se shoote aussi. Je les tiens dans le creux de la main. Bloc W — 897 Nord, niveau 16, 913 107 91.

Furet Yves : se dit comédien. Régulièrement, se pointe chez moi et se tape un petit délire d'un jour ou deux, en général dans la cabine 3 ou 7. Ai entendu dire qu'il braquait les vieilles dans les galeries mal éclairées de la périphérie. Porte une lame sur lui, en permanence. Se méfier. Adresse et code phone inconnus.

Et ça continuait. De nombreuses pages recouvertes des mêmes lettres mal formées, tracées à la va-vite. Étrange, pensa Lançon, cela ne ressemble pas à Leuris mais plutôt à Combes. Je les connais ceux-là : Fieschi, c'est un client. Enfin, c'était quand je travaillais. Furet, Falcone, Fontaine, je les ai croisés plus d'une fois. Au *Neurotica*.

Il vérifia à droite à gauche : tous des habitués de la boîte.

Le carnet n'appartenait pas à Leuris mais à Combes. Comment était-il arrivé chez lui ?

Il tournait les pages quand son regard fut accroché

par des rajouts au stylo rouge. Il revint en arrière et déchiffra :

Rectifiée le 30/12.
Cousine Yvette.
La chienne a résisté.

Le nom était barré, entièrement recouvert. Lançon écarquilla les yeux, se concentrant sur cet effort visuel pour ne pas penser. Rectifiée ? Qu'est-ce que cela signifiait au juste ? À nouveau, la céphalée et les sueurs froides réapparurent. Son cœur lui faisait mal, bien qu'il sût que ce n'était pas possible.

Il fit marcher son briquet. En inclinant la flamme de façon à provoquer un reflet sur la surface du papier, il distinguait à présent le tracé en creux de la bille du stylo. Peu à peu les lettres se dévoilaient.

Lopez Jeanine, dite « Ingrid ».

Ingrid avait été rectifiée par le tueur, celui que la presse avait baptisé Homicide Express. Rectifiée : à présent Lançon comprenait ce que ce terme voulait dire. Poussé par une irrésistible curiosité, il vit ses doigts tourner la page et découvrit un autre nom sauvagement biffé de rouge : le sien. Pendant quelques secondes, Lançon crut qu'il allait devenir fou, hurler, taper sa tête contre un angle de mur. Mais il se contenta de serrer le carnet contre lui et de ricaner stupidement.

Encaissé entre deux vieilles façades d'immeubles décrépies et noires de crasse, le commerce s'appelait « Au petit creux » et méritait son nom : un renfoncement exigu et sombre, la béance saumâtre d'un entrebâillement de porte et d'une petite vitre voilée.

En s'approchant, on devait descendre prudemment deux marches glissantes et biscornues, pour se heurter presque aussitôt à un comptoir en particules singulièrement déformé par les innombrables clients qui l'avaient pris d'assaut, et recouvert par endroits de ce qui avait dû être un revêtement plastique imitation briques. Les coudes englués dans des taches poisseuses, on jetait quelques pièces parmi les brûlures de cigarettes tout en commandant un sandwich, sans réfléchir, suffoqué par les fortes senteurs de graisses frites et la chaleur d'étuve.

Au-delà de ce butoir, un minuscule évier, un mélangeur où stagnait quelque épais sirop, un micro-ondes à la trappe d'accès fendillée, un recycleur protéigène, un congélateur, trois grils et autres équipements, tous dépareillés. Comment ce local bas de plafond, glauque et enfumé, limité à un espace de deux mètres sur trois pouvait-il contenir tout ça ?

Et au milieu, une jeune femme potelée, souriante mais visiblement exténuée. Elle accueillit Bastian d'un hochement du menton, prête à réagir à un stimulus connu, embryon de phrase, ordre succinct (« un américain-mayo », « une boulette-frites »), condensé de pulsion alimentaire codifiée ; au lieu de quoi, l'enquêteur demanda :

— J'ai vu sur votre panneau que vous faites les sandwiches grecs. Je suppose qu'ils contiennent de la viande de mouton et de la salade ?

Le froncement de sourcils avait remplacé le sourire devant cette formulation inusitée, manifestement trop longue et élaborée.

— Pourquoi, vous en voulez un ?

— Non, juste quelques questions, police. Vous ne pourriez pas baisser ça ?

À contrecœur, elle éteignit le tuner qui braillait des airs à la mode.

— Alors, c'est quoi le plan ? Inspection sanitaire ? J'suis en règle.

— C'est ça, et moi je suis le petit frère du pape. Auriez-vous servi un grec à cette femme dans la journée du 30 décembre ?

— Elle est tombée malade ?

— Non, on ne peut pas dire ça.

La fille s'essuya à son tablier et examina la photo.

— Positif, elle est passée par chez moi. Vous la cherchez ?

— Elle a été assassinée.

— Merde, c'est moche.

— Plutôt. Regardez-la bien. Il ne s'est rien passé ce jour-là ?

— Ben… je sais pas si ça a un rapport…

— Dites toujours.

— La nana, elle a bouffé sur place, sans traîner. J'me souviens qu'elle portait une croix sur le revers, le genre strict, on aurait dit une religieuse qui a fait le mur. Mais c'est pas elle qui m'a intriguée, c'est le type.

Bastian, qui avait mis en marche le Police Data, allait demander des précisions quand il surprit le regard de la fille.

Un long tuyau brunâtre, en fer cabossé, montait d'entre deux meubles. L'extrémité, évasée et grillagée, venait de laisser échapper un insecte noir et luisant qui trottinait sur le comptoir. La fille le prit entre deux doigts et l'écrasa alors qu'il allait grimper sur la manche de Bastian. Elle renifla et s'essuya distraitement.

— Ça communique avec les égouts, il en remonte sans arrêt, ils sont attirés par l'odeur. J'ai beau mettre du produit, y a rien à faire. On dirait qu'ils s'y habituent.

— En règle, hein ? Bon, ce type ?

— Ouais, il était en face, sur le trottoir, et il est arrivé juste après elle. Il regardait par ici, je me suis dit qu'il viendrait. Mais il est resté planté comme ça, sous la pluie, ça m'a étonnée. Il a suivi la nana dès qu'elle est repartie.

— Est-ce qu'il portait une mallette ?

— Ouais, ou un gros sac, j'ai pas fait gaffe.

— Vous pourriez le reconnaître ?

— Pas évident. Il était loin, je bossais...

— Vous préférez vous débrouiller avec l'inspection sanitaire ?

— Vous fâchez pas, on peut toujours essayer.

Ni Lançon ni Leuris n'éveillèrent la moindre lueur dans le regard fatigué. Elle rendit les clichés tandis qu'un client entrait.

— Je peux servir en même temps ?

— Ça ne me dérange pas. S'est-il passé quelque chose d'étrange ce jour-là ?

— J'vous l'ai dit, y avait ce mec qui attendait. Pas du tout comme un copain, plutôt du genre qui se planque, vous voyez ?

— Elle s'en est aperçue ?

— J'crois pas, non. J'en sais rien.

— Quel genre, ce type ?

— Assez costaud, c'est tout ce que j'ai vu.

— Ses vêtements ?

— Alors là…

Bastian désigna l'homme qui venait d'entrer et qui déchiffrait les tarifs griffonnés à la craie sur le tableau.

— Lui, là, il y était ?

— Il est passé après, plus tard.

— Vous pouvez me dire qui était chez vous à ce moment ?

Deux hamburgers et quelques cafards après, il repartait avec une série de descriptions physiques et de prénoms, ainsi qu'une méchante nausée solidement ancrée au fond de la gorge.

Lançon secoua brutalement la tête pour chasser une mouche qui revenait obstinément se poser dans ses cheveux. Pas de temps à perdre. Depuis sa récente découverte, il n'avait pas arrêté un instant de travailler. Il avait les yeux brûlants et des courbatures partout.

La certitude de ne pas être le tueur avait raffermi la base sur laquelle sa raison chancelait auparavant ; néanmoins, ses réflexions l'avaient rapidement mené à une série de conclusions inquiétantes :

Le hasard avait voulu qu'il fût encore en vie. L'autre était venu, avait rencontré Leuris, l'avait pris pour Lançon. S. L., mêmes initiales brodées sur le peignoir. Leuris était mort à sa place.

Le petit calepin d'aspect banal n'avait jamais appartenu à l'irascible colocataire, mais à Dominique Combes. Il contenait le fichier que l'indic tenait sur ses clients. Pour une raison inconnue, l'assassin était en sa possession et s'en servait pour choisir ses victimes.

Les trois seuls noms éradiqués appartenaient à

Combes, Ingrid et Lançon. Cela signifiait que le meurtrier n'avait pas encore eu le temps de choisir les suivants. Et aussi qu'il ne tarderait pas à s'apercevoir de la perte du carnet. De plus, il n'était pas exclu qu'il ait capté l'émission, et donc qu'il fût au courant de son erreur. Ayant vu le vrai visage de sa proie, il chercherait probablement à la rejoindre.

Rien de bien rassurant.

Pas question de montrer ce document à Canavese. Avec l'inspecteur, la communication était rompue pour l'instant. Il aurait fallu trouver un autre interlocuteur auprès de la police, mais toute tentative de la contacter comportait un risque certain, que Lançon ne voulait pas courir. Étant accusé de deux meurtres, voire d'autres, il n'avait pas le choix : il devrait se servir de l'avance qu'il avait sur la police pour mener sa propre enquête, même s'il n'en avait nulle envie.

Cela comportait une condition *sine qua non* : avoir accès aux banques de données de la police. Conclusion des conclusions.

Tout en réfléchissant, Lançon s'était livré à une tâche rendue difficile par le manque de place et de lumière, et cette drosophile enragée qui s'acharnait sur lui avec la même obstination que l'inspecteur-chef.

À l'aide de son outillage embarqué à la hâte, il avait dévissé les panneaux jusqu'à trouver un relais Télécom. Puis il s'était connecté sur le central de façon à pouvoir utiliser plusieurs lignes simultanément, en sautant de l'une sur l'autre sans arrêt. Cela avait soulevé d'importantes difficultés techniques consommant une partie du temps qui lui restait.

Car le flic n'allait pas dormir éternellement. D'après ses calculs approximatifs, Lançon en avait encore pour une heure ou deux avant que l'alerte fût donnée. C'était peu.

Puis il avait mis en fonction le Police Data, auquel il avait adjoint une balise qui, depuis un moment maintenant, bombardait le réseau de codes. Le but de la manœuvre était de trouver la clé informatique qui l'introduirait dans le sanctuaire des données confidentielles du Cray V.

Tandis que la machine cherchait, il essayait d'imaginer la suite des opérations. Il lui faudrait de l'argent, des faux papiers, un véhicule ; il ne serait pas mauvais qu'il puisse aussi changer d'aspect. Il aurait besoin de fausses cartes de police, de…

L'en-tête des services de renseignements informatiques s'afficha sur l'écran, chassant toute spéculation de son esprit.

> Serveur 132881
> Services de Police nationale
> Marseille division. Central Cray V.
> Niveau d'accès : 3.
> Entrée par :
> — Service
> — Chronologique
> — Nom de suspect ou signalement
> — Main courante
> — Procès-verbal d'arrestation
> — Description de *modus operandi* et flagrant délit
> — Enquête en cours
> — Codes et numéros d'identification
> — Annexes : gestion du personnel

Il sélectionna le menu ANNEXES et demanda la liste de tous les enquêteurs travaillant à Marseille-centre, ainsi que leurs grades et codes d'accès ; l'imprimante connectée au Police Data alignait silencieusement les colonnes de caractères.

Puis il fit apparaître les principales commandes de protection du programme et, le 3 janvier 2033, à vingt-trois heures et cinq minutes, il déposa au cœur du système une clé neutralisant toutes les barrières qu'on ne manquerait pas de dresser par la suite. Une série de chiffres qu'il serait le seul à connaître, lui donnant une entrée inconditionnelle et prioritaire à toutes les informations, sans restriction aucune.

Lançon nota sur le carnet l'insert qu'il venait de créer et éteignit le terminal.

Canavese pouvait bien se réveiller à présent.

— Thouvenin au téléphone, c'est urgent !

L'intéressé, un homme d'une quarantaine d'années, rasé de près et au déplaisant regard de biais, quitta le tatami après un bref salut, s'épongea le visage dans les vestiaires et, tout en reprenant son souffle, se dirigea vers la loge du gardien ; celui-ci était retourné vers le gymnase adjacent et assistait à l'entraînement d'une équipe de basket féminin. Thouvenin saisit l'anachronique combiné en bakélite et demanda :

— Qu'est-ce qui se passe ?

— Tu es seul, personne n'entend ?

— Personne. Qui est-ce ?

— Serge Lançon.

— Tiens. Ça fait un moment. Tu ne viens plus au dojo, j'ai entendu dire que tu es en cavale ? Ne me dis pas ce que tu veux, je le sais : des faux papiers.

— Pire que ça, vieux : des cartes de flic. J'ai un modèle sur moi, il m'en faut une dizaine.

— Flic ? À quoi tu joues ? Tu vires de bord ?

— Je veux me faire le type qui m'a mis les poulets sur le dos. C'est un peu compliqué, j'ai le nez propre mais je suis quand même coincé, il me faut des cartes, vite.

— T'es marrant, toi. Pas facile.

— Trouve-moi du matériel qui y ressemble, avec une piste magnétique, et je me charge de graver les bonnes infos aux bons emplacements.

— Si tu le dis… Mettons dix ?

— Non, pas mille crédits. Six cents, pas plus. Dis-moi, tu vois toujours le type qui a les pilules bleues ? Il m'en faut, je presse salement.

— T'es vraiment dingue. T'es accro à ce truc ? Personne ne sait…

— J'ai pas le temps de discuter. Tu m'en procures un maximum, tout ce que tu peux, et je te donne dix pour cent.

— J'essaierai de voir le rouquin. Autre chose ?

— Un aéro, rapide et propre, tu aurais ?

— Un qui vient d'Italie. Avec des numéros neufs, des papiers nickel. Trois plaques.

— Tu exagères. Bon, je t'attends dans la rue, pas loin de ton aéro. Vous avez fini ?

— Encore une demi-heure.

— Tu ne peux pas sortir avant ? J'ai la parano, ici.

— O.K., c'est bien parce que c'est toi. Il te faut une arme ?

— De ce côté-là, je suis paré. Allez, amène-toi.

Après avoir longuement hésité, Griffier, les yeux fermés, avança une main molle vers les papiers. Le cendrier, préalablement vidé dans l'incinérateur, contenait une douzaine de fragments d'origine administrative, roses ou verts, ordres de mission et comptes rendus d'enquêtes, qui encombraient les deux tiroirs du bas de son bureau.

Lentement, avec appréhension, il entrouvrit une paupière.

Rose. Il poussa un soupir. Le sort en était jeté, il ne se ferait pas opérer ce mois-ci. Berthier le lui avait proposé comme s'il s'était agi d'un banal acte thérapeutique. Mais non, pas ainsi, entre deux orgelets et une thrombose. Non, même s'il avait tiré un papier vert, il aurait gardé sa verrue, il se connaissait assez pour en être sûr.

Et cette enquête qui n'en finissait plus, toutes ces responsabilités écrasantes, ces charges aliénantes qui le détournaient constamment de… Quoi encore ? Jamais moyen d'être tranquille !

Tissier attendait sur le pas de la porte. Griffier lui fit signe d'entrer, tout en vidant à nouveau le cendrier.

— Qu'est-ce que vous voulez ? Voyez ça avec Canavese.

— Justement, monsieur. Il n'est pas ici. On n'arrive plus à le joindre.

— Vous avez essayé à son aéro ? Je n'ai pas que ça à faire.

— Personne ne parvient à le joindre depuis hier soir.

— Qu'est-ce que c'est que ce cirque ? Bon, allez-y, mais soyez bref.

— C'est au sujet des sectes, monsieur. On n'a rien pour l'instant, doit-on…

— Non, laissez tomber. Je vous détache sur Toulon,

mettez-vous à la disposition de Canavese. J'ai hâte qu'on coince l'autre dingue et qu'on le foute au trou.

— Nous sommes tous dans ce cas, je crois.

— Un instant.

Il tapa une combinaison sur son clavier et peu après vit apparaître le logo de Toulon central. Griffier donna son code personnel à l'accueil homéostatique, et son appel fut orienté vers la direction.

Un large front apparut, surmonté par un fin duvet. Au-dessous, une paire de sourcils jaunes, deux yeux vifs, un nez plat et long, une moustache blonde, des lèvres minces et autoritaires, un menton étroit. Le bas du visage se mit à bouger, et on entendit une voix qui disait :

— Charles Naudy, commissaire. J'ai reçu récemment l'ordre du parquet concernant cette affaire. Que pouvons-nous faire pour vous ?

Griffier ne se laissa pas abuser par le ton faussement aimable de Naudy, mais pensa qu'il fallait jouer le jeu et déclara :

— Votre aide nous sera précieuse, collègue, et je vous en remercie par avance. L'inspecteur-chef Canavese a-t-il pris contact avec vos services ?

— Non. Il devait le faire ?

— Vous ne l'avez pas vu ? Personne, chez vous ?

— Je me renseigne et je vous rappelle.

Griffier congédia Tissier : qu'il attende dans la salle des inspecteurs, on lui dirait quoi faire. Un instant après, Naudy réapparaissait, l'ombre d'un sourire voilant ses commissures labiales.

— Absolument aucun contact avec votre adjoint, commissaire.

— C'est étonnant.

Griffier, dépassé par cette tournure inattendue des événements, mit plusieurs secondes à traiter l'information. Naudy patientait, attentif. Finalement, Griffier reprit :

— Je ne comprends pas ce qu'il fabrique. Excusez-moi du dérangement.

— Il n'y a pas de mal. N'hésitez pas à faire appel à nous si besoin est.

Tu parles, répondit-il mentalement. Il alluma l'interphone :

— Edgar, l'inspecteur Tissier attend en bas. Vous le voyez ?

— Oui, monsieur, il est au distributeur.

— Envoyez-le au domicile de Canavese, jeter un coup d'œil.

— Bien, monsieur.

Quelle misère, se dit le commissaire en se grattant amèrement.

C'était un de ces jours pourris où la pluie s'abat sur tout, faisant peler la peinture des volets, s'effriter le béton de l'immeuble et dessécher les derniers arbres. Une matinée noire où le banquier vous annonce que votre compte est fermé, où vous perdez votre portefeuille, où votre petite amie vous plaque.

Et tout cela sans l'excuse du vendredi 13. Non, un banal 5 janvier, noyé de pluie. Un jour qu'on aurait pu appeler « merdi ».

Canavese avait tout d'abord essayé de chercher ses clés sur lui. Mais Lançon les avait probablement emportées. Il tenta par tous les moyens de se libérer seul, mais ne réussit qu'à se meurtrir les poignets. La mort dans l'âme, il se résolut à appeler, mais les voisins étaient sortis et personne n'entendit ses cris. Quand bien même c'eût été le cas, rien ne dit que quelqu'un se serait déplacé.

Courbatu, trempé d'urine, assoiffé, il stagnait dans un demi-sommeil lorsque la porte s'ouvrit. Tissier, l'arme au poing, courait vers lui :

— Tout va bien, vous n'êtes pas blessé ?

— Rangez ça, mon vieux, nous sommes seuls. Ça fait longtemps qu'il s'est tiré. Ah, la pute !

— Qui a fait le coup ?

— Lançon. Je jure que j'aurai sa peau, à ce fumier ! Enlevez-moi ça.

Tissier s'accroupit et manipula les menottes avec ses propres clés, tout en expliquant :

— C'est votre aéro de service. Il m'a renseigné sur votre position, et je me suis dit que si vous ne répondiez pas au vidphone…

Indifférent au bavardage, Canavese, une fois libéré, bouscula Tissier et se précipita dans sa chambre. Il revint avec un laser et des vêtements propres. Dans son regard dansait une flamme de mort. « Je vais lui faire la peau, vous allez voir », siffla-t-il tout en se déshabillant.

En sortant de la douche, il vit l'homme qui éteignait le combiné. Il se jeta dessus, lui plaqua l'arme sur la gorge et hurla :

— Qui avez-vous appelé ?

— Le central, pourquoi ? Monsieur Griffier vous cherchait, je…

— Et vous avez dit que j'étais enchaîné au radiateur ? Connard ! Foutez-moi le camp. Je serai au central d'ici une demi-heure.

Tissier se releva, mécontent, se massa le cou quelques secondes et partit sans un mot.

Recroquevillé sous une couverture militaire, Lançon s'imposait une lecture exhaustive du petit carnet. Patiemment, il se concentrait sur chaque détail, à la recherche du plus mince indice. Le *Neurotica* brassait beaucoup de monde lorsque les affaires tournaient : des kyrielles de patronymes dansaient devant ses yeux larmoyants. Putes, macs, dealers, toxicos, fêlés de tout poil, types en cavale… Lançon faisait partie de cette dernière catégorie à présent.

Il reconnaissait une bonne partie des noms, notait à tout hasard les autres et repérait chaque adresse sur le plan de la conurbation intégré au terminal.

Il avait passé une bonne partie de la nuit à prendre connaissance du dossier K-32A de la Criminelle, relatif à « Homicide Express », et ses yeux lui cuisaient de tant d'heures devant un écran. Des brassées de feuillets griffonnés dans l'obscurité glaciale du réduit, à se demander si cela servirait à quelque chose…

Saturé d'informations, il était arrivé à cette conclusion : la seule chance d'aboutir à un résultat, si léger fût-il, était d'exploiter à fond le contenu du carnet. Il l'avait trouvé à la place de la police, s'il y avait du neuf pour progresser, c'était là et pas ailleurs.

Beaucoup de noms étaient connus, ils évoquaient des personnes qui *a priori* n'avaient rien à voir avec un tueur fou. Pour la plupart, c'étaient de petits et moyens truands, ou d'inoffensifs paumés. En jaune fluorescent, il surlignait tous les autres, qu'il notait sur un bloc. Les plus gênants étaient ceux qui, à la périphérie de sa conscience, n'éveillaient qu'un vague écho, mais ils étaient rares heureusement.

Il tourna quelques pages pour voir s'il en restait beaucoup. Non, il avait presque fini le V. Mais, qu'est-ce que… Une page arrachée ! On l'avait volontairement supprimée, au début du W. Lançon, électrisé par sa découverte, se mit à réfléchir intensivement. Cette destruction pouvait revêtir deux significations, suivant qu'elle était l'œuvre de Combes ou de l'assassin : simple utilisation du support à d'autres fins, dans une lettre peu usitée ; annulation pure et simple d'une piste pouvant mener jusqu'au meurtrier. Si l'on se plaçait dans cette hypothèse, alors la page arrachée comportait le nom de cet homme. Il l'appellerait donc Cat W, en attendant mieux.

Il sélectionna le menu RECOUPEMENTS et intégra dans son profil d'identification le paramètre W. Ainsi, tout fichier de suspects serait filtré selon ce critère. Puis, à court d'idées, il demanda une vérification non sélective des casiers et comptes rendus sur la multitude d'inconnus interrogés au cours des jours précédents, avec adresses et codes d'appel. Les renseignements arrivaient en rafale et le terminal les digérait paisiblement. Lançon, passablement excité, lisait à toute vitesse. En tout, quinze personnes liées de près ou de loin à l'affaire. Et parmi elles, un certain José Gambini.

Depuis un moment, Lançon avait l'impression qu'il avait déjà lu ça quelque part. Il cliqua ce nom, et sur l'écran apparut l'image d'un petit homme velu grelottant sous une ampoule nue, comme si on l'avait surpris au sortir d'une douche. En incrustation dans le coin droit, une légende :

01/01/.33 interr. José Gambini, dit Gazou
DDN 14/09/.03
Trav. : *La Mare,* 59 bloc Est, Toulon
Adr. : 6, bd Fénelon, surf., Toulon Pont-du-Las
Cond. : 12/05/.27 et 02/04/.29 pour détournement de mineurs

Ayant rétabli dans son esprit le lien Gambini/Gazou, Lançon éteignit le terminal, jeta deux comprimés de benzédrine dans sa gorge et sortit. Il avait une chance de cueillir Gazou dans son premier sommeil de noctambule et, en le bousculant un peu, lui ferait sûrement cracher quelque chose de nouveau.

L'endroit se voulait accueillant. Moderne, sobre, il avait été conçu pour donner un sentiment de confort. Épaisse moquette brune, nombreux fauteuils en plastique blanc, éclairages indirects, murs tapissés de faux liège insonorisant.

Et au centre géométrique de la pièce, Edgar, souriant et poli, offrait au regard son aspect de petit homme débonnaire. Il connaissait tous les habitués, adaptait ton et conversation selon les humeurs qu'il lisait sur les physionomies, et, si l'on faisait exception de quelques particularités, entre autres le fait qu'il ne possédait pas de jambes mais était monté sur pivot hydraulique, somme toute il était plus humain que bon nombre d'humains en ce lieu.

Canavese, indifférent au simulacre et à ce cadre qu'il ne voyait même plus, lui adressa un vague signe de tête et marcha rapidement vers le couloir d'accès à la brigade criminelle.

Là, la moquette laissait place à un revêtement plastifié, et les néons faisaient ressortir tous les défauts de la peinture jaune sur les murs. Quelques affiches décolorées vantaient les mérites de la carrière policière, et les notes de service recouvraient les panneaux de bois récupérés lors du déménagement de l'ancien commissariat, qu'on fixerait peut-être aux murs du prochain.

Canavese s'arrêta devant la caméra de surveillance, glissa sa carte dans le lecteur. Il allait pousser la porte lorsqu'une main claqua sur son épaule :

Savelli.

— Alors, mon vieux ? Décidément tu te laisses surprendre en ce moment ! Mauvaise passe, hein ? Tu sais que le boss m'a remis sur l'enquête ?

Canavese, qui avait baissé le menton, attrapa Savelli par le col et projeta sa tête vers l'avant tandis qu'il ramenait ses avant-bras à lui. Savelli cria de douleur, le nez en sang, et s'effondra comme une poupée de chiffons. Canavese se tourna vers la caméra et tonna :

— Ce fils de pute m'a menacé avec une arme, il a osé la pointer sur moi et m'a attaché comme un chien avec mes propres menottes. Si je l'attrape, je l'écorche vif. En attendant, le prochain qui reparle de ça devant moi, je le tue, vous avez tous compris ?

Puis il rejoignit son bureau. Là, il fit mine de classer quelques dossiers, qu'il envoya finalement voler à travers la pièce.

Griffier, alerté par quelque lèche-bottes, visionnait la scène sur son écran personnel. Et voilà, se dit-il. Quand Brugier sera ici, il me livrera une explication toute cuite :

« Être menacé avec une arme = symbole phallique.

Être attaché au radiateur = viol. »

Donc fantasme homosexuel, et tout le tralala.

Le pire, c'est qu'il aura probablement raison.

N'étant pas d'humeur à affronter une fois de plus son adjoint excité, Griffier dicta un simple mémo :

05/01/.33

J. Griffier à J.-P. Canavese.

Mon vieux,

Vous avez tort de prendre les choses aussi mal ; vous devez conserver votre efficacité et je doute qu'actuellement elle soit optimum.

Le point de nos recherches, d'après les rapports arrivés en votre absence :

1) Junkies : en cours pour l'instant. R.A.S.

2) Antiquaires : unanimes pour déclarer objets sans valeur, donc pas concernés. Brocante, puces ?

3) Assistance publique : réticences mais coopération relative. Liste jointe de 45 suspects correspondant à tout ou partie du signalement.

4) Véhicule abandonné par Lançon : néant. Aucun témoin.

5) Opticiens : négatif. Dispositif maintenu.

6) Disque jazz : pratiquement impossible. Seul cas de collectionneur exclusif de chanteuses : un vieil original impotent, achète par correspondance à la F.N.A.C. du Satori. Voir plutôt clubs gays où on joue du jazz.

7) Ai envoyé Tissier à Toulon. Mission : établir contact avec autorités.

Vu l'ampleur des moyens employés, vous feriez bien de me faire parvenir rapidement quelque chose de concret.

J. G.

Pas d'alarme ni de serrures fermées. Pas d'interphone, aucune concierge en vue. Lançon se glissa dans le vieil immeuble qui suait l'ennui par toutes ses pierres bosselées.

Gazou habitait au quatrième, sous les toits, comme une araignée. La boîte aux lettres contenait du courrier que Lançon ramassa à tout hasard.

L'escalier aux degrés disjoints s'élevait vers une verrière lointaine, et par contraste le hall semblait plongé dans les ténèbres. Lançon agrippa la rambarde en fer forgé et monta sans bruit.

La porte était entrouverte. Il entra, appela par deux fois mais personne ne répondit. Il fit le tour du propriétaire.

Appartement modeste : la pièce principale, peinte en blanc et meublée en tout et pour tout d'un canapé-lit avachi. Au mur, des posters : deux ou trois body-buildés, James Dean, Betty Boop. La cuisine, vaisselle sale et évier graisseux. Un coin salle de bains, quelques pilules, des savons parfumés et des gadgets en latex. Le couloir, avec rayonnages bricolés à la bonne franquette, recouverts de livres de poche. Tout au bout, les toilettes.

Dont la porte était percée d'un trou noirci.

Le verrou était mis. Lançon se pencha, approcha son œil.

De l'autre côté, Gazou, assis sur la cuvette, exhibait sans la moindre gêne un vilain orifice rond au milieu de son front, par lequel il crachait effectivement quelque chose de nouveau : sa matière grise.

Malgré lui, Lançon se retournait fréquemment pour contrôler ses arrières. Personne ne l'avait surpris au sortir de l'appartement de Gazou. Pourtant, il se sentait suivi, désigné au regard d'autrui comme par une marque indélébile sur le visage. La peur allume une brillance particulière dans les yeux de ceux qu'elle tenaille.

L'étau des apparences se refermait sur lui. La mort l'accompagnait partout, tantôt dissimulée dans son ombre, tantôt le précédant ouvertement. Nul doute que la police ajouterait l'exécution de Gazou au contentieux. Le dossier Lançon gagnait régulièrement en épaisseur et l'intéressé savait qu'il disposait de peu de temps s'il voulait s'innocenter.

Mais il accumulait des données. Chez Gazou, il avait pris le temps d'effectuer une fouille systématique : sous son blouson, dans un sac en plastique, se trouvaient quelques objets collectés sur place, parmi lesquels un journal intime et un répertoire téléphonique.

Il marchait en surface, direction la gare, lorsqu'il passa devant une grande cafétéria. Les amphétamines ne faisaient plus d'effet, il prit brusquement conscience qu'il n'avait rien avalé depuis plus de trente-six heures. Il entra et s'inséra tant bien que mal dans la queue.

On se bousculait, on piétinait sur place. L'escalier d'accès au self-service était bouché par une marée de corps : l'humanité avait faim. Lançon se résigna à attendre, malgré son état nerveux. Près de lui, un papillon se débattait vainement contre une vitre. Le tropisme qui le poussait vers la lumière, inadapté, l'empêchait de rejoindre la sortie. Effectuer un détour était de toute évidence trop complexe pour l'insecte. Lançon eut l'impression que cette image résumait presque tout : incapables de discerner la réalité du leurre, nous tournons à l'infini dans le labyrinthe, et chacun de nos pas nous rapproche de notre perte. Mais il ne poursuivit pas plus avant : le troupeau s'ébranlait. Immergé dans la cohue, pressé contre la sueur des autres, il fit preuve de patience et gravit les degrés sans les voir, porté par le flot.

Une bonne demi-heure après, il arriva enfin à l'étage. Au comptoir, les aliments — quelle que soit leur provenance, et Lançon ne voulait rien en savoir — dégageaient un agréable fumet. Le personnel, composé de simulacres féminins dispensant force sourires et formules d'accueil, vantait à la moindre occasion la marchandise, comme on l'avait programmé à le faire ; les humains répondaient distraitement. Lançon apprécia son retour parmi ses congénères et se servit abondamment en viande synthétique et café bouillant.

À la caisse, il songea tout à coup que son compte était certainement clos. Il se sentit traversé par une coulée de sueur froide entre les omoplates. Derrière lui, on s'impatientait. Il se dégagea tant bien que mal, posa son plateau à terre et se mit à fouiller ses poches. Accroupi ainsi, il gênait considérablement le passage, et les gens le dévisageaient, hostiles, avec ce froncement caractéristique des sourcils qui accompagne tout comportement inattendu dans un lieu public. Nulle trace de pitié, pas la plus légère velléité d'assistance.

Fort heureusement, il avait pris la peine d'emporter avec lui deux crédicartes supplémentaires, sur des comptes ouverts à une autre identité. Il en choisit une après avoir un peu hésité et vérifié le code sur un bout de papier, puis il reprit place dans la file d'attente, au prix de quelques protestations. À présent, il n'avait plus très faim ; cela s'arrangerait peut-être.

Mais, tandis qu'il payait, il remarqua un vigile près de la sortie. Il ne voulut pas le dévisager et enregistra confusément quelques détails : grand, en uniforme, les bras croisés, armé d'un revolver et d'une matraque électrique, le visage buté, les cheveux grisonnants taillés en brosse. L'homme n'avait pas quitté son poste, manifestement le manège illicite avait été repéré et compris. Quand Lançon passa devant lui, les yeux baissés et l'air le plus innocent possible, l'homme s'interposa :

— Voudriez-vous me suivre, monsieur ? Simple contrôle de routine.

Lançon, d'une tension intérieure qu'il espérait la plus discrète possible, parvint à sourire comme si la requête eût été parfaitement anodine. Mais l'autre n'était pas dupe, et son attitude se durcit davantage.

— Certainement. Où puis-je poser mon plateau ?

— Laissez-le sur la table, là.

Tandis qu'il tournait le dos au type, Lançon vit du coin des yeux qu'une main avait dégrafé l'attache de la matraque et se tenait prête à la saisir.

Il prit la tasse de café, la jeta au visage de l'homme qui se mit à hurler. Puis il courut en direction de la sortie, tout en glissant le sac dans son blouson pour avoir les mains libres.

Un autre vigile arrivait à sa rencontre. Lançon obliqua en direction des tables. Tout autour, beaucoup de gens regardaient la scène avec curiosité, les plus vifs ayant déjà eu le réflexe de se jeter à terre.

La vitrine, au-dessus des tables. Aucune autre issue.

Lançon prit un four à micro-ondes à la disposition du public et le jeta dessus, en vain. L'appareil rebondit sur la table, cabossé, tandis que les gens se terraient sous les banquettes. Une sonnerie ponctua cet échec, accompagnée des cris des clients. Lançon entendit également une sommation, sans la comprendre. Il dégaina son laser et tira sur le verre blindé, qui s'évapora dans une très forte odeur chimique. Puis il se retourna en direction de son poursuivant. Celui-ci abandonna son arme et leva les mains en l'air. Lançon, piétinant reliefs de repas et assiettes cassées, monta sur la table et jeta un rapide coup d'œil en bas. Des véhicules en stationnement, parfait. Il prit son élan et sauta sur le toit d'un aéro, déclenchant l'alarme qui équipait l'engin.

Il roula au sol, se remit sur pieds et s'éloigna rapidement. Une rampe d'accès au niveau – 1, un parking désert, deux coursives, un autre parc de stationnement. Voyant qu'il n'était pas poursuivi, il s'assit dans la poussière pour souffler un peu, l'esprit mitigé entre colère et peur. Après ce bref répit, il se soulagea contre un pilier et reprit sa course, sans trop savoir où elle le menait.

XI

— Veuillez annoncer l'inspecteur-chef Canavese, s'il vous plaît.

— Un instant, monsieur.

La jeune femme prévint par vidphone, on lui répondit que le visiteur était attendu. Elle quitta son poste et invita Canavese à la suivre.

Ils prirent place dans l'ascenseur. Était-ce à cause des cheveux blonds ondulés, du teint mat, des yeux noisette ? la jeune femme en uniforme lui rappelait Vanina. Il en conçut une relative amertume. Depuis plusieurs jours, les événements s'étaient tant accélérés qu'il en avait perdu cette question de vue. Trop de temps avait passé depuis leur dernière — et orageuse — conversation. Il était resté sans nouvelles depuis, et, n'en déplaise au proverbe, cela ne lui disait rien de bon. Il avait manqué de courage : il eût été si simple de vidphoner, sous n'importe quel prétexte… Mais il avait eu peur d'être rembarré vertement, renvoyé à ses assassins, ses violeurs, comme la dernière fois. Au début, se souvenait-il avec rancœur, sa femme était fière lorsque, rentrant dans leur minuscule foyer, il annonçait qu'il avait capturé un méchant. Alors elle se jetait à son cou et l'embrassait. Mais peu à peu ils s'installèrent dans la routine, elle commença à lui reprocher de passer trop de temps à son travail. Puis elle se mit à détester ouvertement ce « sale boulot de charognard » et ce terminal qu'il trimballait partout — à croire qu'il l'aimait par-dessus tout. Canavese n'appréciait pas qu'elle employât des termes injurieux. Les disputes retentirent dans le foyer, ne le quittèrent plus.

Mais pourtant je tiens à elle, se dit-il, surpris par son désir soudain d'embrasser la jeune femme devant lui, qui le regardait avec indifférence. Oui, la ressemblance était nette. Pourquoi avait-il fallu que… Il aurait pu s'adresser à une autre. Oui, mais il l'avait quand même choisie, justement à cause de ça.

Ils franchirent deux portes blindées surmontées de caméras vidéo. Il s'étonna :

— Il est bien gardé, votre commissaire.

— Il a peur qu'on attente à sa vie.

— Je vois.

— Le commissaire est un peu…

— Spécial ?

— Voilà, oui. Et méfiez-vous de ce que vous dites : son bureau est truffé de micros. Enfin, on le dit. Voilà, c'est juste ici.

Un panneau annonçait DIRECTION — ENTRÉE RÉGLEMENTÉE. La jeune femme se détournait pour repartir, mais Canavese l'appela :

— Mademoiselle !…

Elle attendit, affectant toujours sur ses traits le même mélange de fatigue et d'indifférence. Il regrettait déjà son geste et, tout en se traitant d'imbécile, se demandait quelle suite lui donner.

— Oui, inspecteur ?

— Je… Non, rien. Merci.

Elle s'éloigna définitivement. Il frappa à la porte.

Le bureau de Charles Naudy était vaste, entièrement moquetté de blanc, et comportait une véritable fenêtre par laquelle on pouvait voir les immeubles environnants et le ballet des aéros dans le ciel.

Canavese fut invité à s'asseoir. À côté d'eux se tenait un homme de corpulence moyenne, aux cheveux et moustache gris ; debout, les mains croisées dans le dos, il n'esquissa pas le moindre mouvement et se contenta de hocher le menton en direction du nouveau venu. Naudy tendit la main cordialement, avec un sourire affable quoique distant.

— Monsieur Canavese, c'est un plaisir. Un instant, je vous prie.

Il fit mine de s'affairer avec son terminal, unique objet posé sur le plan de travail pourtant immense. Canavese et l'autre homme se regardèrent quelques secondes, puis l'inspecteur ne trouvant rien d'intéressant dans les yeux bleus délavés du quinquagénaire, il mit à profit ce court répit pour tenter d'effectuer la comparaison entre les traits de la jeune femme et ceux de Vanina. Il s'aperçut avec inquiétude qu'il n'arrivait plus à évoquer le visage de son épouse. Mais déjà son interlocuteur reprenait :

— Jean Griffier m'a personnellement annoncé votre visite. J'ose espérer que nous pourrons collaborer sans avoir à déplorer d'autre contretemps.

Il se raidit sur son siège. Il savait à présent que cet homme était perfide et qu'il ne pourrait compter sur lui.

— Cela ne se reproduira plus. Bien. Ceci étant réglé, vous savez ce qui m'amène : mon enquête s'oriente sur les milieux homosexuels toulonnais, et notamment *La Mare*. Je cherche les liens entre ces gens-là et un dénommé Serge Lançon, ainsi que la mort de Dominique Combes, une des victimes de…

— Je sais tout cela. L'ennui, c'est que monsieur Vecchi a des appuis au Conseil général, et je crois savoir que vous avez déjà eu l'occasion d'intervenir dans ce club. D'après ce que j'en sais, ce ne fut pas sans remous.

— On m'a déjà savonné là-dessus, vous n'allez pas recommencer.

— Allons, calmez-vous. Je n'ai pas l'intention de vous « savonner », comme vous dites. Non, mais je vous demande de faire preuve de doigté. Je vais vous adjoindre l'inspecteur Molinaro, un ancien, un homme que j'estime beaucoup car il sait garder la tête froide. C'est lui qui sera chargé d'établir le contact entre vous et nos services. Il va vous accompagner auprès des Mœurs, où vous retrouverez votre collègue Tissier. Je suppose que comme lui vous voulez commencer par jeter un œil sur notre fichier des informateurs ?

— Pourquoi pas ? Il faut bien attaquer par quelque part. Allons-y.

Et voilà, conclut-il tandis que l'autre lui emboîtait le pas. On m'a collé une nounou aux fesses, un sale espion, un lèche-cul à deux doigts de la retraite, et qui espère décrocher un galon de plus au dernier moment. Le seul aspect positif de cette tournure des choses, c'est que je ne suis pas près de revoir Naudy. J'imagine le topo d'ici : « Molinaro mon vieux, j'ai une mission délicate à vous confier, vous allez vous occuper de ce Marseillais un peu dingue qui a foutu la merde chez Vecchi. Tâchez de voir ce qu'il veut et arrangez-vous pour qu'il nous foute la paix. »

Tandis que Canavese, flanqué de son ombre officielle, remuait des pensées moroses, Naudy relisait encore une fois le rapport sur l'agression de la cafétéria Goureaud par Serge Lançon. Inutile d'en informer Canavese. Il le trouverait bien assez tôt.

Lançon referma, essoufflé, et s'adossa à la porte en fer. Pendant tout le trajet du retour, il s'était senti mal à l'aise, comme si, sous la double influence de l'angoisse et de l'entassement humain, sa sueur avait gagné en intensité et, propagée dans l'atmosphère confinée du train surchauffé, l'avait désigné sans équivoque au sens olfactif des passagers comme une bête malfaisante à éliminer.

L'obscurité glaciale du réduit paraissait à présent comme un bienfait.

À la lueur d'une lampe torche, il s'installa sur la couverture humide et écrivit sur le carnet :

> 06/01/.33
> Journal d'enquête
> Gazou est mort. Cat l'a éliminé pour se préserver de la police. À la première occasion, je subirai le même sort. Pire encore, j'aurai droit à son cérémonial baroque et absurde. Si seulement je savais à quoi cet homme ressemble…
>
> Je ne vais pas voir Canavese car pour lui je suis coupable. Il me coffrerait et c'en serait fini de moi. Il me faut enquêter. Mais attention : tous les coups sont permis, pas de fierté. Je ne suis pas engagé dans une lutte intellectuelle avec Canavese ou qui que ce soit pour la beauté du raison-

nement. Je veux juste sauver ma peau, et tous les moyens seront bons.

Il alluma le Police Data et vérifia qui n'avait pas été interrogé : six personnes en tout et pour tout. Il faudrait aller les voir dès que possible.

Il avait remarqué, sans avoir eu le temps d'approfondir, que sur le carnet de Combes étaient griffonnés, à la dernière page, des numéros sans aucune référence, comme on le fait parfois lorsqu'on note rapidement. Il consulta l'annuaire inversé et eut la déception de constater qu'il n'y avait aucun W. Par contre, deux noms de boîtes apparurent : *Euryale* et *Le Blockhaus*, à Toulon. Également un sex-shop, 1, rue Pierre-Sémard.

Le carnet de Gazou, moins rempli, contenait néanmoins six W :

Wagner Roger, 11, rue du Dr-Léandraud, 11e.
Wassermann Claude, bloc 233 Est, niveau 8.
Wenneckers Claudine, résidence Port-Marchand, B 24, Toulon.
Wlotowski Anton, bloc 34 Nord, niveau 11.
Wolf Julien, pas d'adresse.
Wanderer, encore une boîte ?

Au journal intime à présent. Gazou n'avait plus rien à cacher. Après une minute de survol impatient, Lançon relut quelques pages qu'il avait cornées :

12 juin .29 : Dominique m'a présenté son nouveau copain « Cat », très mignon. Grand, musclé, et sympa en plus. Il l'a trouvé à Toulon. Je me demande comment fait ce salaud de Dominique pour se dégotter des mecs pareils.

10 septembre .29 : Cat va déménager sur Marseille. Ça a l'air de bien carburer avec Dominique. Tant mieux pour eux. Je vais quand même me lier avec ce type. Décidément, il me plaît.

25 octobre .29 : Cat et Dominique sont venus à la boîte ce soir. Ils ont l'air amoureux, ça fait plaisir à voir. Cat m'a à la bonne. Il est branché jazz, il a parlé musique et m'a donné l'adresse d'une boîte à Toulon où on trouve des trucs rares. J'ai noté à tout hasard. Ça s'appelle « Wanderer ».

25 décembre .29 : Dominique et Cat ont passé le réveillon avec moi. J'avais rangé la piaule et tout préparé. On s'est bourré la gueule et on a passé une bonne soirée. Hier soir, pendant que je m'occupais de la bouffe, ils sont allés m'acheter un cadeau. C'est une « pierre d'osmose mentale », un cristal bizarre venu de je ne sais plus quelle planète et qui réagit aux pensées. Ils m'ont dit d'essayer. J'ai imaginé que je baisais avec Cat et la pierre est devenue rouge vif. Ils se sont marrés, apparemment ils ont déjà vu ça. Du coup, je suis devenu rouge moi aussi, et j'ai bu encore plus pour ne plus penser à ce mec qui me plaît trop.

3 février .30 : Dominique m'a annoncé très froidement que Cat l'avait quitté. Je n'ai pas pu en savoir plus car il a annulé l'appel juste après. Mais je connais assez Domi pour savoir qu'il est remué. Il a beau être secret, je lis sur son visage. Je passerai le voir demain si je peux.

2 janvier .33 : Hier un flic est venu m'annoncer que Dominique était mort. Je suis encore sous le choc. Domi était un peu rustre mais avait bon cœur au fond. Le flic m'a tellement mis sous pression que j'ai fait l'erreur de parler de Cat, mais j'ai essayé de noyer le poisson après. J'espère que ça ira.

4 janvier .33 : Cat m'a appelé, c'est incroyable ! Je ne lui ai pas parlé du flic, ce n'est pas la peine de l'inquiéter pour rien. Il veut me revoir. Comme j'ai la grippe, je lui ai dit de passer quand il voudrait. Je ne quitterai pas la chambre. Je suis vraiment content. Peut-être que la chance va tourner pour moi ?

Extrait des notes de Serge Lançon,
le 09/01/.33

Marseille :

1) Boîte *Euryale* : le bide. Rien, mais rien du tout.

2) Wlotowski, Wolf : rien à voir. Même cas de figure à chaque fois : le mec tranquille, marié, petit boulot, qui de temps en temps fréquente en douce les boîtes gays. Ils ont dû rencontrer Gazou à cette occasion et échanger leurs adresses, rien de plus à première vue.

3) Wagner est mort : overdose d'héroïne. Repose en paix.

4) Wassermann est en taule aux Baumettes. Trop risqué, je n'irai que si vraiment le reste ne donne rien.

Toulon :

1) Wenneckers : vague relation à Gazou. La fille organise des baise-parties chez elle, elle ne sait rien de Combes ni d'un blond nommé Cat. Elle a confirmé qu'effectivement Gazou était amoureux d'un type appelé comme ça, mais il ne lui en a pas dit grand-chose qui puisse m'aider. De toute façon, j'ai l'impression qu'elle n'aurait rien écouté, et pas retenu beaucoup.

2) *Wanderer* : personne n'a reconnu aucune photo, le type que je voulais voir est en congé, je verrai ça plus tard.

3) *Le Blockhaus* : Combes y a été vu, pas Gazou. Pour Cat, on n'a pas pu me répondre. C'est dur, le rôle de flic. Les gens se méfient de moi et ne parlent pas volontiers. Il va falloir que je me mette plus dans la peau du personnage.

Il s'arrêta d'écrire en constatant que l'aéro-taxi piquait vers le bas. On approchait de la basse ville, le dernier lieu d'investigations, le sex-shop de la rue

Sémard. Si là aussi il ne récoltait rien, il ne lui resterait plus qu'à renoncer. Il commençait à comprendre le découragement qui pouvait saisir les enquêteurs. Jusqu'à présent il avait été de l'autre côté de la barrière ; mais son nouveau statut, pour ambigu qu'il fût, lui permettait à la fois d'avoir accès à des informations et de bien connaître le milieu et ses règles. Il avait développé depuis longtemps cette sorte de sixième sens qui permet de saisir immédiatement, par-delà une situation d'apparence banale, tous les enjeux de pouvoir et les luttes intestines qu'elle cache. Et à présent, il mettait son expérience à contribution dans le cadre d'une enquête qu'il se sentait obligé de poursuivre malgré sa répugnance.

La rue Pierre-Sémard était une venelle sordide, jonchée de détritus parmi lesquels quelques beaux spécimens de loques humaines : ivrognes titubants, prostituées édentées, mendiants nauséabonds, enfants faméliques au regard chargé de haine. Les bouis-bouis minuscules avaient installé tables et parasols en plein milieu du passage, et de vieux Arabes jouaient aux cartes en buvant du thé.

Un pénis en néon servait d'enseigne au sex-shop. Vitres opaques, lumières tamisées, musique en sourdine, air conditionné. Lançon poussa un soupir d'aise. Par contraste, ce lieu lui paraissait un paradis.

Un homme lui adressa un bonjour poli, sans lever le nez de son magazine. Lançon jeta un coup d'œil distrait à l'étalage de chairs roses sur couvertures en papier glacé, puis aborda le type qui referma son numéro de *Chromes et Flammes*.

— Vous cherchez quelque chose de particulier, monsieur ? Je peux vous aider ?

— Vous ne croyez pas si bien dire. Police. Je cherche un type blond, qu'on appelle Cat. Ça ne vous dit rien ?

— Sincèrement non. Il est du quartier ?

— Aucune idée.

— Qu'est-ce qu'il a fait ?

— Regardez cette photo et dites-moi si vous avez déjà eu cet homme comme client. Il connaissait Cat.

— Ah, lui, je vois qui c'est. Un gros mec qui boite un peu. Il venait souvent à une époque. Il regardait des films homos. Ça fait un moment qu'il ne s'est plus pointé.

— L'avez-vous vu en compagnie d'un blond ?

— Il venait toujours seul. Mais je me souviens qu'un jour il a rencontré un mec blond dans mon magasin, qu'ils ont discuté un moment.

— Décrivez-le.

— Je ne me rappelle plus rien, il y a trop longtemps. Je ne dévisage pas mes clients, ça en gênerait pas mal et ils ne reviendraient plus. Je crois que le blond était assez costaud, je me souviens simplement qu'ils ont bavardé ensemble. Ça m'a d'ailleurs étonné, en général les types ne s'adressent pas la parole, sauf quand ce sont des bidasses. Eux, ils font les andouilles, ils rigolent…

— De quoi ont-ils parlé ?

— Ils se sont tutoyés tout de suite. En fait, ils se sont dragués plein pot dès le début, à mon avis. Moi, j'ai laissé faire, c'était pas mes oignons. J'ai une bombe paralysante et un pétard en cas de bagarre, pour le reste je…

— Le blond a-t-il donné un nom ?

— C'est quoi, c'que vous avez dit tout à l'heure ?

— Cat.

— C'est c'truc-là, ou quelque chose dans le genre. Pas un prénom commun en tout cas. Oui, ça devait être ça.

— Ont-ils échangé des adresses ? Des codes ?

— Aucune idée.

— L'un d'eux a-t-il dit… ou fait quelque chose que vous ayez remarqué ?

— À un moment j'ai changé de disque, et là j'ai entendu le baraqué dire à l'autre un truc bizarre. Attendez, j'essaie de me souvenir… Il a dit : « J'ai perdu mon boulot, je viens de le balancer aux ordures, c'est le cas de le dire », et il s'est mis à rire.

— Et ensuite ?

— Ensuite, rien. Ils ont discuté le coup cinq minutes, le gros a pris un bouquin, et je suppose qu'ils sont allés le lire ensemble. Je ne les ai plus revus, ni l'un ni l'autre. Ça vous suffira ?

— Ils se sont rencontrés… par hasard, ou du… genre rancard ? Vous vendez des revues… de rencontres.

— Ouais, mais là, ça avait l'air improvisé. Sinon, ils se seraient demandé « c'est toi, machin ? » et j'ai rien entendu de ce style. Enfin, si je me souviens bien. Qu'est-ce que je fais si je revois un des gus ?

— Rien… N'importe comment, y en a un des deux… que vous ne risquez pas de revoir… Il s'est fait assassiner… Je repasserai… si j'ai besoin… d'autre ch…

— Eh, ça va pas ?

Lançon se cramponna au bord du comptoir. Depuis quelques minutes, il ressentait de sourdes douleurs dans toutes les articulations et au ventre, mais captivé par l'idée qu'il avait retrouvé la trace de Cat, il les avait presque oubliées. À présent, elles étaient beaucoup plus fortes et s'accompagnaient de sueurs froides. Le type avait quitté son comptoir et le soutenait, le regard tourné vers le vidphone.

— Eh, vous faites vraiment une sale bobine. Faut pas claquer ici, mon vieux. Je vais appeler une ambulance, ou un collègue à vous. Qu'est-ce que vous avez ?

— Non, ce… n'est rien… J'ai l'habitude… Il y a des pilules, dans ma poche… J'ai oublié de les prendre… Louez-moi une cabine pour deux heures.

— Une cabine ? Vous êtes sûr que…

— Ça ira. Aidez-moi à m'installer… Si vous prévenez mes collègues… je vous fais coffrer… Ils ne doivent pas savoir, compris ?

— Bon, si vous le dites. Allons-y.

Le commerçant le conduisit jusqu'à une petite pièce contenant un fauteuil, un dévidoir d'essuie-tout et un écran. Une fois seul, Lançon extirpa en tremblant ses trois dernières pilules bleues et les avala avidement. La lumière s'éteignit et devant lui une fille blonde apparut, un godemiché dans la bouche. Tandis qu'elle se trémoussait, Lançon la regardait avec indifférence, attendant que la douleur reflue. Rapidement, il sombra dans le sommeil.

Les bourrasques secouaient avec violence le petit aéro posé en bordure de l'autoroute. L'homme, carré sur le siège de pilotage, écoutait de la musique en sourdine, le regard posé sur les voyants du tableau de bord. De temps en temps, il rallumait une cigarette au papier maïs et regardait sa montre. Plus d'une demi-heure de retard, mais qu'est-ce qu'il fichait, l'autre dingue ?

Il allait manipuler les commandes en vue d'un décollage quand la lumière de deux veilleuses vint se refléter sur la carlingue. Il sortit son arme de l'étui et se tint prêt.

Une vieille conduite intérieure noire s'immobilisa face aux feux de navigation, et celui qu'on attendait en descendit. Il monta à bord de l'appareil et s'installa sur le siège libre.

— Tu as les pilules ?

— Qu'est-ce que tu foutais ?

— J'ai dû chauffer une tire et je n'en trouvais pas facilement. Allez, donne.

— Ce vieux clou devrait être recyclé depuis longtemps. Si tu t'étais vu arriver… Alors, comment tu trouves mon aéro ? Moteur gonflé, radar longue portée, pilotage automatique…

— S'il a des plaques et des papiers en règle, ça ira pour le moment. J'ai le fric en liquide. Passons aux choses sérieuses, je veux ma camelote, vite.

— Pour les cartes, tout est dans la sacoche, là.

— Et les pilules ? Donne-m'en trois.

— Tu les prends par trois ? T'es complètement givré !

— Je fais une expérience en ce moment. Allez, magne-toi, merde.

— Tu devrais y aller mollo, j'en ai une quinzaine seulement.

— Hein, quoi ? Tu rigoles !

— Désolé, vieux, mais le rouquin n'a pas pu en avoir plus. Ils ont renforcé la surveillance, qu'il dit.

— Tu parles, une combine pour augmenter les tarifs. T'as eu le speed au moins ?

— Oui, ça c'est plus facile. Écoute…

Lançon avala un seul comprimé et marmonna : « Ferme-la. » L'homme patienta. Lorsque son souffle fut redevenu plus régulier, Lançon reprit :

— On va voir ce mec. Allez, décolle.

— Arrête. Il ne te connaît pas et tu sais que c'est beaucoup mieux comme ça. Non, fais-moi confiance. Il m'a indiqué un truc : la morphine. Si tu broies tes pilules avec en quantités égales et que tu chauffes, tu obtiens un effet de synergie, c'est beaucoup plus puissant.

— Et la morphine, il t'en a donné ?

— Non, mais il dit qu'avec de la codéine, ça devrait coller. C'est une molécule assez voisine. On en trouve couramment dans les sirops pour la toux… Seulement, elle est diluée avec les sucres, c'est assez mariole pour l'extraire. Le mieux serait d'en trouver de la pure.

— Bon, ça va. Il en faudrait combien ?

— Cinq cents milligrammes, en gros.

— C'est beaucoup ?

— Moi, j'y connais rien. Je te répète ce qu'il m'a dit, c'est tout.

— Affaire conclue. Je tâcherai de trouver de la codéine.

— Tu tiens le choc ?

— Ça va mieux. De ton côté, maintiens la pression sur ce mec, qu'il t'en donne encore.

— T'es salement accro, hein ?

— Bon, tu comptes le fric et on échange les véhicules.

— T'aurais pu trouver autre chose que cette antiquité.

— J'aime les antiquités. Allez, compte.

Michèle Aubert avait presque fini sa journée. D'ici trois quarts d'heure, le moment viendrait de tout fermer et de partir. Avec le vent qui soufflait depuis un ou deux jours, elle vendait beaucoup de collyres, d'antihistaminiques, de collutoires. Elle-même était quelque peu enrhumée, et comme il n'y avait pas de malades à sa banque, elle s'absenta un instant pour aller boire un verre d'eau dans le minuscule cagibi qui faisait office de vestiaire.

Lorsqu'elle revint à son poste, quelqu'un l'attendait. Elle afficha automatiquement son sourire professionnel, puis hésita un instant. C'était ce type qui l'avait draguée l'autre jour, comment s'appelait-il déjà ? Et que voulait-il cette fois-ci ? Elle résolut de traiter la demande comme n'importe quelle autre, c'était encore le meilleur moyen de lui ôter toute envie de recommencer :

— Monsieur ?

— Il me faudrait de la codéine.

— De la codéine ? Sous quelle forme ? Vous voulez un sirop ? Vous toussez ?

— Non, je veux de la codéine pure.

— Pure ? Vous avez une ordonnance ?

— Non. J'ai eu le toubib au vidphone, il m'a dit de passer chez mon pharmacien habituel.

— Je peux avoir son nom ?

— Il est parti, là. Vous ne pourrez pas le joindre. C'est pour ça qu'il ne m'a pas donné de papier. Il m'en faudrait cinq cents milligrammes.

— Je ne crois pas qu'on puisse vous donner une telle quantité sans ordonnance.

— Vérifiez.

Elle consulta un gros registre qui portait l'inscription TABLEAU DES EXONÉRATIONS DES SUBSTANCES VÉNÉNEUSES. Avec une moue charmante au coin des lèvres, elle confirma :

— Non, monsieur, je ne suis pas autorisée…

— J'insiste. C'est très important.

— Attendez-moi un instant, je vous prie.

La jeune femme descendit un escalier sombre pour aller voir le patron. Elle était presque arrivée en bas lorsqu'elle fut tirée en arrière, tandis qu'une main se plaquait sur sa bouche. Un laser vint se poser sur sa gorge, et Lançon articula d'une voix basse mais nette et déterminée :

— Je n'ai pas l'intention de vous faire du mal mais je le ferai si c'est nécessaire. Donnez-moi ce produit sans faire d'histoires. Allons-y doucement : je vous lâche, mais au moindre geste brusque je tire.

La fille fit face à Lançon, et dans la demi-obscurité elle lui parut très belle. Elle le fusilla du regard et chuchota :

— Vous êtes fou. J'espère qu'au moins vous savez ce que vous risquez avec ça.

Lorsqu'ils remontèrent dans l'officine, elle l'entraîna dans une pièce incroyablement encombrée, qui servait de préparatoire. Lançon regarda les fines mains ouvrir en tremblant un bocal et remplir de poudre blanche un petit sac transparent. L'opération lui parut durer une éternité, au cours de laquelle par deux fois la fille renversa un peu de la poudre sur la table de manipulation et la balaya nerveusement des doigts. Quand ce fut terminé, Michèle Aubert releva le visage et Lançon s'aperçut qu'elle était pâle et que ses commissures labiales étaient agitées de tics convulsifs. Ils retournèrent au comptoir. En lui tendant le paquet, elle fit tomber avec son coude un présentoir à pastilles aromatisées. Ils se baissèrent pour ramasser et, ainsi accroupi, Lançon se remémora le jour où pareille maladresse l'avait amené à s'intéresser à elle. Comme les choses avaient changé depuis !

Il avait presque fini lorsque son regard croisa celui d'une malade qui le fixait.

La cinquantaine, bien enveloppée, les cheveux bruns, un chapeau, il entrevit quelques caractéristiques sans y faire attention : elle le scrutait avec une grande intensité, le visage déformé par la peur. Elle et la préparatrice qui la servait étaient immobiles comme des statues de cire. Un grand silence régnait dans la pharmacie, et Lançon vit que tous les yeux convergeaient dans sa direction ; Michèle Aubert s'était relevée, elle le dévisageait elle aussi. La femme se mit à reculer, abandonnant tous ses paquets. Les yeux toujours braqués sur lui, elle s'éloignait lentement, comme dans un cauchemar. Ses lèvres bougeaient, mais il n'aurait su dire si elle parlait ou non. Par contre, sa main tendue en arrière balayait le vide sans aucune équivoque : saisir la poignée et s'enfuir. Elle va atteindre la porte et se mettre à hurler, pensa Lançon, mais il ne parvenait pas à agir, l'épais silence rendant la scène par trop irréelle. Même la circulation au-dehors semblait assourdie, remplacée par un bourdonnement que, Lançon en était convaincu, il était le seul à entendre. C'était inévitable, tôt ou tard on l'aurait reconnu. Il n'avait pas encore envisagé ce qu'il ferait en ce cas, mais à présent il n'avait plus le temps de réfléchir. Le plus simple était que tout le monde crût à un braquage. Il dégaina son laser et cria :

— Que personne ne bouge ! Vous, là, à plat ventre par terre. Et vous aussi, dépêchez-vous !

Les personnes présentes obéirent sans discussion. Il se saisit de Michèle Aubert et la poussa brutalement vers la sortie, tout en la menaçant de son arme. Seulement, par la vitrine il vit sur la place en face d'eux un aéro de la police. Un simple véhicule de patrouille, mais c'était trop risqué. Il retourna jusqu'au vidphone, qu'il détruisit. Puis il demanda s'il y avait une issue de secours, elle l'emmena jusqu'à la remise, et là désigna une porte en fer utilisée pour les livraisons.

De l'autre côté, ils se trouvaient dans une galerie marchande. Il prit la fille par le bras et lui ordonna de paraître naturelle, comme s'ils formaient un couple semblable à n'importe quel autre. Elle n'opposa pas de résistance, visiblement en état de choc. Ils s'éloignèrent ainsi dans la foule.

Sur le toit, il l'obligea à porter un chiffon sur les yeux : l'aéro, noir, luisant, avec ses deux bandes orange et son immatriculation jaune vif, était trop reconnaissable. Les divers appareils alentour étaient vides, il n'y avait pas âme qui vive. Ils montèrent à bord et, après avoir programmé un survol de la ville, il lui permit d'ôter son bandeau.

Elle était vraiment très désirable, non seulement par sa beauté mais encore par l'équilibre, la santé qu'on pouvait lire sur ses traits. Apparemment, une personne simple et sans problèmes, tout son contraire. En cet instant, et peut-être à cause de son charme, il eut envie de se confier à elle, de trouver un appui, de faire une trêve. Elle lui demanda, d'un ton détaché :

— Qu'allez-vous faire de moi ? Vous avez des projets ?

— Je ne sais pas. Je n'ai pas réfléchi.

— Pourquoi m'avoir attaquée, en bas ? Vous auriez pu renoncer et tenter votre chance ailleurs.

— Ne faites pas l'idiote. Vous savez très bien que votre patron aurait appelé les Stups.

— Ça ne vous empêchait pas de filer.

— Je ne sais pas, alors. J'ai été stupide de demander ce produit comme ça.

— Ça oui. La cliente vous a reconnu ?

— Probablement, elle aura vu mon visage à la tridi. Vous n'êtes pas au courant, vous ne regardez pas les infos ?

— Nous n'avons pas la tridi, c'est une machine à abrutir les gens. Il est beaucoup plus intéressant de lire. Laissez-moi deviner : vous êtes un truand notoire, si je comprends bien ? Et intoxiqué à la morphine et ses dérivés.

— Pour vous je ne suis qu'un fait divers. C'est malheureusement bien plus compliqué. Vous avez entendu parler de Homicide Express ?

— Évidemment. Ne me dites pas que c'est vous : vous avez une tête de fou, mais pas d'assassin.

— Merci. Non, ce n'est pas moi, mais la police le croit. Dites-moi, plus le temps passe, moins vous semblez avoir peur. Vous vous adaptez vite.

— Si vous êtes effectivement un psychopathe, vous montrer ma peur ne ferait que vous exciter.

— Très habile comme réponse. Écoutez, je suis

traqué. Le type qu'on recherche veut ma peau, les flics pensent que c'est moi, mais je suis innocent, je le sais. Il faut me croire.

— Et qu'est-ce que ça peut faire, ce que je crois ? Qu'est-ce que vous cherchez ?

— Je l'ignore, mais…

— Vous ne vous figurez tout de même pas que je vais vous aider, non ? Vous protéger et, pourquoi pas, coucher avec vous dans la foulée ? Pour moi, vous n'êtes qu'un dingue de plus, et je refuse d'entrer dans vos histoires. Je suis mariée, j'ai un petit garçon de dix-huit mois, et je suis très heureuse comme ça. En définitive, je n'ai pas tant peur de vous que pitié. Vous avez eu votre produit ? Alors défoncez-vous avec et laissez-moi en paix. Je ne vous sers plus à rien. Vous n'avez aucune raison de me garder, pas plus que de me tuer. Relâchez-moi.

— Je suis déçu. J'espérais…

— Depuis le début, vous vous trompez sur mon compte.

— Vous avez raison, c'est stupide. Je vais vous déposer par ici. Tout à l'heure vous avez parlé de risques. À quoi pensiez-vous ?

— Avec une telle quantité, c'est l'arrêt respiratoire garanti.

— Et si je mélange avec autre chose ?

— Ça dépend. Quelle autre chose ?

— Bon, je me méfierai.

Il lui passa de nouveau le chiffon autour de la tête et lui attacha les poignets dans le dos, avec un nœud assez lâche pour qu'elle en vînt à bout, mais pas trop vite car il voulait avoir le temps de s'éloigner.

L'appareil atterrit au milieu d'une rue vide, teintée en orange par les éclairages publics. Lançon aida Michèle Aubert à descendre et repartit, moteur à fond, plus seul que jamais au cœur de la nuit noire.

XII

Accoudé au comptoir du bar *Chez Sophie* — dix-huit mètres carrés en tout et pour tout, dont un bon tiers occupé par un vénérable billard en bois —, Maurice Solana finissait un petit café avant de se rendre au travail. Il jeta un coup d'œil averti aux deux flics qui venaient d'entrer. Oui, ces deux-là, il n'y avait pas à hésiter, ils en étaient. Mais Solana s'en moquait bien, il n'avait rien à se reprocher. Il fut quelque peu étonné lorsqu'il entendit le plus grand des deux le demander au barman.

Il essuya sa moustache, poussa un juron et mit fin aux hésitations du patron en interpellant les deux hommes. Ils s'installèrent à ses côtés, commandèrent la même chose. Celui qui avait parlé lui dit sans préambules :

— Vous mangez de temps en temps au *Petit Creux* ?

— Ça m'arrive, pourquoi ?

— L'autre jour, vous n'auriez pas vu cette fille ?

— Faites voir ? Ah, la blonde… Ouais, je me souviens d'elle. Qu'est-ce qu'elle a fait ?

— Elle est morte sans prévenir personne. Et on cherche le type qui la suivait. Vous l'auriez vu, des fois ?

— J'ai vu un mec qui lui filait le train, c'est exact, mais il me tournait le dos tout le long. Tout ce que j'ai vu, c'est un imper noir verni, un chapeau, voilà. Ah, il tenait aussi un sac ou une valise.

— À aucun moment vous n'avez pu… ?

— Non. Il pleuvait, j'ai pas fait attention. J'ai juste remarqué que le type lui collait au cul, c'est tout. C'étaient pas mes oignons.

— D'accord, d'accord. Vous n'avez rien vu, rien remarqué, vous ne savez pas où ils sont allés ?

— Ça oui : ils ont pris la même direction que moi pendant un moment, les petites rues.

— La fille ne se doutait pas qu'elle était suivie ?

— On l'aurait pas dit en tout cas. Elle est entrée dans une église.

— Une église ? Laquelle ?

— Je crois bien que c'est Sainte-Rita.

— Comment ça ? Il n'y en a pas cinquante dans votre quartier ?

— Non, c'est le nom, je ne suis pas certain. Sainte-Rita. Si vous voulez je vous la montre sur un plan.

Bastian prit les clés de l'aéro, revint quelques instants après avec un panoramique 3D de la ville niveau par niveau. L'église fut repérée, on remercia Solana, puis on regagna le véhicule pour demander des renseignements sur la paroisse Sainte-Rita.

De retour dans le réduit, Lançon récupéra le cadenas et la chaîne de la porte avant de se barricader. Puis il se servit d'une grosse pierre pour briser les caisses en bois. Peu après, un feu improvisé réchauffait les lieux ; le combustible, bien sec, fumait peu heureusement.

Il démonta ensuite le couvercle métallique d'un coffret Télécom, dans lequel il broya les cachets bleus et la codéine. Avec une pince il tint le tout au-dessus des flammes. Une odeur âcre se dégageait du creuset pour imprégner le local et tout ce qu'il contenait. La poudre devint un liquide noir et bouillonnant, très fluide. Lançon sentait déjà les nausées l'envahir.

Il posa le Police Data devant lui et enregistra :

— Messieurs les flics, je fais aujourd'hui une expérience qui va peut-être me coûter la vie. Moi, je n'ai plus rien à perdre. Mais si je meurs n'abandonnez pas les recherches : vous savez que ce n'est pas moi. Allez, salut. Et j'espère que bientôt j'aurai du neuf sur cette affaire.

Sous l'emprise de la drogue, il pouvait commettre des actes incontrôlés. Il constitua donc un bâillon efficace avec deux mouchoirs noués ensemble et réfléchit au moyen de se ligoter.

Comme il était seul, il devait ne pouvoir se libérer que le moment venu : l'heure était le critère essentiel. Lançon disposait de pas mal de matériel électronique, et notamment d'un petit timer. Il passerait les poignets derrière une conduite et s'attacherait avec une paire de menottes qu'il avait trouvées dans les affaires de Leuris (décidément un personnage plein de surprises…). La clé, fixée avec du ruban adhésif sur l'ampoule au plafond, ne tomberait que lorsque celle-ci, commandée par le timer, se mettrait à chauffer. Ainsi il ne pourrait bouger que dans cinq heures, ce qui était suffisant pour un bon plongeon. Ayant résolu le problème, il s'accorda un moment pour mettre en place le dispositif. Finalement, quand tout fut éteint, il jeta le laser à l'autre bout de la pièce, s'assit par terre et prit en main le gobelet. La substance refroidissait, il n'était plus question de reculer. Déjà, la douleur due au manque commençait à réapparaître. Il avala d'un seul coup le mélange et, l'estomac tordu, s'empressa de s'entraver comme prévu.

Le sort en était jeté.

Une grande salle voûtée, taillée dans la pierre. Des tentures aux murs, l'éclairage tremblotant des chandeliers… Et devant lui, sur un immense socle en bronze, la pierre d'osmose mentale, qui chatoie doucement dans la pénombre. C'est le silence. Pendant ce qui lui paraît durer des heures, Lançon contemple le monument, tout en s'interrogeant sur son importance. Quelle est donc la teneur du message ? Cette pierre peut-elle lui révéler quelque chose ?

Mais il n'arrive pas à trouver. À présent, un homme vient d'entrer. Large, massif, drapé dans une cape cramoisie entièrement recouverte de plaques en plastique, comme des cartes de vidphone ou de crédit. Lançon ne parvient pas à distinguer ses traits. L'homme est suivi par une troupe d'enfants enchaînés et se met à les battre et les torturer avec une rare cruauté. Lançon, paralysé, ne peut détourner les yeux ni hurler. L'homme rit dans une rivière de sang et de larmes. Enfin, quand ils sont tous morts, il met le feu au château.

À ce moment-là, une vieille femme surgit d'on ne sait où et manifeste sa colère en criant. Avec un seau, elle tente en vain d'éteindre l'incendie. L'homme la met en joue avec un fusil harpon et l'abat. Elle se vide lentement et, trempant ses doigts dans le sang, écrit sur le carrelage : *Adieu, Joséphine*. Elle meurt. L'homme, à présent habillé en éboueur, la charge à l'arrière de la benne à ordures. Le corps de la femme, à moitié recouvert par les immondices, se transforme en cadavre de chat. Puis tout devient poussière et lumière aveuglante…

… sous laquelle il clignait des yeux, hébété, tremblant. L'ampoule nue, juste au-dessus de lui, brillait d'un éclat qui lui parut excessif. La chaleur de la clé traversait peu à peu son pull et d'ici peu deviendrait intolérable. Il se tourna sur le côté, ce qui déclencha aussitôt des sensations vertigineuses. Le tintement du métal résonna longuement à ses oreilles, accompagné de la pulsation sourde de son cœur artificiel. Il se mit en devoir de pousser la clé vers ses mains et, à force de se tortiller, il put se dégager des menottes.

Il avait été bien inspiré de prendre de telles précautions. Durant tout le voyage, en proie à un fort accès dépressif, il n'avait pas cessé un instant de vouloir mourir. S'il avait été libre de ses mouvements, il se serait certainement supprimé avec son arme. Il aurait été capable de s'immoler sur la voie rapide, devant les yeux étonnés de quelque anonyme qui l'aurait percuté à grande vitesse.

Maintenant, souillé d'urine et de sueur, agité de tremblements convulsifs, il tentait d'analyser son rêve.

L'effet des pilules bleues avait certes été décuplé, mais quelle était la portée prémonitoire du songe ? Il fallait d'abord passer du contenu manifeste au contenu latent, et il se sentait incapable d'une telle gymnastique mentale. Parmi le flot d'informations nouvelles, seules deux retenaient son attention : la pierre d'osmose mentale et le costume d'éboueur.

Si Gazou n'avait pas encore été découvert, il serait

facile de récupérer le cadeau. Et pour ce qui était du vêtement… Il sentit obscurément que cela avait à voir avec Combes et le sex-shop. Pourtant, au plan visuel, il n'avait rien remarqué en rapport avec les ordures. Pas même une revue porno utilisant une décharge comme décor. Mais… sur le plan auditif ? Oui, la phrase « J'ai jeté mon boulot à la poubelle, c'est le cas de le dire ». Qui avait dit cela ? N'était-ce pas Cat ?

Il se saisit du vidphone portable, se mit en rapport avec la voirie de Marseille. Signalement, période approximative de cessation d'activité, incidents éventuels… Rien. Idem sur Toulon. Découragé, en proie à de vives et inquiétantes souffrances, il abandonna un moment, avec beaucoup d'amertume.

Longtemps après, il pensa aux entreprises d'intérim et tenta à nouveau sa chance. Sur Toulon, il obtint une liste de cinq personnes correspondant aux critères pertinents :

Dalmasso Christian, 21 bloc Est 215, 5e niveau
Huet Thierry, 14, rue Augustin-Daumas
Jourdain Max, 6, bd Pierre-Toesca
Pellegrin Jean, 21, rue Mon-Paradis
Saglier Philippe, 13, bd du Dr-Fénelon

Le Police Data l'informa que seul Dalmasso était fiché, deux condamnations pour ivresse sur la voie publique. Quant à la mort de Gazou, elle n'était pour l'instant pas encore constatée. Il relut plusieurs fois la liste de ses suspects, mais aucun nom ne l'inspirait plus qu'un autre. Il valait mieux se rendre d'abord chez Gazou, avant que quelqu'un ne le découvrît.

Mission risquée, dont il se serait bien passé.

Canavese et Tissier s'accordaient une pause. Brasser des tonnes de paperasses sous l'œil indifférent ou amusé de Molinaro, s'échiner à consulter des paquets de disquettes remplies de rapports ineptes et bourrés de fautes d'orthographe, cela allait bien un moment, mais Canavese avait fini par devenir tellement irascible qu'il avait jugé préférable d'arrêter. Un peu d'exercice pour se rendre jusqu'à la luxueuse cafétéria du central, changer de cadre cinq minutes, boire un thé glacé, excellent programme pour ne pas sombrer dans la morosité ou la fureur.

Ils bavardaient peu, absorbés dans le non-être qui précède l'épuisement. Molinaro avait commandé un liégeois au chocolat et mangeait volontiers. Vous devriez en faire autant, avait-il conseillé à l'inspecteur. Ça vous détendrait.

Canavese sursauta lorsque son beeper se fit entendre au fond de sa poche. Il l'empoigna :

— Canavese, j'écoute.

— Griffier. Vous avancez ?

— Eh bien, c'est-à-dire que…

— Il s'est passé quelque chose ici, qui va sûrement vous intéresser. Lançon a attaqué une pharmacie.

— Une pharmacie ? Pour du fric ou de la dope ?

— Des produits, à ce qu'on m'a dit. Et il y a eu prise d'otage. On a cinq témoins, dont un qui est formel. D'autre part, Bastian vient de m'informer qu'il a retrouvé la trace de Jeanine Lopez.

— Magnifique ! J'arrive tout de suite.

— Je suppose que vous préférez vous occuper de

la piste Lançon ? Prenez votre temps, il s'est envolé depuis belle lurette.

Griffier, toujours aussi morose. Canavese se leva, fit signe à Tissier de le suivre. Au bout de quelques pas, il se rappela l'existence de Molinaro et se retourna. L'homme mangeait toujours.

Qu'il s'étouffe donc, pensa Canavese.

6, boulevard Fénelon. La rue aux pavés luisants, les murs craquelés recouverts de lambeaux d'affiches, les lueurs verdâtres des antiques réverbères… Rien n'avait changé en apparence. La police ne savait pas, mais tout de même, Lançon n'était revenu sur les lieux que contraint par la nécessité, et avec une forte impression de menace.

À présent qu'il se trouvait dans l'immeuble, avec sa rampe en fer poli par les ans, ses boîtes aux lettres et ses compteurs électriques agglutinés dans la pénombre, il se sentait peu à peu gagné par un sentiment plus fort que la peur : la détermination. Après tout, cette pierre d'osmose mentale, il l'avait eue dans les mains, il n'y avait pas à chercher. Il resterait moins d'une minute dans l'appartement, et tout serait réglé. Simple formalité. Les glapissements des tridis, la senteur forte des poubelles qu'on n'avait pas encore vidées, tout contribuait à créer une atmosphère si prosaïque, si inoffensive…

Dans l'escalier, l'odeur et le bruit augmentèrent à mesure de son ascension. Lorsqu'il atteignit le palier et qu'il se trouva devant la porte, on aurait pu penser que le locataire, s'étant absenté, avait oublié de jeter les ordures. Il ouvrit.

Il recula, plié en deux, et mit un mouchoir devant son nez. Dans cet appartement bien chauffé, le corps de Gazou s'était décomposé très rapidement. Lançon traversa le vestibule en courant, droit sur la commode où se trouvait le souvenir. Il le glissa dans une de ses poches et repartit, les yeux pleins de larmes et la nausée au bord des lèvres.

Sur la base de l'objet se trouvait un numéro de série grâce auquel le fabricant pourrait retrouver le nom du magasin qui l'avait revendu. Pure routine pour Lançon, qui commençait à s'habituer au métier. Bientôt, les cadavres ne lui feraient plus d'effet. À ce rythme-là…

Il fut assez long et fatigant d'expliquer au propriétaire du bazar ce qu'on voulait de lui. Mais Lançon fut récompensé de sa patience : le cadeau avait été payé par un chèque sur la Banque Industrielle du Midi, au nom de Pellegrin Jean, 21, rue Mon-Paradis.

Il se rendit à l'adresse, mais la villa était occupée par de nouveaux locataires, qui n'avaient jamais rencontré le précédent. Néanmoins, du courrier était arrivé depuis, qu'on n'était pas venu chercher et qu'on lui remit.

De retour dans l'aéro, il examina attentivement le contenu du sachet en plastique. Un tri rapide permit d'éliminer les mailings et autres paperasses sans intérêt. Il se retrouva avec trois documents en main :

Une fiche de paie de la société d'intérim ;

Une facture sur l'achat d'un van Dodge d'occasion, au garage du 42, bloc commercial Sud, 3e niveau, Toulon ;

Une documentation sur les lasers provenant d'un armurier, Gérard Cortez, 2, cours Lafayette, Toulon.

Il digitalisa les données puis contacta le garage avec le vidphone de bord. On lui fournit l'immatriculation du van, mais le vendeur ne se rappelait pas à quoi ressemblait ce Pellegrin.

Un employé de la Banque Industrielle du Midi l'informa que le compte de M. Pellegrin était fermé depuis fin mars .29, que la seule adresse connue était le 21, rue Mon-Paradis, et que personne ne se souvenait du titulaire du compte.

L'armurier confirma l'adresse et indiqua que Pellegrin avait fait l'acquisition d'un laser Uzi « Delta Supérior » qui nécessitait l'emploi de cartouches énergétiques de type CA 2N, d'une autonomie moyenne d'une demi-heure à puissance maximum. Il n'était pas capable de décrire le client, qui n'était venu qu'une seule fois.

Morose, Lançon déclencha un A.R.T.U. sur le van Dodge et s'installa dans l'aéro pour faire un petit somme.

— Vous êtes absolument sûre de n'avoir rien vu qui permettrait d'identifier son véhicule ?

— Je vous l'ai dit trois fois, j'avais les yeux bandés. Je ne l'ai vu que de loin, lorsque j'ai réussi à me détacher.

— Et alors ?

— Mais vous êtes combien ici à vouloir l'entendre ? Mettez-vous tous en rang d'oignons, comme ça je ne serai pas obligée de le répéter sans arrêt ! Il était noir, avec des raies orange.

— Ce n'était pas un modèle courant ?

— Est-ce que je sais ?... Je n'y connais rien à ces machins.

— Bon, on va vous montrer des catalogues d'aéros, vous chercherez à l'identifier.

— Quand est-ce que je rentre chez moi ?

— Dès qu'on arrive à un résultat. Il vous a dit quelque chose de particulier ?

— Qu'il était innocent, tout le monde contre lui. Le genre paranoïaque.

— Rappelez-moi ce qu'il a pris.

— De la codéine. Un produit analogue à la morphine.

— Et en cas d'ingestion massive…

— C'est l'arrêt pulmonaire, oui. Mais ça aussi, je l'ai déjà dit. Monsieur, j'ai un petit garçon de dix-huit mois qui m'attend à la maison. On ne pourrait pas accélérer ?

— Calmez-vous. Je sais que ce n'est pas facile pour vous, ça a même été moche. Mais on fait de notre mieux, on veut le coincer. Vous voulez donner un deuxième appel ?

— Non, je veux partir.

— Alors coopérez. Tenez, suivez cet homme, il va vous conduire au service des cartes grises, et là on vous montrera des catalogues. Faites de votre mieux mais ne lui racontez pas de salades histoire de partir plus vite, il s'y connaît.

— En quoi ? En véhicules ou en salades ?

— Les deux.

Étape suivante : A.N.P.E. Toulon-ouest. Avec un peu de chance, le bonhomme y était inscrit. Lançon consulta l'ordinateur, mais hélas, le fichier ne contenait pas de Pellegrin. Il changea de tactique et demanda la liste de tous les individus correspondant aux paramètres suivants : une trentaine d'années, inscrits entre février et août .29, blonds, grande taille, stature athlétique. Après une minute d'attente qui lui parut très longue, il vit l'écran afficher treize noms. Lançon, pour resserrer un peu les mailles du filet, fit ressortir tous les individus qui avaient fait transférer leur dossier sur Marseille après la période concernée. Il ne restait plus que quatre noms. Il demanda une impression, prit le papier listing et lut :

- Wasselin Jean-Pierre, bloc Ouest 212, 11e niveau, sans qualifications.
- Weber Roland, 12, bd des Dames, sans qualifications, connaissance de la langue anglaise, souhaite emploi traducteur ou lecteur.
- Weiss Michel, 6, bd Coste, chaudronnier, licenciement économique arsenal de l'astroport de Toulon.
- Wohler Raymond, 32, bloc A — 22 Nord, peintre en bâtiment.

Aucun nom ne l'inspirait plus qu'un autre ; il décida de se fier à l'ordre de la liste, donc de commencer par Jean-Pierre Wasselin.

Coincé entre une bretelle souterraine et une station de métro, le onzième niveau du bloc Ouest 212 avait toute l'allure d'un clapier pour célibataires au chômage. Les couloirs, étroits et mal ventilés, s'étiraient à l'infini, succession vertigineuse de portes sombres aux numéros anonymes, où se mêlaient odeurs de mauvaise cuisine, inscriptions obscènes et indicatifs d'émissions tridi.

Wasselin était chez lui, comme en témoignaient les ronflements qu'on entendait du dehors. Lançon s'assura qu'il n'y avait aucun système d'alarme, puis se servit d'un passe pour entrer.

C'était bien un grand gaillard blond au visage carré et rougeaud, mais il était plutôt gros qu'athlétique. Affalé sur un sommier défoncé dépourvu de matelas, il dormait, une bouteille de vin à la main. Ses vêtements, la couverture, la moquette en étaient tachés.

L'appartement n'était que bouteilles vides, détritus en tout genre, affaires personnelles éparpillées de longue date. Une puissante odeur de crasse imprégnait les lieux, témoignage éloquent de la dérive de la chose échouée là, abandonnée. Lançon se livra à une rapide inspection du logement et ne découvrit rien qui eût pu contredire l'impression première : Wasselin n'était qu'un inoffensif ivrogne.

Dans le réfrigérateur, il trouva une boîte de pâté entamée, qu'il avala debout, avec une curieuse sensation de gêne, comme s'il s'était livré à quelque acte honteux.

Puis il sortit sa liste et raya le nom de Wasselin.

XIII

Le 12, boulevard des Dames, était au premier abord une massive et inesthétique ouverture carrée, dans laquelle une foule affairée s'engouffrait comme s'il se fût agi de la gueule d'un aspirateur géant. Dans l'enfilade des façades, rien n'attirait le regard sur le passage : l'habitation correspondait à un ensemble sans vue sur le boulevard, une ancienne usine de chaussures reconvertie en logements au siècle précédent. Il fallait prendre le long couloir jusqu'à un ascenseur sans porte, si grand qu'il aurait pu contenir un camion. Lançon le mesura du regard tout en luttant contre le vertige causé par le démarrage, tandis que la grille se refermait en claquant devant lui. Il jetait un coup d'œil à chaque étage et, d'après ce qu'il pouvait voir à travers le réseau d'obliques croisées, tout était surdimensionné, délabré et marqué de la laideur fonctionnelle de l'univers industriel.

Ayant entendu parler d'un bar, il descendit au niveau 15. Là, il se renseigna sur un dénommé Weber, et le serveur, moyennant un billet de vingt crédits, indiqua qu'il l'avait vu en compagnie de Maxim Jabowitz, qui tenait une galerie d'art au niveau 5.

Maxim Jabowitz était un petit homme rond, nanti d'une barbe brune taillée à angles droits ; nez court, yeux sombres, entièrement chauve. Il regardait des toiles au fond de la galerie, en compagnie d'une fort jolie femme rousse, manifestement séduisante et jeune, qu'il tenait par la taille. À cause de la moquette ils n'avaient pas entendu Lançon, qui dut faire un bruit de gorge. La fille se tortilla pour se dégager, malgré une relative résistance de l'homme. Une légère rougeur vint colorer ses joues, la rendant ainsi plus attirante encore. Sur un ton pincé, elle s'adressa à l'arrivant :

— Qu'est-ce que c'est ?

— Police. Quelques questions à poser à monsieur Jabowitz. Mais d'abord, donnez-moi votre nom, adresse, profession.

— Mademoiselle Turas est peintre, et je suis son agent, déclara Jabowitz en se plaçant entre eux.

La jeune femme retourna à ses tableaux, très raide, et reprit son accrochage, ignorant délibérément Lançon. Celui-ci s'approcha néanmoins, et sous prétexte de visiter étudia ouvertement ses formes. Ce qu'il vit confirma l'impression première : la silhouette n'avait rien à envier au visage. Comme elle lui tournait le dos, il accorda un regard à ce qui était exposé, alors que Jabowitz l'attendait, assis derrière un bureau en métal laqué.

Les peintures étaient sans grande originalité, mais de bonne tenue. Figuration subjective, réseau de traits nerveux entrelacés qu'il fallait regarder de loin pour comprendre. Un peu comme mon affaire, pensait Lançon. Par moments, j'ai le nez sur les détails, puis il faut prendre du recul pour saisir le mouvement d'ensemble.

Un seul tableau se détachait vraiment du reste. Lançon fut saisi par l'impression pénible que dégageait la masse étouffante de rouges sombres et de noirs, qui pour lui évoquait la chaleur, la vie organique, comme si la toile, en son centre, s'enfonçait dans une invagination, ou plutôt un tube digestif, car il remarqua sur les côtés des traînées de blanc qui pouvaient représenter des dents… Il recula jusqu'à se plaquer le dos au mur du fond et s'aperçut que sa chemise était trempée. Il resta ainsi, fasciné, à contempler cette gueule béante, car pour lui ce ne pouvait être que cela. Il demanda le nom de l'œuvre, mais on ne lui répondit pas. Il réitéra sa question, gagné par un sentiment d'irréalité, et à la fin il crut entendre une voix prononcer : « Ode à Clémence. »

Jabowitz, nullement agacé par les hésitations de Lançon, attendait toujours, comme si la seule chose qui comptait était qu'on n'importunât pas sa protégée. Lançon gagna une deuxième salle et, tout en se traitant d'imbécile, joua pendant un moment son rôle de curieux. Mais, inexplicablement troublé par cette vision, il manquait de conviction.

Là, il y avait une production radicalement différente : un morceau de gaine grise traversant un bout de carton peint en jaune ; une pompe à vélo attachée au bout d'une ficelle pendue au plafond ; un cendrier en plastique grossièrement collé sur le crâne d'un mannequin qui portait encore l'inscription PLAYTEX sur la poitrine. Le tout à des prix exorbitants. Ce sont des Livolos, expliqua Jabowitz avec condescendance.

— Des quoi ?

— Des Livolos, c'est leur auteur qui les appelle ainsi. Un jeune Mexicain qui a…

— Je sais, plein d'avenir derrière lui. Et il doit payer de sa personne lui aussi, auprès d'un « agent », comme mademoiselle Turas.

— Si vous me disiez ce que vous voulez, monsieur…

— Massonat, Brigade criminelle.

— Puis-je voir votre carte d'accréditation ?

— Certainement.

Jabowitz rendit la carte avec un geste plein de mépris.

— Laissez-moi vous dire que je n'aime pas vos manières, monsieur.

— Il faudra vous y faire. Voilà : j'enquête sur une série de meurtres qui ensanglantent Marseille depuis plusieurs mois, et plus précisément je recherche un certain Weber que vous connaissez.

— Weber ? Il n'habite plus ici.

Lançon ne cacha pas sa déception. Une fois de plus, il arrivait trop tard. Mais il fallait continuer.

— Vous a-t-il laissé sa nouvelle adresse ?

— Non.

— Pourriez-vous le décrire ?

— Bien sûr : grand, blond, pas plus de trente ans, cultivé et séduisant, avec des airs un peu…

— Efféminés ?

— Voilà, oui.

— Pourriez-vous établir un portrait-robot ?

— Cela prendra-t-il du temps ? Parce que j'ai un rendez-vous…

— On mettra le temps qu'il faudra, ça ne dépend que de vous. Au travail.

Il utilisa le programme Digiface qu'il avait adapté pour le Police Data, et moins d'une heure après il se trouvait en possession d'une photocomposition que Jabowitz jugea assez ressemblante. L'homme était résigné, il savait que l'inspecteur ne le lâcherait que lorsqu'il saurait tout. Aussi livra-t-il spontanément le récit suivant :

Weber était parti depuis longtemps. Il avait habité sur le même palier jusqu'à janvier-février .32, disparaissant un jour sans laisser de traces, emportant en l'espace d'une nuit le peu qu'il possédait alors. Le lendemain, un type faisait un scandale, croyant que Weber refusait d'ouvrir. Finalement, le type avait enfoncé la porte et s'était mis à pleurer dans l'appartement vide. Lançon montra le cliché de Combes, qui fut immédiatement reconnu. Puis il demanda si la fille Turas avait été témoin. Non, elle n'était pas encore ici à l'époque. Mais il y avait Robert Ponsart, un drôle de type, qui écrivait des poésies et parlait en vers quand il avait trop bu. Il était bien ami avec Weber, comme un confident, et avait assisté à la scène.

— Savez-vous où on peut le trouver ?

— J'ai entendu dire qu'il était devenu fou. Il doit être quelque part dans un établissement psychiatrique.

— Ponsart avait-il des relations homosexuelles avec Weber ?

— Je ne me suis jamais posé la question. Et je ne vois pas en quoi…

— Avez-vous l'impression qu'ils aient pu en avoir ?

— Je ne crois pas.

— Weber était traducteur d'anglais, non ? Recevait-il des manuscrits, des clients ?

— Je ne sais pas. Mais il m'a parlé de ses études d'anglais en faculté.

— Racontez-moi ça.

— Un soir, il y avait une fête au dernier étage. Au cours de la soirée, Ponsart nous avait invités à descendre boire un verre chez lui. Là, il y avait Weber, et il m'a raconté qu'il avait fait ses études à Aix.

— A-t-il dit quelque chose de précis ? Comment a-t-il été amené à parler de ses études ?

— À cause des immigrés. J'évoquais mon enfance et notre arrivée à Marseille, et il s'est tout à coup énervé. Il a commencé à dire qu'il ne supportait pas les Noirs et les Arabes, que si ce n'était que de lui… Ce genre de propos. Je lui ai demandé ce qu'il avait contre eux, et il a commencé à me débiter les banalités d'usage. Mais je me souviens aussi qu'il m'a affirmé « avoir eu des embrouilles avec un prof noir », je ne sais pas ce qu'il a voulu dire. Et puis, peut-être pour se vanter, il a prétendu aussi s'être battu avec un Arabe et l'avoir blessé d'un coup de couteau. On n'a plus évoqué cette période de sa vie par la suite. C'est la seule fois où nous nous sommes raconté quelque chose de personnel, sans doute parce que nous avions tous bu.

— Y a-t-il autre chose que…

— Non, monsieur. Pour le moment, rien.

— Bon, je crois que ça suffira pour aujourd'hui.

En repartant, il regarda ostensiblement en direction de Turas. La fille était montée sur un escabeau, et on voyait très bien ses jambes. « C'est par ici », grinça Jabowitz en désignant la sortie. La fille sursauta, tira furieusement sur sa jupe et s'éloigna. Lançon, en proie à un début d'érection, se sentit plein de haine envers le galeriste, si laid et qui bénéficiait des faveurs de cette belle créature. Une fois raccompagné jusqu'à la sortie, il eut envie de prononcer quelque propos blessant. Mais sa pensée était monopolisée par ce qu'il venait d'apprendre et, à court d'idées, il se contenta de demander :

— Et Clémence, qui est-ce ?

— Mademoiselle Turas avait un chat avant le Conflit. Au revoir, monsieur.

La levée de corps fut délicate : José Gambini s'était non seulement décomposé, mais en plus son poids l'avait entraîné partiellement à l'intérieur de la cuvette. En jurant, Margaillan, aidé de deux hommes en uniforme, parvint néanmoins à l'extirper de son étrange tombeau.

Pendant ce temps, les inspecteurs passaient l'appartement au peigne fin. La routine.

Sauf que, sur la commode, en deux endroits, on trouva des empreintes qui furent formellement identifiées comme appartenant à Serge Lançon.

Canavese en fut ravi. Il disposait maintenant d'une preuve, qu'il joignit au dossier constitué sur Lançon. Il ne restait plus qu'à lui mettre la main dessus. Avec l'A.R.T.U. déclenché sur son aéro, cela ne saurait tarder.

Rirait bien qui rirait le dernier.

Le chef sécurité de la faculté d'Aix-en-Provence n'était en poste que depuis deux ans, mais il avait déjà son opinion sur tout : « Les bagarres avec les étrangers, il y en a tout le temps. Une de plus ou une de moins… » Lançon comprit vite qu'il avait affaire à un imbécile qui ne lui apprendrait rien.

Il eut plus de chance auprès du secrétariat d'anglais : le professeur s'appelait Lambert, il était chez lui en congé maladie ; l'étudiant avait travaillé pour la bibliothèque universitaire.

Madame Bosc avait dû dans un passé assez récent être très séduisante. Avec beaucoup d'assurance, elle savait encore user de son élégance pour adopter la juste attitude, placer sa voix au bon registre afin de créer un ton avenant tout en gardant ses distances. Elle l'emmena jusqu'à son bureau et, après s'être informée du but de sa visite, lui livra le récit suivant :

Au début de la rentrée .24, elle avait décidé, en tant que bibliothécaire en chef, d'embaucher quelqu'un à temps partiel pour suppléer au départ en congé maternité d'une des employées. Un étudiant du nom de Deret, alors en difficultés financières, avait été recommandé par le C.R.O.U.S. Un grand jeune homme blond, poli, timide et très cultivé, avait été affecté aux recherches, façon pompeuse de dire qu'il recevait ses pairs au guichet, prenait les références qu'on lui remettait sous forme de fiches et se rendait dans le rayon désigné par l'ordinateur. Il passait son temps à charrier des piles d'ouvrages, mais cette besogne n'était nullement pénible pour lui, car il était de solide constitution.

Deret était un gentil mais étrange garçon. Pas de copains ni de petite amie. Peu de contact avec les employés. Il ne parlait pas volontiers. Souvent, lorsqu'il avait fini son travail, il s'enfermait dans la lecture au lieu de quitter la bibliothèque, comme si le grand bâtiment en surface, précieux abri vis-à-vis du monde extérieur, lui faisait office de seconde peau. Mais surtout, il avait la curieuse manie de pratiquer des « biographies », des « interviews » d'inconnus. Quand une personne lui plaisait, il recueillait des informations sur elle.

L'incident avait dû probablement démarrer de là. Il s'était battu avec un étudiant en sciences économiques, Mustafa Boucharef, à propos d'une fille disait-on. Tout le monde était plus ou moins au courant, mais il n'y avait pas eu de plainte ou d'enquête officielle. Cela s'était passé au snack juste à la sortie du campus. Il y avait eu aussi une histoire avec monsieur Lambert qui s'était soldée par des sanctions disciplinaires : Deret avait été renvoyé en septembre .25, et depuis avait disparu complètement.

Impossible d'interroger Boucharef : une fois nanti de son diplôme, il était retourné au Maroc. Quant à Lambert, il avait fait une dépression nerveuse peu de temps après cette période et avait manqué plusieurs mois. Depuis, il avait beaucoup changé et régulièrement s'absentait pour raisons de santé.

Lançon remercia la documentaliste pour son aide, s'enquit de l'adresse du professeur d'anglais et annonça son intention d'aller le voir. Les questions fusaient sourdement en lui, s'entrechoquaient. Les réponses, au lieu de s'emboîter de manière à livrer la solution, se comportaient comme autant de pièces rapportées. Elles s'associaient certes, mais selon une géométrie complexe qui pour le moment ne créait aucune figure intelligible.

La porte, maintenue par un entrebâilleur, ne laissait voir qu'une mince bande de couleurs foncées. Lançon montra sa carte, sentit un regard l'étudier dans l'obscurité, puis la chaîne de sûreté fut ôtée, et on l'invita à entrer. Il faut m'excuser, dit la silhouette, mais je suis méfiant depuis l'histoire qui m'est arrivée avec Deret. J'ai été averti par Mme Bosc, il paraît que vous le recherchez ?

— C'est exact. Peut-on allumer quelque part ?

— Je vous en prie, non. Je fais de la conjonctivite.

L'immeuble, assez cossu pour posséder douze étages en surface, offrait aux locataires une belle vue sur le quartier résidentiel d'Aix. L'avenue du Roy-René, avec ses vitrines et ses véhicules en mouvement, constituait pour l'instant la seule source de lumière. Le smog en provenance des usines de Gardanne et d'ailleurs teintait de reflets cuivrés les innombrables lueurs du dehors. Parmi les objets immobiles et sombres dans la pièce, la silhouette semblait si parfaitement intégrée que l'entendre parler paraissait incongru, comme si la voix était transmise à un simple mannequin par le truchement de quelque artifice. Lançon sentit malgré lui sa respiration ralentir, comme lorsqu'il se préparait à faire une plongée dans l'inconscience. Confortablement installé dans la pénombre chaude du salon, coupé de l'extérieur par une bonne isolation thermique et phonique, il se dit qu'il lui faudrait lutter pour conserver toute la rigueur nécessaire à un bon recueil de données. Un peu par lassitude, il décida de commencer par un entretien ouvert au lieu de cibler des questions précises, et il entra dans le sujet avec une formule passe-partout.

— Commencez depuis le début, et essayez de ne rien oublier d'important.

— Bien. Vous savez, j'ai la réputation d'être un prof dur. Je veux dire que la moyenne des copies qu'on me confie ne dépasse jamais le 12, et que la meilleure note que je puisse attribuer est le 16, ce qui est rare, vous pouvez me croire. Je ne sais pas ce qu'en pensent les étudiants, et d'ailleurs cela m'est égal. C'est comme ça, voilà tout. Cette année-là, je traitais les poètes des XVIIIe et XIXe siècles ; nous étions en amphi à près de cinq cents, et donc je ne connaissais pas personnellement mes élèves. Il y a eu pas mal de recalés en juin, en conséquence je me suis retrouvé en septembre avec un lot d'étudiants qui, pour une raison ou pour une autre, n'avaient d'autre recours que de repasser l'épreuve. Enfin, quelques jours après, j'ai eu un oral avec la poignée de ceux qui étaient, si je puis dire, sur le gril.

» Deret en faisait partie. Si je me souviens bien, il avait réussi la plupart des U.V. de licence, mais il coinçait sur l'option littérature comparée de D.E.U.G. que je dirigeais. Donc l'enjeu était important pour lui, s'il ratait, son diplôme était annulé, il devait tout refaire.

» Je lui ai soumis un texte de Shelley extrait de *Prométhée délivré*, et il a commis une série de contresens flagrants dans sa traduction. Il faut dire qu'il est arrivé tout d'abord avec un air de chien battu, et j'ai horreur qu'on cherche à m'apitoyer. Mais en plus il ne parvenait pas à articuler correctement ses diphtongues, et il avait cette sale manie, lorsqu'il se trompait, de ne pas vouloir le reconnaître, il disait tout le temps : “Ah oui, c'est ça que je voulais dire.” Bref, il était assommant et j'étais pressé d'en finir. J'ai tenté de le rattraper, mais pour moi il n'avait pas le niveau, il fallait donc que, par honnêteté vis-à-vis de moi-même, je propose une note inférieure à 10. J'ai donc annoncé que sa prestation ne valait pas plus de 8.

» À ce moment-là, il s'est mis à me regarder fixement et à marmonner des insultes : sale con de Noir, négro de merde, et tout un tas d'autres de la même eau. On aurait dit un animal en colère qui feule avant de vous sauter dessus, toutes griffes dehors. Je me demandais comment faire pour intervenir, car c'était un solide gaillard. Je résolus d'être ferme et lui ordonnai de quitter la salle aussitôt. Alors, tout aussi brusquement, après la maladresse puis la grossièreté, il est passé à un troisième registre : tout en me suppliant, il s'est approché de moi et s'est agenouillé. Je lui disais qu'il était ridicule et pathétique, et comme je voulais me redresser pour le chasser, il m'a saisi par la ceinture, et m'a proposé une fellation en échange de mon indulgence. Là, je me suis vraiment cru en plein cauchemar. Il touchait mon sexe, il lui parlait : "Je sais que toi, tu me comprendras, que tu vas aimer ce que je vais faire." Alors j'ai saisi un gros cendrier sur la table, et je l'ai frappé sur le crâne. Il est tombé et, comme c'était mon dernier élève, je suis parti, après avoir vérifié qu'il respirait toujours. Pour moi, l'affaire était close.

» Mais moins d'une semaine plus tard se produisit quelque chose d'affreux. Comme vous le voyez, j'habite à la périphérie de la ville, dans un intérieur assez bourgeois. Je paye un loyer élevé, ce qui donne droit à certaines prérogatives. Par exemple : j'avais l'habitude à cette époque de sortir Rolf tous les soirs. Rolf, c'était mon chien.

» Et il l'a tué.

» Je me souviendrai toujours de la façon dont ça s'est passé. Rolf et moi, nous étions allés faire un tour dans le parc, qui était magnifique en ce temps-là, il y avait de vrais arbres, de l'herbe… Comme toujours, je récitais des poèmes à Rolf, j'aimais à penser que, d'une certaine façon, il les appréciait peut-être plus que mes étudiants eux-mêmes. J'ai, ou plutôt j'avais l'habitude de laisser Rolf vagabonder un moment pour faire ses besoins, il remontait toujours seul et grattait à la porte. Je lui ouvrais alors et il me léchait le visage. C'était un très beau berger belge de deux ans. Mais ce soir-là, Rolf n'est pas remonté.

» Je suis resté trois jours sans dormir, incapable de penser à autre chose. Rolf était mon unique compagnie, et je l'imaginais blessé, seul… J'avais passé plusieurs annonces pour offrir une récompense à toute personne pouvant me renseigner, et un soir M. Duclaud m'a appelé. Il tient le camping tout près d'ici, on le voit du balcon, vers la droite. Nous nous connaissions de vue, il est parent avec le concierge de la fac. Il me dit : "Monsieur Lambert, je ne suis pas sûr, mais je crois bien que votre chien est chez moi." Je fonce là-bas, et Duclaud m'accueille avec une tête hallucinée : "Votre chien, votre chien", qu'il répète. Et il court vers une caravane en bordure de la rivière, dans un coin mal éclairé. Là, il me fait signe de regarder par la fenêtre. Au début, je ne distinguai rien, aveuglé par un puissant halogène braqué sur la scène. Puis, je vis l'horreur : Deret avait capturé mon chien, l'avait ligoté, et… Oh non, je ne sais pas si je pourrais…

Lançon s'était brusquement arraché à la torpeur, et il était venu poser son front contre la vitre froide. Devant lui, les néons scintillaient, rassurants, et il se concentra sur cette vision pour trouver la force de prononcer d'une voix rauque :

— N'en parlez pas si vous n'y... Enfin, si c'est trop dur.

Il était parcouru de frissons glacés et implorait le ciel que l'autre se tût. Mais la forme recroquevillée sur le divan, emportée par son propre élan, continuait son récit malgré elle :

— Il lui a arraché la langue et l'a laissé attaché ainsi, le faisant crever à petit feu. Il l'a regardé se vider de son sang, uriner sous lui... Quand ça a été fini, il lui a ouvert les entrailles avec une barre de fer et lui a mangé le cœur. Il était en train de le faire quand je suis arrivé.

» Quand j'ai vu le cadavre de Rolf, je me suis mis à hurler. Deret est sorti, couvert de sang, et nous nous sommes battus dans la nuit. C'est Duclaud qui nous a séparés. Il a réussi à faire en sorte que Deret me lâche, l'autre voulait me tuer. Puis il m'a raccompagné chez moi et m'a convaincu de ne pas porter plainte. J'étais dans un tel état de choc... Je crois qu'au fond Duclaud voulait éviter les ennuis. Il m'a dit qu'il s'arrangerait pour que le garçon quitte son établissement. Moi, de mon côté, j'ai usé de mon influence auprès d'un conseil de discipline et j'ai fait virer Deret de la fac, en relatant une partie de ce qui s'était passé lors de l'oral.

» Depuis, je vis dans la peur. Je m'attends constamment à le revoir un jour ou l'autre. Je n'ai pas déménagé, car j'ai trop de souvenirs ici, je suis trop vieux... Mais j'ai changé, même à la fac, je n'ose plus... Et les étudiants, quand ils me regardent...

La voix s'était faite murmure. Lançon décida qu'il valait mieux s'éclipser, quitte à revenir dans un ou deux jours pour ramasser d'autres informations. Parvenu sur le seuil, tandis qu'il clignait des yeux dans la blancheur du couloir, il se crut obligé de dire : « Je le retrouverai, je vous le promets. »

Mais il n'en était pas persuadé.

— Canavese ? Entrez. Il paraît que vous avez du nouveau.

— En effet, commissaire. On a retrouvé la trace des affaires de la famille Germain. Il s'agit d'une malle. Après Zurletti, elle a transité pendant un bon moment dans un dépôt-vente, chez un certain Jauffret, lequel s'en est débarrassé avec un lot de vieilleries auprès de Walter de Vita, commissaire-priseur à la salle des ventes de Toulon. Là, un certain Weber a acheté la malle, le 13 janvier .32, il a payé en liquide et a laissé une fausse adresse, on a vérifié.

— Vous avez pu établir un portrait-robot ?

— Non, personne ne se souvient de lui. Mais le signalement correspond à ce qu'on a. J'ai déclenché un A.R.T.U. sur un blond qui s'appellerait Weber.

— C'est parfait. Je suis content que cela bouge un peu. Dommage qu'on se soit fait doubler sur Gambini.

— Oui, mais on a les empreintes. On va pouvoir coincer ce salaud de Lançon.

— Il faut espérer qu'on aura de la chance. Donc, la malle contenait la carte postale, c'est ça ?

— Probablement. Et je me demande bien quoi d'autre…

— À vous de le trouver, Canavese. Et faites vite.

Alban Duclaud, en short, T-shirt et bottes en caoutchouc, nettoyait à grande eau une vieille caravane. Les manches retroussées, les bras pleins de mousse, il frottait avec énergie la peinture autrefois blanche, à présent virée au jaune douteux. Quand l'ombre de Lançon vint onduler sur la carrosserie, il se redressa avec dans les yeux un mélange discordant d'hostilité et d'amabilité commerciale.

C'était un homme mince et de petite taille, à l'air vif, qui devait avoir dans la cinquantaine. Teint mat, nez bosselé, moustache grise, lèvres minces. Mais ce qui attirait l'attention se trouvait sous les sourcils poivre et sel : un regard brun foncé, mobile et sec, rebondissant sur toutes choses avec rapidité, livré à une série d'étiquetages, d'évaluations. Lançon se sentit jaugé, comparé, et finalement rangé dans un tiroir. Ignorant s'il y avait l'étiquette « flic » dessus, il résolut de simplifier la tâche à son interlocuteur :

— Tissier, Brigade criminelle de Marseille. J'ai quelques questions à vous poser. Vous êtes Duclaud ?

— Affirmatif. Ça vous dérange pas si on boit un coup ?

— Allons-y.

Il conduisit Lançon vers une caravane plus spacieuse et moins délabrée que les autres, agrémentée d'une pancarte RÉCEPTION. Ils s'installèrent tous deux devant une table en stratifié, et Lançon attendit sans mot dire que l'autre eût rempli deux verres. Duclaud, nullement gêné par le silence de l'enquêteur, se mit à siroter tranquillement. Puis, faisant claquer sa langue :

— Alors comme ça, vous êtes flic ? C'est marrant, je vous aurais vu plutôt de l'autre côté.

— Quand j'étais petit je rêvais d'être aéronaute. Les longs courriers intersidéraux. On ne fait pas toujours ce qu'on aurait voulu.

— Ça, c'est bien vrai. Si on m'avait dit que j'atterrirais dans ce foutu camping… Qu'est-ce que je peux faire pour vous, chef ?

— Me parler d'un certain Deret, et d'une histoire de chien.

Le visage se rembrunit, et Duclaud se servit encore à boire.

— Sale histoire, vraiment. Dégueulasse, même. Qu'est-ce que vous en connaissez ?

— La version de Lambert. Je sais quand, comment, j'ai une idée du pourquoi, j'aimerais connaître l'avant et l'après.

— Ouais, je vois ce que vous voulez dire. En fait, ce type-là bossait pour moi. Il était pas déclaré, mais je pouvais pas, alors… Il faisait l'entretien, les petites réparations, et en échange je lui laissais une des roulottes. Il a passé deux hivers ici, en .24 et .25, j'aurais jamais cru qu'il… Enfin, il m'a surpris. C'était un grand costaud, en même temps une gueule de gonzesse et des manières de gonzesse… L'était capable de faire des pompes pendant trois quarts d'heure et tout à coup d'arrêter pour se planter devant un miroir et se coiffer. Il collectionnait les pièces d'échecs mais je ne l'ai jamais vu y jouer. Un drôle de gus, mais moi je me mêlais pas de ses affaires. Il faisait son boulot, un point c'est marre.

— Pas de fille ?

— Jamais vu de souris en sa compagnie. Y avait vraiment personne qui se pointait pour le voir. Le soir, il venait boire un coup chez moi, et on écoutait du jazz en fumant, ou on tapait le carton. Enfin, rien de folichon. Ou on regardait la tridi. L'hiver, on s'emmerde dur ici.

— J'imagine. Et il vous a parlé du prof d'anglais avant la fameuse nuit ?

— Monsieur Lambert ? Non, pensez donc. Je me suis douté de rien. C'est seulement qu'à un moment j'ai entendu le chien hurler. Pas longtemps, il y avait du vent, je me suis dit que ça devait venir de plus loin. Mais comme j'avais pas vu le jeune depuis deux jours, je suis allé faire un tour. La suite, vous la connaissez. J'ai appelé Lambert, il a débarqué… Si j'étais pas intervenu, l'autre lui aurait troué la paillasse. Je lui ai dit : « Allez, p'tit gars, laisse-le filer, c'est qu'un pauv' nègre. Va griller un clope chez moi et on boira un coup à mon retour. » À force de le baratiner, je l'ai calmé. Vous voulez voir où c'était ?

— Non. Je suppose que vous avez tout nettoyé ?

— Jusqu'à la dernière trace, ouais.

— A-t-il laissé des objets personnels ?

— Négatif. Rien du tout.

— Et après ?

— Il s'est tiré. Il m'a pas dit où il allait.

— A-t-il parlé de personnes qu'il aurait connues ? A-t-il cité des noms de lieux ?

— Une seule fois, au début. J'étais en train de passer un vieux truc de Coltrane et il m'a branché jazz. Il en connaissait un rayon, et en discutant il m'a dit qu'il avait un copain batteur à Toulon, un certain Gégé.

— Pas d'adresse, de nom de boîte ?

— Non, juste Gégé.

— A-t-il reparlé de ce batteur par la suite ?

— Négatif, et quand il est parti non plus.

— Mustafa Boucharef, vous connaissez ?

Il se redressa, péremptoire.

— Non m'sieur. Des Arabes, j'en connais pas. Et y en a pas dans mon camping.

— Bon, ce sera tout pour aujourd'hui. Peut-être à plus tard.

XIV

— Salut. Je voudrais…

— Y a personne à c't'heure-ci, on ouvre à partir de neuf heures.

— Je sais mais… C'est juste que je cherche Gégé, on m'a dit qu'il bossait ici et… J'ai une maquette à finir, du boulot pour lui.

— De temps en temps il fait une soirée, mais là, j'peux pas te dire c'qu'il marne en c'moment.

— T'as pas son adresse ?

— 10, rue des Riaux. Gérard Demaria, qu'il s'appelle. Donnes-y l'bonjour de Fred, du *Sunset*.

— Merci, Fred. Tiens, bois un coup à ma santé.

Le roadie empocha le billet sans mot dire et continua tranquillement à dévider ses câbles de sono. Lançon aurait donné un empire pour échanger sa place avec lui.

L'accès de l'immeuble de briques se faisait par un grossier assemblage de caillebotis fixé par des chutes de grillages, et les fenêtres du rez-de-chaussée étaient toutes condamnées. Le couloir, obscur et malodorant, sinuait jusqu'à un escalier aux tommettes craquelées, ceint d'une rampe en bois et fer forgé, laquelle, éclairée par quelque lointaine tuile en verre, ressemblait à une rangée de côtes premières peintes en noir.

À chaque étage, les cloisons d'aggloméré bouchaient l'entrée des appartements. Mais au troisième, une porte en bois ravinée s'entrebâillait sur un mélange d'odeurs où il était aisé d'identifier les chaussettes sales et la fumée du hasch.

L'appartement se présentait comme un long couloir qui donnait sur des pièces presque vides. Tout au fond, un disque de John Patitucci indiquait une probable présence humaine. Mais avant, il y avait une chambre à la tapisserie verte, meublée uniquement d'une batterie ; une salle de bains carrelée de blanc, avec une antique baignoire sabot ; une cuisine où s'amoncelaient des piles de plats sales ; encore une chambre, étagères remplies de livres de poche, lit deux places posé à même la moquette, draps froissés, cendriers pleins, poster de Christian Vander, moto partiellement démontée ; un débarras plongé dans les ténèbres ; un réduit transformé en séchoir à linge…

Près du fond, un rai de lumière se glissait sous un rideau de velours rouge et venait se refléter dans deux surfaces rondes, étrangement fixes, fendues en leur milieu d'un trait de noir. Au fur et à mesure qu'il se rapprochait, Lançon retenait son souffle, s'efforçait de marcher le plus silencieusement possible… Comme s'il s'apprêtait à croiser un grand danger. Qu'était-ce ? La faible lueur n'était suffisante que pour allumer ce chatoiement malsain dans le corridor sombre.

Il s'obligea à avancer, non sans répugnance. Les deux yeux le regardaient avec insistance.

Arrivé à moins de deux mètres, il put distinguer une

forme ramassée sur elle-même, comme prête à bondir. C'était une statue de cristal représentant un chat. Quasiment transparente, elle se fondait dans les volutes de fumée et semblait animée de légers tremblements. Cette palpitation, associée à la luisance du regard, avait quelque chose de fascinant. Lançon se pencha prudemment, examina la tête de la créature. Les yeux étaient taillés dans de la nacre et incrustés sous un mince film de verre. Il fut tenté de poser sa main sur l'animal, comme pour le flatter, s'assurer ainsi qu'il en contrôlait les émanations maléfiques. Mais il n'osa pas et resta ainsi, dans le noir, la main tendue, à respirer avec oppression. La statue l'avait mis mal à l'aise, il voulut rompre le charme et détourna le regard. Se concentrant sur les sons, il s'aperçut que Gérard Demaria n'était pas seul, il ânonnait des paroles pâteuses, et on lui répondait de façon analogue.

— Tu vois, ce mec, à près de soixante-dix balais, il a encore une énergie incroyable. Il joue exactement comme à ses débuts.

— Ouais. Il a peut-être un secret ? L'élixir du docteur Machin, tu vois le plan ? Tous les soirs il en avale une cuillère à soupe.

— Moi, mon secret, il tient en trois mots : boire, bouffer, baiser.

Défoncés, tous les deux. Rassuré par cette définition prosaïque, Lançon compta mentalement jusqu'à dix puis, écartant l'obstacle symbolique, entra dans les lieux.

Gérard Demaria était assis, nu, dans un fauteuil défraîchi et effectuait des roulements avec une paire de baguettes sur ses jambes maigres, tandis qu'un jeune homme fumait au narguilé, assis sur un tapis élimé. Tous deux sursautèrent lorsque l'homme apparut. Drapé dans une serviette-éponge, Demaria se dirigea vers le nouveau venu :

— Eh, mais qu'est-ce que vous foutez ici, vous ?

— Police. Novaro, de la Criminelle. J'ai des questions à vous poser.

— On a rien fait, qu'est-ce que vous voulez ?

— Ça, on va vérifier.

— On peut voir votre carte ?

— Tenez.

Tandis que Demaria examinait le rectangle de plastique, l'autre rassemblait ses esprits et ses affaires, manifestement dans l'intention de partir. Lançon lui barra la route :

— Restez, vous aussi.

— Eh, mais moi, je…

— Nom, prénom, profession ?

— Attendez, mon vieux, moi je suis juste…

— Nom, prénom, profession, magnez-vous, j'ai pas que ça à faire !

— Bon, ça va. Robillard Gilbert, au chômage actuellement. Ça suffira ?

— Au chômage, hein ? Et tu fumes du hasch ? Comment tu fais pour payer ça ?

— Du hasch ? Où ça, du hasch ?

— Tu t'fous de moi, hein ? La piaule en est pleine, tu pues toi-même le hasch… Tu pues de la gueule, le hasch et la biroute. Tu veux que j'te coffre pour deal ?

— Qu'est-ce que vous voulez ?

— Des renseignements sur Cat, le blondinet. Et vite.

Demaria prit une expression indéfinissable, un peu

comme si l'étonnement avait remplacé peu à peu l'angoisse mais cédait sa place à quelque chose de plus effrayant encore. Les deux types échangèrent un regard gêné. Lançon comprit qu'on allait lui mentir. Demaria commençait déjà :

— Je ne l'ai plus revu depuis…

— C'est faux. Tu l'as vu et tu vas me dire quand. Tout de suite.

— Mais je vous dis…

Lançon lui décocha un coup de genou dans les testicules, puis le poussa en arrière et s'assit sur lui. Le souffle court, un laser posé sur sa gorge, Demaria hoquetait au sol, les yeux dilatés par la peur. Lançon rugit, tout près de son visage :

— Alors, tu vas parler ?

— Il… il est venu, je… Si je vous dis tout, vous partirez sans faire de casse ?

— Ça dépendra de ce que tu dis, allez, crache.

— La semaine… dernière. Il m'a dit qu'un type…

— Quoi, un type ? Magne-toi sinon je te rôtis la gueule ! Tu veux voir ?

— Non ! Je dirai tout. Il a dit que si un type venait et posait des questions, il faudrait le retenir et…

Lançon chercha du regard l'autre homme, vit qu'il manipulait le vidphone et tira sur l'appareil. Celui-ci fut sectionné en deux. Le jeune sursauta et se jeta au sol. Lançon lui ordonna de venir s'asseoir à côté de Demaria, qui poursuivit :

— … et le prévenir pour qu'il vienne le cueillir ici.

Lançon pointa le laser sur l'œil droit du jeune et lui dit à voix basse :

— Même à l'intensité minimum, sans rien cramer,

je te rends aveugle. Alors tu me donnes le code d'appel, compris ?

— Oui, monsieur. Mais je ne peux pas.

— Hein ? Comment ?

— Arrêtez, non ! Je ne peux pas, je vous le jure ! Il nous a laissé une carte magnétique, c'est ça que j'ai mis dans la fente, à l'instant…

Lançon se leva prestement et inspecta les restes de l'appareil. Le lecteur était réduit en cendres et la carte avec. Il retourna auprès des deux hommes, qui se tenaient enlacés, tremblants, visiblement en état de choc.

— Demaria, tu n'as rien remarqué sur cette carte ? Un nom, une adresse ?

— On ne l'a même pas regardée. Partez, je vous en supplie, on n'a rien fait de mal.

— Il faut aller jusqu'au bout, mon vieux. Allez, crache le morceau. Comment tu l'as connu, ce mec, Cat ? À quoi il ressemble ? Comment il t'a dit qu'il s'appelait ?

Demaria jeta un regard désespéré à son compagnon et, n'y trouvant aucun réconfort, se mit à parler rapidement, pressé d'en finir :

— J'ai connu Cat entre février .22 et octobre .24, à l'époque où je travaillais régulier pour le *Sunset*. Lui, il faisait du deal et taillait des pipes dans les boîtes de la basse ville. Il s'appelait Gilles Deret, il était grand et costaud, mais en même temps il avait un visage très doux, un peu comme une jeune fille…

Demaria jeta un rapide coup d'œil à son compagnon. Prostré, celui-ci ne réagit pas, et Demaria enchaîna :

— On s'est plu tous les deux, et il est venu s'installer ici. Il collectionnait les pièces de jeu d'échecs, il lisait des bouquins en anglais… Jusqu'au jour où il s'est inscrit à la fac, et on s'est perdus de vue. Il est revenu me voir une ou deux fois, toujours pour des affaires de… enfin…

— De dope, on a compris. Avec qui vendait-il ?

— Tout seul, je crois.

— Me raconte pas de conneries, ces trucs-là, ça se fait à deux, un qui vend, l'autre qui fait le pet, alors dis-moi qui c'est.

— Je ne peux pas, il me tuerait.

— DIS-MOI QUI C'EST, OU MOI, JE TE TUE TOUT DE SUITE !

Le laser, à faible intensité, dessinait des angles disgracieux dans les cheveux de Demaria. L'odeur âcre du roussi lui délia la langue :

— Je ne sais pas son vrai nom, c'était un mec brun et moustachu, qui se baladait toujours en scooter magnétique, on l'appelait Jean-Marc !

— Merci, mon vieux, la justice vient de progresser grâce à toi. Son adresse ?

— Aucune idée. Vous êtes fou, vous avez failli me griller le cuir chevelu ! Pour qui est-ce que vous vous prenez ?

— C'est pas grave, ça repoussera. Ça te donne un genre. Ah, j'allais oublier : t'as le bonjour de Fred, du *Sunset*.

En quittant la pièce, il crut percevoir du coin des yeux un mouvement dans l'ombre. La statue paraissait toujours en place. Il marcha vers la sortie, très droit, la nuque raide, sans se retourner.

Si l'on en croyait les renseignements fournis par les Stupéfiants de Toulon — à leur insu, via le Police Data —, Jean-Marc Fisson avait été arrêté deux fois : en .23 pour possession d'héroïne, pas de flagrant délit, trois mois aux Baumettes et six de thérapie de groupe au dispensaire du Centre de Santé mentale de la Timone ; en .25 pour coups et blessures, une histoire de toxicos qui avait mal tourné, il avait battu une fille qui lui devait de l'argent : sept cents crédits d'amende et quinze mois au bagne de Toulon. Depuis six mois, il était surveillé étroitement par le service, car on le soupçonnait d'être lié à une importante filière de neurotropes d'origine génétique. Planques, filatures, écoutes, tout le bazar, plus une taupe, Marc Esposito, un flic-camé dont la vie ne tenait qu'à un fil. On espérait que Fisson mènerait à des gros bonnets, et en attendant on le laissait œuvrer dans les quartiers chauds.

Fisson habitait dans un bloc éloigné du centre, une cité-dortoir au loyer faible où personne ne lui aurait posé de questions indiscrètes. Il devait probablement consommer en nature une part importante de ses bénéfices, ou il plaçait tout en bourse car rien ne transparaissait dans son train de vie. La brigade financière lui connaissait au moins trois comptes — chacun sous une identité différente — bien garnis et régulièrement approvisionnés.

Lançon, qui s'était garé plus loin par simple précaution, avait eu le temps de se faire une idée de la technique à suivre : le quartier était mal éclairé, mal aéré, mal fréquenté. Personne ne bougerait le petit doigt pour venir en aide à un inconnu en difficulté.

Il s'était posté dans le couloir qui desservait l'ascenseur, en face des énormes pales d'un ventilateur électrique. Il attendait, tout en réfléchissant sur le boniment qu'il servirait au dealer. Le vent tiède agitait les pans de sa veste, lui jetait mollement des papiers gras au visage, des emballages de burgers, des revues porno. Lançon guettait patiemment le retour de sa proie, concentré sur les questions clés qu'il lui faudrait poser.

Quand Fisson surgit des portes coulissantes, Lançon se tassa dans le renfoncement et attendit que l'homme eût rejoint sa porte. Il s'approcha alors et, comme l'autre entrait, il s'adressa à lui sur un ton autoritaire :

— Police. J'ai quelques questions à vous poser, monsieur. Entrons.

Mais Fisson se retourna et le frappa à l'estomac. Lançon réussit à parer le coup suivant, se jeta en avant, et tous deux basculèrent dans l'appartement.

Il faisait très sombre, mais Lançon était habitué depuis un moment au manque de lumière. Il esquiva un coup de couteau, saisit la main qui le tenait et tordit le poignet, tout en se déhanchant pour porter un yoko-geri dans les côtes de son adversaire, qui émit un grognement significatif et partit en arrière. Lançon poursuivit avec un suki en direction du visage. Il sentit nettement les cartilages du nez craquer lorsque le coup atteignit son but. Un grand fracas ponctua l'écroulement du corps, suivi d'un épais silence. Essoufflé, Lançon fit de la lumière.

En tombant, Fisson avait cassé un aquarium et s'était entaillé le cou. Il gisait dans le verre brisé et les rochers décoratifs, les algues mutantes ; une rivière de sang s'écoulait de sa tête et se diluait ensuite dans la flaque d'eau qui recouvrait à présent la moquette du salon. En ramassant l'arme, Lançon vit quelque chose s'agiter dans la flaque, près de lui.

C'était une tortue d'Aldéraban, une de ces saletés de bestioles carnivores qui se jettent avec un appétit insatiable sur tout ce qui passe à leur portée. De forme triangulaire, la carapace émettait une vive lumière violette, signe que l'organisme était perturbé par ce qui venait de se produire, accompagnée d'un son qui tenait du sifflement rauque et du bourdonnement électrique. Une série de mandibules cliquetaient en direction du pied droit de Lançon, qui faillit tirer et, se ravisant, se baissa pour saisir à travers sa manche l'animal par la rangée de bosses au milieu de son corps. Fisson, dans un gargouillement maladroit, s'était assis et s'ébrouait encore, sonné. Quand il vit de quoi Lançon s'était emparé, il s'écria :

— Laisse Xaviéra tranquille, espèce de connard, ou elle va t'envoyer une décharge ! Ne lui fais pas de mal ! Ça vaut une fortune !

Lançon se pencha au-dessus du type tout en lui maintenant la chose devant les yeux. Les mâchoires claquaient en cadence à présent.

— Xaviéra va te bouffer la gueule si tu ne parles pas.

— Hein ? Qu'est-ce que tu dis, mec ? T'es givré !

— Je ne risque rien et, si elle envoie quelques volts, ils seront pour toi mon coco, alors tu vas te montrer coopératif, parce que…

— Sale con de flic, tu bluffes. Jamais tu n'oseras…

— Tu crois ça ?

Les dents acérées se refermèrent sur l'oreille gauche de Fisson. Excitée par le sang qui la recouvrait, la bête déchiquetait les chairs avec un bruit de tissus mouillés, tandis que l'homme hurlait. Lançon tira de toutes ses forces ; il finit par faire lâcher prise à la tortue et l'envoya bouler à l'autre bout de la pièce. Aussitôt, elle se mit résolument à tordre ses nageoires pour se redresser, dans l'intention de rejoindre la source de nourriture. Une salve d'étincelles bleutées témoignait de l'effort, et une odeur de produit chimique se mit à ramper au ras de l'eau. Lançon articula distinctement :

— Tu as très peu de temps avant qu'elle ne revienne. Tu vas parler, vite. Si tu es intéressant, je l'abattrai. Sinon, je lui ferai goûter tes couilles.

— Ta mère suce la pine d'un âne.

— Là où elle est, ça m'étonnerait. Dépêche-toi.

— Merde, mais qu'est-ce que tu veux ?

— Je ne suis pas des Stups et je me fous de tes trafics. Je cherche des infos sur Cat.

— Eh, mais ça fait des années que…

— Tu veux que je demande à Xaviéra de te rafraîchir la mémoire ? Allez, dis-moi le maximum de choses sur lui à l'époque où tu l'as connu, et je te couvrirai auprès des Stups. Sinon, je te fais plonger. Qu'est-ce que tu donnes à bouffer à ton fauve ?

— Dans le réfrigérateur, le papier boucherie.

Sans quitter l'autre du regard, Lançon alla chercher le paquet de viande crue ; puis, assis sur le divan, les pieds dans l'eau, il se mit à jeter des morceaux à la tortue ; chaque fois elle se précipitait goulûment dessus.

— Il y en a pour à peu près cinq minutes, après elle va revenir sur toi. Alors fais vite.

— J'ai connu Cat entre avril .19 et février .22, on dealait ensemble.

— À quoi carbure-t-il ?

— Héroïne, cocaïne… C'est un touche-à-tout. Drogues de synthèse, produits organiques. Le grand jeu, quoi.

— Qu'est-ce qu'il est devenu ?

— Aucune idée.

— Où trouvait-il le fric ?

— Il baisait à droite à gauche, il dealait, est-ce que je sais… Putain, j'ai mal, t'es un foutu salaud, t'as pas le droit de faire ça.

— Rien à foutre. Tu peux me dire des noms de gens qu'il a connus, des adresses ?

— Il vivait dans un foyer pour immigrés sur le cours Laf', au numéro 42.

— C'est lui ?

— Oui, je le reconnais avec sa gueule d'ange.

— Rien d'autre ?

— Il était gay.

— Ça, je le sais. Et toi ?

— Non, mais les homos ne me dérangent pas.

— Moi non plus. Cours Lafayette, hein ? Au 42 ? Bon, je vais vérifier, et si tu as menti…

Lançon ajusta la tortue dans sa ligne de mire, prit quelques secondes pour voir si Fisson n'avait vraiment plus rien à ajouter, puis désintégra l'animal.

Le patron du foyer d'immigrés fut incapable d'apporter les précisions qu'aurait aimé entendre Lançon. Un seul élément nouveau semblait émerger, une histoire de jeu d'échecs, que Cat convoitait mais n'avait pu acquérir, pour des raisons que l'homme ne put donner. Il se rappelait seulement que Cat était rentré en colère au foyer et avait déclaré s'être battu avec un antiquaire de la place des Orfèvres. L'homme ne se rappelait pas le nom de cet antiquaire. Lançon remercia et s'en fut.

Lorsque Novaro franchit le seuil du bureau de Canavese, il fut frappé par l'odeur de fauve qui régnait dans la petite pièce. On avait l'impression que l'inspecteur-chef dormait dans son bureau, sans se laver ni se changer. Novaro n'aurait pas été plus surpris de trouver un sac de couchage plié à même le sol.

Canavese ne levait pas les yeux : il pianotait sur une console portable prêtée par le département d'informatique. Il fit un vague signe à Novaro, qui chercha du regard un coin où s'asseoir et finit par choisir un tabouret en skaï gris, d'une incroyable laideur mais au rembourrage épais.

— Vous m'avez fait appeler, monsieur ?

Canavese releva brusquement la tête, un pli sévère sur ses lèvres minces.

— Novaro, mon vieux, j'ai une plainte contre vous. Deux types que vous auriez menacés avec un laser, il y en a un qui porte des traces de brûlures sur le crâne.

— Hein ? Moi ? Mais je…

— Est-ce vrai, Novaro ? Hier soir, sur le coup de vingt heures. 10, rue des Riaux, Toulon surface.

— Toulon ? Pas du tout ! Hier j'ai fait la tournée des opticiens avec Jorry. Vous pouvez lui demander.

— Non, ça va. C'est bien ce que je pensais. Il y a un type qui se fait passer pour vous.

— La vache. Vous avez une idée de qui ?

— Peut-être.

— Lançon ?

— Exact.

— Mais pourquoi ?

— On dirait qu'il cherche quelque chose. Il les a interrogés. On n'a pas réussi à leur faire dire sur quoi. Mais il les a cuisinés et s'est tiré dès qu'il a eu les infos voulues. Je donnerai cher pour savoir quoi. Un instant.

Il prit l'appel, Griffier apparut sur l'écran gris, l'air plus las que jamais.

— Canavese, vous êtes allé voir cette piste de l'église machinchose ? Jeanine Lopez, là ?

— Pas encore, monsieur. Vous voulez qu'on y jette un coup d'œil ?

— J'aimerais bien, oui.

— Parfait. J'y fais un saut.

Ils sortirent dans le couloir et rencontrèrent Tissier qui dictait un rapport à son terminal.

— Eh, Tissier ! Viens avec nous. Ça fait combien d'années que tu n'es plus allé à l'église ?

Penché au-dessus de son ouvrage, Bregliano fronçait les sourcils à cause de la sueur et de la sciure. La ponceuse à bande mordait la surface du guéridon, et peu à peu la vieille peinture laissait place aux veinures du bois. Encore un petit quart d'heure, et j'aurai fini. J'en tirerai bien deux cents crédits, une fois teinté…

L'outil s'arrêta. Allons bon, pensa Bregliano, encore le jus qui saute. Il va falloir un jour que je fasse venir quelqu'un.

Lançon tenait la fiche à la main. Il adressa un sourire au type en la lui rendant :

— J'ai frappé plusieurs fois mais vous n'entendiez pas.

— Je sais, ces engins sont un peu bruyants. Pour le prix qu'on les paie, ils pourraient… Ah, l'idéal serait d'avoir un robot pour tous les travaux pénibles, mais… Vous vouliez des renseignements sur quelque chose ? Entrez, ma femme est à côté si vous voulez un tarif. Elle sera à vous dans une minute.

Les murs de l'atelier jouxtaient celui de la salle d'exposition. Une femme était au vidphone, le doigt sur la touche d'arrêt, probablement une conversation qu'elle considérait comme déjà close et qui allait l'être dans très peu de temps.

— En fait, c'est vous que je voulais voir. Je suis inspecteur de police.

Pas de réactions apparentes. Le type n'avait pas l'air d'avoir quelque chose à se reprocher. Néanmoins il ôta ses gants et s'essuya le front.

— En quoi puis-je vous être utile ?

— Je cherche des renseignements sur cet homme.

Le papier listing sur lequel était imprimé le portrait-robot fut déplié et présenté à Bregliano, qui pâlit aussitôt et ne put réprimer un regard en direction de la porte de communication. La femme était en train de dire qu'elle avait un client à accueillir. Bregliano se mordit les lèvres et commença une phrase de dénégation qui finit dans un bredouillis. Comme il faisait mine de fermer, Lançon mit son pied en travers et dit à voix basse :

— Je la tiens à l'écart si vous me promettez de tout dire en détail, d'accord ?

— Écoutez, je…

— Pas d'histoires avec moi. On marche comme ça ou je balance tout ce que je sais.

— Par pitié, faites en sorte qu'elle ne sache rien. Je vous donnerai tout ce que vous voulez, je le jure.

— Je ne veux rien d'autre que votre passé.

Lançon montra sa plaque à la patronne, lui demanda de les laisser seuls et obtint sa coopération. Quand il revint dans la remise, Bregliano était assis, les coudes sur le guéridon écaillé, le menton dans les paumes. Il regardait droit devant lui, et il parla un moment. Il donnait l'impression de ne rien vouloir dire, mais les mots semblaient lui échapper, comme un secret trop longtemps contenu :

— J'ai connu Cat dans les années vingt. Il rôdait autour du magasin, visiblement très intéressé par un jeu d'échecs que je vendais à l'époque. C'était un objet de très grande valeur, très cher. Un magnifique travail du XIXe siècle, en ivoire de Dieppe, ciselé avec une grande finesse. Un jour, Cat a fini par entrer et me demander des facilités de paiement.

— Pourtant il avait de l'argent, non ? Vous saviez qu'il vendait de la drogue.

— Je l'ai su par la suite. Mais ce jeu valait une fortune, et Cat n'était qu'un petit dealer. Je me rappelle que le gars argumentait, insistait, et petit à petit il en est venu à… comment dire…

— Il vous a fait des avances.

— C'est exact. Oh, ce n'était pas très direct. Mais j'ai vite compris et j'ai…

— Vous avez accepté.

— Je ne connaissais pas encore Marie, et… Mon Dieu, faut-il vraiment que je continue ? Je croyais que tout cela appartenait au passé.

— Quand vous l'aurez raconté, vous pourrez l'oublier. Vous avez juré, alors allez-y.

— S'il le faut… Nous avons conclu un marché :

tous les quinze jours, on se retrouvait ici même et, en échange, je lui donnais une pièce du jeu.

— Jusqu'au jour où…

— Jusqu'au jour où il ne resta plus que la dernière pièce, la dame blanche. C'était incontestablement la plus belle reine que j'aie jamais vue dans toute ma carrière : une dame de cour à l'effigie d'Élisabeth Ire, merveilleusement taillée dans l'ivoire, on pouvait en admirer les détails à la loupe : drapé des tissus, cheveux, diadème festonné, sceptre, jusqu'au bout des ongles… En plus, elle était conçue comme ces vierges ouvrantes, dont la robe se déplie en un triptyque sculpté. Je me souviens qu'à l'intérieur était reconstituée en miniature une scène de bataille, avec fantassins, cavaliers, archers… Une fois refermée, il était impossible de distinguer les charnières. Un travail magnifique, de toute beauté. J'ai réalisé ce jour-là qu'en succombant au charme de Cat, je m'étais fait rouler. C'était un marché de dupes, puisque ensuite je ne le reverrais plus. Le jeu valait dix, quinze, cent fois ce que… Enfin bref, j'ai refusé de donner la reine. Cat s'est mis dans une rage folle, nous nous sommes battus, et j'ai détruit la reine. Je l'ai jetée dans le poêle à bois qui me servait à éliminer les copeaux. L'ivoire a noirci et éclaté, Cat n'a rien pu sauver. Alors il a démoli tout ce que j'avais dans le magasin, et je ne l'ai jamais revu. Je n'ai pas porté plainte : j'ai mis le feu, et j'ai fait marcher l'assurance pour les dégâts.

— Vous a-t-il laissé des noms, des adresses, quelque chose qui puisse aider à le retrouver ?

— Absolument rien, et je ne l'ai jamais revu. Est-ce que maintenant vous allez partir ? Qu'est-ce que je vais pouvoir dire à ma femme ?

— Dites-lui que je recherche des tableaux volés. Mais d'abord, essuyez votre visage plein de larmes.

De nouveau dans la rue. Et que faire à présent ? Il avait abouti à une impasse et se sentait coupable d'avoir torturé l'antiquaire en pure perte. Il s'enferma dans l'aéro, s'obligea à relire ses notes. Il y avait sûrement une piste négligée quelque part, qui pouvait le mener à Cat.

Du moins il se plaisait à le croire.

XV

— Cette malheureuse enfant ! Je me souviens parfaitement d'elle. Quelle fin horrible, n'est-ce pas ?

— Oui. Dites, le soir où cela s'est produit, elle est venue ici, non ?

— Certainement, puisqu'elle venait tous les soirs.

— Vous n'avez pas vu quelqu'un qui la suivait, qui serait entré dans l'église derrière elle ? Un homme blond, de forte carrure ?

— Je n'ai rien vu, messieurs. Je suis vraiment désolé d'avoir si peu d'éléments à vous fournir.

— Que faisait mademoiselle Lopez chez vous ?

— Vous avez remarqué probablement le préfabriqué dans la cour.

— Oui, et alors ?

— Nous y recueillons les pauvres. C'est un abri, on leur sert à manger, ils peuvent dormir s'ils le souhaitent. Ingrid s'occupait d'eux. Elle aidait à servir les repas. Ce jour-là, elle est passée me saluer, puis elle est allée rejoindre son poste. Si on avait pu se douter…

— Bon, on va aller jeter un coup d'œil, chercher des témoins.

— Je vous souhaite bonne chance. Hélas, Ingrid

nous manque beaucoup. J'ai prié pour elle, et aussi pour ce brave Yves.

— Yves ?

— Un garçon qui nous aide également. Le pauvre souffre beaucoup, ils étaient très liés.

— Comment ça, très liés ? C'était son petit copain ?

— Je crois avoir compris qu'il l'aurait souhaité.

— Il y est en ce moment ?

— Vous le trouverez dans le bâtiment. Il est habillé en gris.

— Merci, mon père.

C'était une cour carrée au sol en terre battue, ceinte de murs en pierre grise. Le bâtiment, long d'une vingtaine de mètres, posé sur une rangée d'agglomérés, était constitué par des panneaux en particules, la plupart ployant sous le poids des années. Le toit en fibrociment était boulonné dans des longerons qui, en rouillant, avaient déversé sur l'ensemble d'interminables traînées rougeâtres.

Lorsqu'on s'approchait, le nez était agressé juste après l'œil. Urine, vin rouge et mauvais graillon, principalement.

À l'intérieur, Yves Béliart bataillait comme chaque soir pour trouver de la place pour tous. Le local se révélait constamment trop étroit, la demande croissait quotidiennement, et sans arrêt il fallait déployer mille ruses pour faire en sorte que chacun mange à sa faim et dispose d'un coin pour dormir. Mais il était heureux de se rendre utile. Il avait conscience de la noblesse de son rôle plus que de l'humilité de sa tâche. Il était en train de gérer l'espace — il fallait surtout éviter les bagarres — lorsque les inspecteurs pénétrèrent dans le préfabriqué, une moue de dégoût au coin des lèvres.

Béliart tourna vers eux son visage triangulaire aux yeux cernés et se mit nerveusement à tripoter sa barbe.

— Écoutez, je ne veux pas d'histoires. Elle m'a promis qu'elle ne boirait plus. En tout cas, qu'elle essaierait. Soyez sympas, laissez-lui une chance. Je vais faire mon possible pour qu'il n'y ait plus d'incidents dans le quartier par sa faute.

Canavese, Tissier et Novaro eurent un regard étonné, et le jeune homme reprit, hésitant :

— Vous êtes bien de la police, n'est-ce pas ?

— Oui, mais nous venons au sujet d'Ingrid.

Béliart prit fugitivement une expression douloureuse, puis se tourna vers une fille enveloppée dans un grand pull brun en forme de sac et lui demanda de le remplacer. Elle émit un sourire de biais tandis que les inspecteurs se concertaient. Béliart partit avec Canavese, tandis que Tissier et Novaro restaient sur place dans l'espoir qu'un des poivrots ait remarqué quelque chose.

— C'était début décembre. Ingrid est arrivée un jour, elle disait qu'elle voulait aider. Le père Cordier l'a affectée au préfabriqué, qui nous prend beaucoup de temps et de travail. On a fait connaissance, et…

— Et vous avez eu le béguin.

— Oui. Seulement, Ingrid voulait se donner à Dieu uniquement. Mais ce n'est pas ça l'important : je sais qui l'a tuée.

— Qui ?

— Je ne sais pas réellement. Enfin, je veux dire…

Écoutez, laissez-moi continuer, vous allez voir. Je n'ai pas remarqué de type blond, mais je sais des choses.

— Allez-y, on verra bien.

— Ingrid a appartenu à une secte, j'ignore laquelle, mais ce sont eux qui l'ont eue, certainement. Ils ont imité votre tueur, c'est tout. Ou alors, ce type fait partie de la secte, mais il y a un lien, j'en suis sûr.

— Imité, vous en avez de bonnes, vous. Une secte ? Quel genre ?

— Avec un paravent mystique, voilà tout ce que je sais. Ingrid avait en elle un Yoma, vous le saviez ?

— Oui, et après ? C'était une secte d'adorateurs d'extraterrestres ?

— Non, justement. Voilà le truc : à l'époque où la greffe commence à faire ses effets, Ingrid rencontre une fille qui recrute pour la secte.

— Son nom ?

— Agnès. C'est tout ce qu'elle a pu me dire. Mais je sais que ça s'est passé au *Majestic*, vous connaissez ?

— Oui. Après ?

— Elles font connaissance, se revoient, et finalement Ingrid est invitée à passer au centre, là où ils endoctrinent les gogos. Sur place, elle se lie d'amitié avec une certaine Florence, qui a subi l'implantation elle aussi et la met en garde : surtout, ne jamais parler de son hôte en présence des responsables, tenir son existence secrète à tous. Très mal vu. Ingrid se le tient pour dit, puis n'y pense plus. Elle prie, elle cherche à s'intégrer au groupe. Le temps passe, elle devient copine avec Florence. Par la suite, la même Agnès demande à Ingrid de rapporter de l'argent.

— En faisant le tapin, c'est ça ?

— Exactement. Un soir, Florence vient trouver Ingrid et se confie à elle : un type influent dans l'organisation veut la faire opérer pour ôter le Yoma de sa tête. Elle a résisté, mais on menace de l'exclure. Pour elle qui appartient depuis trois ans à la communauté et qui a cessé d'exister pour le monde extérieur, c'est catastrophique. Mais elle ne veut pas céder, car elle entre en phase deux avec la créature : extase mystique permanente. D'après ce que j'ai compris, ça rend les gens difficiles à contrôler…

— Aux faits.

— J'y arrive. Le dirigeant, qui s'appelle « Paix sacrée », veut faire opérer la fille par un chirurgien de la bande. La fille le menace d'aller trouver la police, mais il lui rit au nez. Le lendemain, quand Ingrid cherche à voir la fille, on lui dit qu'elle est partie. La chambre a été vidée, plus aucune trace, comme si Florence n'avait jamais existé. Et bien sûr, pas de nouvelle adresse, rien.

— Et vous pensez que… ?

— Ils l'ont tuée, c'est sûr. Là-dessus, Ingrid prétexte une maladie, et s'éloigne de la secte. Peu après, elle entre elle aussi en phase deux, et décide de se consacrer aux pauvres. C'est là que je l'ai connue. Au début, elle travaillait encore dans la boîte de nuit, puis elle a laissé tomber, ça et la prostitution. Seulement, moi je sais qu'elle avait toujours peur. Elle m'a raconté tout ça le soir de Noël, et le lendemain, en passant dans le quartier, elle a voulu qu'on fasse un détour pour éviter le *Majestic*. Elle craignait pour sa vie, elle me l'a dit plusieurs fois. Elle avait raison.

— Ce mec, « Paix sacrée », pas d'autre nom ? Aucune adresse ?

— Rien. Elle m'a juste dit que ce type était un tordu, du genre pas franc. Et il était armé. Dangereux, quoi.

— Pas mal, pas mal… Enfin quelque chose qui avance. Merci pour les tuyaux.

— Qu'est-ce que vous allez faire ensuite ?

— Probablement un tour du côté du *Majestic*.

— Ça risque d'être dangereux.

— Chacun son boulot. Vous, restez peinard et occupez-vous de vos clodos.

Fast-Fac, petit snack installé sur le campus d'Aix, semblait une entreprise entièrement étudiante, tant par sa clientèle et son personnel que par ce qu'on y servait, la façon dont était organisé l'espace ou la musique qu'on y entendait.

Un lieu extrêmement bruyant et animé, avec des consommateurs qui au premier abord paraissaient identiques, interchangeables. Mais si on y regardait de plus près, de légères variations venaient nuancer les choses.

Les filles par exemple : celle-ci, seule, était venue prendre un chocolat avant un examen. Silencieuse, indifférente, elle émiettait une brioche dans le liquide brun sans rien avoir bu. Les trois autres juste à côté, en jupes courtes et bas, à leur façon de rire et de gesticuler, se livraient une sourde compétition sexuelle vis-à-vis des jeunes hommes qui les entouraient. Les deux près du juke-box venaient de finir un travail important. La mine soulagée, elles dégustaient des pâtisseries et se laissaient aller à une vacuité mentale inversement proportionnelle à la plénitude de leur panse. Lançon aurait bien aimé en faire autant, mais il traînait son enquête comme un boulet ; par moments, il avait l'impression que c'était elle qui le traînait.

Il se tint un bon moment assis dans son coin, sans desserrer les dents, à observer les autres. Il éprouvait le besoin de réaffirmer ses liens avec le commun des mortels, avec la normalité. Au fond, il ressemblait trop au gibier qu'il traquait, et cela ne lui plaisait guère, même si le bénéfice secondaire, sous forme d'une capacité aiguë à se représenter le mental de sa proie, constituait un précieux secours.

Quand il se sentit suffisamment au diapason de cet environnement si particulier, sécurisant, maternel, il fit signe au barman, qui vint vers lui avec nonchalance.

Jean et baskets, chemise à carreaux rouges et verts ; cicatrices d'ancienne acné mal soignée, partout sur les pommettes ; boucle d'oreille du côté gauche ; cheveux longs, teintés en roux, rassemblés par un élastique. Il aurait pu passer pour un étudiant si ce n'était l'âge et la fatigue qu'on lisait sur lui immédiatement : il était passé par le circuit, avait probablement été éjecté en route et, sans ressources, s'était adapté au contexte ambiant en faisant la plonge. Les années avaient fait le reste.

La carte de police, un bref mouvement du menton pour désigner un siège ; sans un mot, ils se retrouvèrent assis face à face. Lançon questionna :

— Il y a six ou sept ans, un type s'est battu ici, avec un étudiant arabe. Est-ce que vous y étiez à l'époque ?

— Attendez… Peut-être bien. Au cours d'une bagarre générale ?

— Non, juste eux deux. Un coup de couteau.

— Ah oui, je me souviens. Mais je ne…

— Je recherche la trace de ce type. C'est bien lui, n'est-ce pas ?

— C'est lui, ouais. Je le reconnais.

— Racontez-moi comment ça s'est passé.

— C'est loin. Il ne me reste plus grand-chose.

— Je me débrouillerai avec.

Le type empocha les deux billets de dix, alluma une cigarette, et son regard suivit vers le plafond la fumée qui dérivait. Il poussa un léger soupir et raconta calmement :

— Ça me revient maintenant. C'était un soir de septembre, il y avait pas mal de monde. Le type en question se baladait avec un vieil appareil photo, un instamatic, et il a abordé une fille, une jolie rouquine d'ailleurs. Il lui a tiré le portrait et a commencé à discuter. Même qu'il notait des trucs sur un calepin. La fille était ravie, on s'intéressait à elle, je me suis même dit que c'était une technique de drague infaillible. Elle s'est prise au jeu parce que, au fur et à mesure, je les voyais bavarder de plus en plus, et au bout d'un moment elle le prenait en photo elle aussi. C'était au tour du type de parler, et elle notait. Il devait dire des choses surprenantes parce qu'elle avait l'air étonnée.

— Vous avez une sacrée bonne mémoire.

— Possible. Faut dire que le coup du calepin, je ne l'avais jamais vu. Et la fille n'était vraiment pas ordinaire non plus. Bref, ils avaient pris l'air de vieux copains, et une autre nana vient les rejoindre. Ils continuent gentiment, et…

— Comment était-elle, l'autre ?

— Quelconque. Blonde fadasse, pas méchante

mais un peu nunuche. Pas de photo pour elle ni tout le tralala.

— Continuez.

— Et sur ces entrefaites, voilà l'Arabe qui débarque.

— Décrivez.

— Grand, maigre, l'air pas commode. Il se met en pétard, commence à engueuler sa copine, qu'il l'attend depuis deux heures… La fille a l'air de s'en fiche, puis elle se rebiffe. D'un coup, l'Arabe s'empare de la photo du mec, la déchire. L'autre, de voir quelqu'un détruire son image, ça le rend dingue. Il le traite de tout, ils commencent à se chicorner, le blond sort un couteau et poinçonne l'Arabe. Puis il fout le camp. Nous, on a étouffé l'affaire. Un étudiant en médecine qui était là a regardé la blessure, c'était pas trop méchant, et on a payé un coup à boire à tout le monde, vu qu'on voulait pas les fl… les flics au milieu, quoi.

— Oui, pas de vagues. Et ensuite ?

— Ils sont partis. Mais je sais que la blonde a récupéré la photo du type. Elle a ramassé les morceaux juste devant moi.

— Vous avez revu ces gens-là ?

— Aucun de cette bande, non.

— Vous connaissez l'identité des filles ?

— La première, oui. Ce soir-là, elle a oublié un dossier. Je l'ai récupéré, et on a attendu. On pensait qu'elle viendrait le chercher, mais rien. Alors on a jeté un œil dedans : des cours de philo. J'ai largué le dossier à la fac, mais j'avais eu le temps de retenir son nom.

— Pour quoi faire ?

— J'en sais rien. Elle était jolie, j'ai pas réfléchi. Elle s'appelait Anne Chavassieux.

— Une adresse ?

— Non, juste ça et l'intitulé du cours.

— Merci, ce sera tout.

Il sortit un billet pour payer les consommations, mais l'homme refusa.

— Laissez, on vous l'offre. Et bonne chance pour coincer votre type.

— J'en aurai besoin.

Il existait un accord tacite respecté de tous au sein de la police marseillaise. De même que chez les primates l'accès à la nourriture est régi par les règles de la dominance, au commissariat le distributeur de boissons n'était pas un territoire neutre. Lorsque Griffier le fréquentait, nul doute qu'il était toujours le premier à se servir. Mais c'était peu fréquent puisqu'il avait droit au privilège ultime de se faire livrer des repas dans son bureau lorsqu'il le désirait.

Présentement, on aurait pu, si l'on s'était trouvé près du plafond du grand hall, observer les cercles concentriquement organisés autour de la machine, selon un critère hiérarchique : Canavese, Savelli, Novaro, Varenne, Tissier et les autres inspecteurs de la Criminelle ou de la P.J., les patrons des autres services, Mœurs et Mineurs, Stupéfiants, Identité judiciaire, puis les inspecteurs, les enquêteurs et les agents en uniforme, et pour finir les agents techniques, secrétaires et stagiaires. Edgar, lui, était placé relativement près, mais il ne comptait pas, vu que, rivé à son socle, il ne consommait que du 220 volts.

Une plaisanterie circulait parmi le personnel : on disait que le distributeur en savait plus long que tout le monde sur les affaires en cours. On disait aussi que les fuites d'informations ne venaient pas d'un piratage informatique complexe, mais d'un simple mouchard caché là-dedans, entre le réservoir d'eau et quelque container à poudre alimentaire. Le fait est que si la machine eût été dotée d'oreilles, elle aurait pu entendre une conversation déterminante pour la suite des événements :

— Tu perds ton temps, mon vieux. La piste est froide, et tu le sais. Notre type a accéléré la cadence, presque un par jour, et puis il a arrêté, ça fait bientôt deux semaines que…

— Froide, cette piste ? Moi, je la trouve brûlante.

— Depuis le début, je dis que les sectes n'ont rien à voir dans ce merdier. Et toi aussi, je crois. De plus, tout s'est arrêté quand Lançon est parti en cavale, pour moi c'est lui, et on sait qu'il n'est dans aucun mouvement occulte, c'est un franc-tireur.

— Savelli, si tu cherches à me décourager, c'est toi qui perds ton temps. J'ai ma petite idée sur Lançon et, si la piste qu'on vient de trouver ne mène pas à lui, je sens qu'on va pêcher un autre poisson tout aussi intéressant. En attendant, occupe-toi de ta propre enquête, tu veux bien ?

L'immeuble était situé en surface, dans le vieil Aix, près de la place des Cordeliers. Clos par une massive porte en bois, il ne comportait ni sonnettes ni boîtes aux lettres apparentes. Lançon appela, frappa, mais rien ni personne ne répondit à ses sollicitations. Il était deux heures de l'après-midi, les gens travaillaient, les enfants étaient à l'école.

Il allait repartir lorsqu'une vieille dame, armée

d'une clé digne d'un musée, manœuvra l'antique serrure. Il l'intercepta, et elle coopéra : oui, mademoiselle Chavassieux habitait bien ici, au 17, rue des Épinauds. Oui, elle rentrait tous les soirs. Son emploi ? La librairie *Vents du Sud*, tout près d'ici, sur la place.

Le magasin, plaqué sur une enfilade de vieilles constructions en pierre, détonnait par son aspect futuriste. Comme un collage mal intégré, il se détachait du gris ambiant par ses néons et sa baie vitrée, son plexiglas jaune et noir. Sur trois étages, on pouvait voir de l'extérieur la marée humaine se bousculer, au rythme des éclairages tantôt roses ou violets.

L'intérieur était climatisé. Lançon poussa un soupir, feuilleta distraitement un bouquin au hasard, le temps qu'on vînt s'occuper de lui. Puis, lassé d'attendre, il aborda la caissière, s'annonça comme officier de police et demanda Anne Chavassieux. Quelques instants après, on l'invitait à entrer dans un bureau à l'étage. Une femme l'attendait, dans les quarante-cinq ans, yeux bleus, cheveux courts, visage volontaire. Elle lui demanda abruptement :

— Est-ce que mademoiselle Chavassieux a fait quelque chose, inspecteur ?

— Non, madame, rien que je sache. Elle a connu une personne il y a quelques années, que nous recherchons. Pourquoi ? Vous avez des raisons de penser que votre employée… ?

— Ici, c'est quasiment une entreprise familiale. Tôt ou tard, tout se sait et, si quelque chose ne va pas, je veux en être avertie.

— Soyez rassurée, alors. C'est un interrogatoire de pure routine. Mais l'affaire dont je m'occupe a un caractère criminel. Je voudrais donc m'entretenir avec mademoiselle Chavassieux en privé. Est-ce possible ?

— Je vous laisse mon bureau, et je vais faire demander Anne au rayon poésie.

Lançon attendit un instant, les pensées tournoyant sans but. Le bruit de la porte le fit sursauter. Il se retourna.

Une jeune femme de petite taille, rousse, avec un visage un peu infantile ; tailleur gris, bas et escarpins noirs. Elle restait près de la porte, avec sur les traits une expression de curiosité manifeste. Elle était singulièrement jolie, mais d'une beauté fragile et artificielle, comme une poupée de porcelaine qu'un rien peut détruire. Pourtant, elle ne semblait pas d'un caractère anxieux : les gens qui s'inquiètent finissent par accumuler un réseau de rides caractéristiques au coin des lèvres. Ici, le visage était d'une netteté parfaite. Lançon s'aperçut qu'il avait à la longue acquis un savoir empirique sur la physionomie et qu'il le mettait systématiquement à contribution en face d'autrui. Il évaluait son interlocutrice et décida qu'il fallait la laisser attendre un peu. Elle s'assit sur un fauteuil, ouvrit un étui à cigarettes en métal chromé, en proposa et, comme Lançon refusait, se mit à fumer en le fixant droit dans les yeux. Il remarqua alors que ses pupilles étaient d'un vert un peu gris, d'aspect normal, pas de consommation d'alcool ou de drogue. Elle avait les ongles longs, vernis en rouge sombre. Pas de bagues, aucun bijou apparent. Une montre, qu'elle consulta distraitement, une nuance agacée dans le regard. Il estima qu'il était temps et dit :

— Mademoiselle, je suis ici pour enquêter sur une affaire criminelle grave. Je crois que vous avez connu la personne que je recherche, et je vous demande de témoigner sans rien omettre de la vérité.

— De qui s'agit-il ?

— D'un étudiant qui se faisait appeler Deret.

Devant la quasi-absence de réactions il déduisit que ce personnage avait peu compté pour elle, et cela le contraria : ce qu'elle dirait après sept ans serait entaché d'imprécisions, d'oublis. Il poursuivit néanmoins, afin de faciliter l'émergence de souvenirs :

— Le troquet en face de la fac, le joli blond à l'appareil photo, Mustafa Boucharef, la bagarre. Vous y êtes ?

— Parfaitement.

— Alors, racontez-moi.

— Eh bien, j'ai connu Gilles ce soir-là, comme on a dû vous le raconter. Je sortais d'un cours, j'ai eu envie d'un café... Il m'a abordée avec beaucoup de simplicité et, contrairement à ce que vous semblez dire, je n'ai pas obéi à un quelconque intérêt sexuel en l'écoutant. Je ne suis pas du genre à...

— Quoi, alors ?

— Il m'a intriguée. J'ai trouvé intéressante cette démarche d'interviewer une inconnue. Cela m'est apparu comme une tentative d'user de libre arbitre, de réintroduire le hasard dans le quotidien, de casser les carcans.

— Et donc ?...

— Donc j'ai bien voulu me prêter au jeu. Il m'a prise en photo, a noté mon adresse, tout un tas de renseignements biographiques, m'a demandé ce que j'aimais, en quoi je croyais... Tout, quoi. Mais au moment où il estimait avoir fini, je lui ai demandé de pousser la logique jusqu'au bout et de se livrer à son tour. Devant mon insistance, il a bien voulu me dévoiler son passé. Ou plutôt son absence de passé.

Lançon, s'efforçant de cacher son excitation, jeta un bref coup d'œil sur le Police Data : le voyant d'enregistrement était toujours allumé. Il dit sur un ton qu'il voulut détaché :

— Continuez.

— Je vous raconte l'histoire comme elle me revient, ne m'en voulez pas, mais ça date un peu, sans compter que plus d'une fois j'ai eu l'impression qu'il mentait.

— Vous me préciserez à propos de quoi si c'est possible.

— Bien. Au début, il m'a dit être orphelin. J'ai demandé s'il avait vécu dans un institut spécialisé, mais non. Il a été recueilli par une femme qui s'appelait Joséphine, en surface à Toulon, du côté de l'autoroute Est. Elle nourrissait tous les chats du quartier, il en a eu marre et s'est enfui. Il a vécu dans une casse de voitures, puis chez un Noir, il ne m'a pas dit son nom. Plus tard, il y a eu Gégé, un batteur de jazz, c'est lui qui l'a encouragé à se mettre aux études, il se passionnait pour la poésie, les bouquins policiers, les vieux films de la Warner... Peter Lorre, toutes ces ch... Monsieur ? Ça ne va pas ?

Lançon, tremblant, s'était levé et fouillait le bureau à la recherche d'un stylo et d'un bout de papier. Quand il eut trouvé, il gribouilla maladroitement un schéma, pour finalement renoncer, rouler la feuille en boule et la jeter dans l'incinérateur. Il se regarda dans un cube chromé posé sur le bureau laqué noir : il eut l'impression d'être livide. Il repensait à son rêve, et se remémora le cadavre de femme qui écrivait « Joséphine » avec du sang, avant de se transformer en chat et de pourrir. Il revit le château, les enfants. Les tortures. Les enfants… Gilles Deret… Gilles de Rais ! Bafouillant presque, il demanda d'une voix étranglée :

— Vous a-t-il parlé d'un harpon qu'il aurait possédé ?

— Non, jamais. Mais que… ?

— A-t-il mis le feu quelque part un jour ? S'est-il vanté d'avoir brûlé quelque chose ?

— Non, je ne vois pas…

— Vous a-t-il dit qu'il haïssait les Noirs ?

— On n'en a pas parlé. Quand je l'ai revu, nous avons évité…

— Revu ? Où ? quand ?

— Chez moi, j'allais en parler. C'était peu après son expulsion, j'étais seule, et un soir il vient m'annoncer son départ et me dire adieu. Il m'a laissé sa nouvelle adresse, je dois l'avoir quelque part à la maison, au dos de la photographie, qui n'est pas belle à voir, d'ailleurs.

— Je sais, Boucharef l'a déchirée.

— Lui, je l'ai quitté peu après : il était trop violent et jaloux.

— Écoutez, on va aller chez vous récupérer cette adresse et cette photo.

— Mais, et mon travail ?

— Ce sont des pièces à conviction. Allez chercher vos affaires, je vous accorde cinq minutes.

Dehors, la nuit commençait déjà à tomber. La rue grouillait de véhicules, le ciel était rempli d'une nuée d'aéros : la sortie des bureaux et des administrations. Toute une foule absorbée probablement dans ses soucis, les prenant pour de vrais problèmes.

La jeune femme souriait, satisfaite :

— Grâce à vous, je suis sortie une heure avant les autres. Finalement, je suis contente que vous soyez venu.

— La poésie vous ennuie ?

— Non, j'en écris moi-même. Mais on n'a pas le temps de lire sur place, et on reste debout toute la journée.

— Ce n'est pas difficile d'être vendeuse, après avoir fréquenté les grands philosophes ?

— Au contraire, on est plus détaché. Et puis, écrire m'aide énormément. Je crois que je supporte ma solitude et mes petites misères grâce à mon activité de création. Le quotidien est trop médiocre, sinon.

— Je comprends ça. À propos de poésie, vous n'avez jamais entendu parler d'un certain Ponsart ? Je vous demande ça à tout hasard, parce que le mien était un drôle de tordu, et…

— Ponsart ? Comme Robert Ponsart ?

— Oui, c'est un auteur connu ?

— Il fait un tabac en ce moment. Il faut dire que c'est vraiment spécial. J'en ai un chez moi. Je vous montrerai.

Elle le fit entrer dans son appartement. Les murs étaient tendus de tapisseries orientales, cadeaux de Boucharef. Lançon s'était attendu à voir des livres partout, mais il n'y en avait qu'une rangée sur une étagère. Parmi eux, le Ponsart, *Inter Feces et Urinam Nacimur*. Tandis que la fille cherchait photo et adresse, il lut quelques fragments qu'il jugea trop hermétiques à son goût.

— Il a l'air bien allumé, votre génie.

— Comme vous dites. Il a perdu ses parents il y a quelques mois, il paraît que depuis il écrit des choses encore plus obscures. Vous pouvez le garder, je dois reconnaître que je ne l'aime pas. Et tant pis si je passe pour une idiote.

— Merci. Le portrait derrière me servira à vérifier si c'est bien lui. Vous savez, vous êtes libre d'aimer ce que…

— Ah, la voici ! Tenez.

Lançon arracha la photographie des mains de la fille. Pas de doute, c'était Cat. Malgré le piteux état du papier, aucune hésitation n'était possible. Au dos, une fine écriture, presque illisible, avait tracé :

Gilles Deret, 17, rue Vincent-Cordouan,
Toulon surface

Lançon digitalisa les deux faces du document et le rangea soigneusement entre deux pages du Ponsart. Il remercia Anne Chavassieux et allait prendre congé lorsqu'elle lui dit à voix basse :

— Vous reviendrez me voir ?

— Peut-être bien, pourquoi ?

— N'attendez pas trop. Vous me plaisez, et je ne sais pas combien de temps il nous reste.

Brugier trottina dans les couloirs jusqu'au grand hall. Tout le monde était là. Il adressa un sourire à Canavese, qui l'invita à boire un café. Brugier fut amusé par l'offre, on l'acceptait pour un instant dans le cercle le plus proche de la machine, sans demander son avis à Griffier, qui du reste se contenta de tourner le dos. Canavese, l'air soucieux, exprima le désir de connaître l'avis du psychiatre :

— Je m'avale un peu de jus avant d'examiner la nouvelle piste dégagée par Bastian sur Ingrid. Une histoire de sectes, d'extractions artisanales de Yomas…

— On m'a dit, oui.

— Vous êtes au courant aussi pour le foirage de l'affaire Ramondet ?

— Ça ne me dit rien.

— Mais si. La mort d'Esposito. Tout le monde en parle.

— Ah, ça ? Je ne connaissais pas le nom officiel. Un collègue des Stupéfiants infiltré chez des gros dealers, et tout s'est effondré à cause de…

— Serge Lançon. Je pense que c'est lui. Les Stups en planque depuis des mois, et ce connard débarque et fiche tout en l'air en l'espace de cinq minutes.

— Ne faites pas semblant de vous intéresser à ce qui arrive aux Stups, et dites-moi ce qui vous fait penser que…

— Le gars a fini par parler. Il doit cacher des choses, mais on n'a pas pu le retenir davantage. En gros, il a dit qu'un type lui est tombé dessus, s'est fait passer pour un des nôtres et l'a torturé pour savoir des trucs sur Cat.

— Effectivement, la coïncidence est troublante.

— Surtout que quand j'ai montré la photo de Lançon, le gars l'a reconnu.

— Ah. Alors, pas de doute possible. Que suis-je censé savoir de plus que vous ?

— Expliquez-moi ce que fait ce dingue. Pourquoi ?

— Parce qu'il est innocent.

— C'est idiot, sans vouloir vous vexer.

— Il n'y a pas de mal. Si on admet que Lançon est innocent, alors il est évident qu'il mène sa propre enquête pour sauver sa peau. C'est exactement ce que j'ai dit au commissaire ce matin.

— Vous avez parlé de ça ?

— Oui, il m'avait convoqué à ce sujet. Et vous voulez savoir ce qu'il en pense ?

— Allez-y.

— Il trouve que c'est très bien comme ça. D'après lui, le fait que vous vous sentiez à présent en compétition avec Lançon devrait vous donner plus de mordant.

17, rue Vincent-Cordouan. La propriétaire du logement, également concierge de l'immeuble, ne se rappelait qu'une seule chose de Deret : la fois où, complètement ivre ou défoncé, il s'était moqué d'elle et de sa cuisine, déclarant que « c'était le foutoir, comme chez cette vieille folle de Joséphine ». Lançon la questionna sur cette Joséphine, et la propriétaire se borna à répéter ce qu'avait dit Deret, à savoir que « Joséphine était enfermée chez les dingues à Toulon ».

— Très sincèrement, inspecteur, je ne vous cache pas ma réticence. Il est très troublé en ce moment, et…

— Allons, allons. Vous en vivez, de son trouble. Ce n'est pas ma visite qui vous gênera.

— Il peut très bien refaire des bouffées délirantes comme le mois dernier.

— Et vous pondre un nouveau bouquin en deux jours. Écoutez, je suis las de discuter avec vous. Que cela vous plaise ou pas, j'interrogerai Ponsart. Je vous rappelle que j'enquête sur une affaire criminelle.

— Mais c'est ridicule, enfin ! Robert n'a jamais

rien fait de mal, ce n'est qu'un doux dingue, un rêveur.

— Oui, mais il a connu quelqu'un que je recherche. Allez, ne me faites pas perdre mon temps davantage. Où est-il ?

— Hospitalisation à domicile. Son psychiatre a placé auprès de lui une équipe d'infirmiers dignes de confiance.

— Vous avez l'air d'en être satisfait. Donnez-moi l'adresse et avertissez-les de ma venue. Si quelque chose cloche et que je ne peux pas lui parler, vous serez inculpé d'entrave au fonctionnement de la justice.

Les voitures filaient sur la chaussée glissante, le caoutchouc noir des pneumatiques laissant de curieuses dépressions géométriques sur le bitume détrempé. Par endroits, lorsque le revêtement était gras, d'étranges irisations apparaissaient furtivement, brouillées aussitôt par les gouttes de pluie qui s'abattaient avec rage depuis bientôt une heure.

Les bolides se succédaient à l'infini, indistincts sous les mauvaises conditions de visibilité, identiques à en donner le vertige. L'interminable flot de véhicules de surface produisait un effet quasi hypnotique sur celui qui le contemplait. On se disait que la vie n'est qu'une série de répétitions, de variations plus ou moins élaborées sur les mêmes constantes. Au volant de son engin, maître de sa trajectoire mais seulement à court terme, chacune de ces marionnettes finissait par oublier les fils du déterminisme au bout desquels elle s'agitait, absorbée qu'elle était à faire croire à son libre arbitre.

Le talus montait abruptement, pente ravinée de caillasse, d'herbes jaunâtres et clairsemées, d'emballages et détritus.

Au-delà d'un grillage surmonté de barbelés, une pelouse artificielle brillait d'un vert soutenu, impeccable. Formant un contraste net avec l'entourage d'immeubles de bureaux et de cités-dortoirs, le château détonnait, avec ses pierres blanches, ses animaux sculptés, ses tourelles, ses toits d'ardoise.

Lançon se posa sur le gravier de l'allée, près d'une imposante fontaine en marbre. Aussitôt qu'il eut mis pied à terre, un serviteur obséquieux vint lui proposer l'abri d'un strict parapluie noir, tandis qu'un vigile les observait depuis le perron. En prenant le bras du domestique, Lançon s'aperçut que c'était un simulacre et, refusant l'offre, parcourut en courant les quelques mètres qui le séparaient de l'escalier. À l'intérieur, il fut fouillé, désarmé, puis on examina attentivement la carte qu'il produisit. Il dut expliquer le fonctionnement du Police Data pour pouvoir monter avec.

Robert Ponsart avait le même air halluciné que sur la couverture de son livre, à se demander s'il n'en rajoutait pas un peu pour séduire un certain public. En fait, pensait Lançon, on dirait vraiment un dingue, avec son regard délavé, son teint pâle, sa barbe de trois jours et son peignoir crasseux. Mais le pire était sans doute la coiffure : les mèches, trop longues et noyées de sébum, s'agloméraient par endroits en paquets disgracieux, tandis qu'ailleurs elles laissaient voir un cuir chevelu plus que sale. Ponsart était assis derrière un bureau de style recouvert de papiers. Il écrivait avec une plume et de l'encre, ce qui semblait une opération délicate à en juger par la quantité de taches qu'on apercevait un peu partout. Mais cela faisait peut-être partie de la mise en scène. Sans se démonter, Lançon s'assit en face de lui et programma son terminal pour enregistrer l'entretien.

Lorsqu'il fut prêt, il dit simplement :

— Robert Ponsart ? Enchanté de vous rencontrer. Vous savez que je n'appartiens pas à une revue littéraire. Je suis de la police. Vous ne vous demandez pas ce que je veux de vous ?

Les yeux globuleux de l'homme ne cillèrent pas. Ils restèrent posés sur la feuille de papier, tandis qu'une main distraite grattait un bouton près de la pomme d'Adam, puis se leva, comme pour imposer le silence, et se maintint suspendue, probablement oubliée aussitôt. Il émit un léger sifflement et dit à mi-voix :

— Vous êtes l'homme que l'odeur du sang attire. Le fluide rouge a coulé sur la poussière, s'y est mêlé, épaissi, tandis que l'ombre du chat s'éloignait. Et vous voilà, drapé dans l'uniforme immaculé de la Certitude, positiviste, éviscéré, décérébré, vivant mais comme mort.

Lançon se sentit irrité et, pour couper court, brandit une photo de Cat :

— Bon, on ne va pas jouer à ça longtemps. Ce type, vous l'avez déjà vu ?

L'expression hébétée laissa place à un effroi incontestablement authentique. Ponsart se taisait, mais son corps s'était tendu, il avait lâché son porte-plume et se cramponnait des deux mains au bord de la table. Il se mit à marmonner :

— Le faisceau incandescent a jailli comme le serpent hors de son trou. Il a mordu les chairs, les têtes sont tombées, et la vie s'est retirée. Je vois sa silhouette devant les persiennes, je vois ses mains cruelles qui fouillent dans la poitrine du géniteur. Il est là, il vous précède, comme l'haleine putride de Baphomet, comme les flammes du grand dragon ! Il va fondre sur vous et vous détruire, vous l'attirez chez moi, ne restez pas ici ! Allez-vous-en, partez, mais qu'attendez-vous ? AAAAAAHHH !

Ponsart avait attrapé Lançon par le col et le tirait dans l'intention de le jeter hors de la pièce. Tandis que Lançon tentait de se débattre sans faire de mal à personne, deux infirmiers se précipitèrent pour maintenir l'agresseur, et un troisième prépara une intraveineuse. Quelques instants après, Ponsart sembla se détendre. Après avoir affirmé que le malade retrouverait un comportement plus normal pendant quelques minutes, celui qui avait administré le calmant demanda à Lançon de ne pas prolonger inutilement sa visite.

De nouveau seul avec Ponsart, Lançon reprit son interrogatoire, et obtint, cette fois-ci en langage clair, le récit suivant :

Ponsart avait emménagé au 12, boulevard des Dames à la mi-août de l'année .31 et avait fait peu après la connaissance de Weber, qui était son voisin. Ils avaient sympathisé, ayant des goûts communs, entre autres la littérature, les vieux objets... Weber lui avait annoncé très simplement qu'il était homosexuel et amoureux d'un homme avec lequel il ne souhaitait pas vivre pour l'instant. Puis ils s'étaient liés d'amitié pendant un moment. Ils participaient aux soirées organisées par les différents habitants des lieux, ils traînaient ensemble au bar du 15e niveau, ils discutaient poésie anglaise... Un jour, Ponsart confia qu'il était en psychothérapie avec le Dr Baumann, et Weber l'interrogea longuement sur les méthodes pratiquées par cet homme, avant de déclarer finalement qu'il ressentait lui aussi le besoin de se livrer à un thérapeute. Il affirma par la suite avoir pris contact avec Baumann de la part de Ponsart, et ni l'un ni l'autre n'en parlèrent plus, d'un commun accord, pour éviter les interférences.

Concernant la casse de voitures, Weber en parlait parfois, et notamment d'un vieux camion Berliet qu'il avait aménagé et qu'il affectionnait manifestement beaucoup.

Ponsart commit l'erreur d'inviter Weber pour un week-end à Éguilles, dans une maison appartenant à ses parents, alors que ceux-ci venaient de se rendre aux U.S.A. D'après lui, Weber aurait conservé un double des clés et serait retourné s'installer à Éguilles alors qu'ils s'étaient perdus de vue depuis longtemps. Et c'est lui qui aurait tué ses parents au retour de leur voyage, le 22 décembre .32. Ponsart avait mis longtemps à établir le lien ; les crises de démence étaient apparues peu après, conséquence directe de la culpabilité qu'il ressentait *a posteriori*, s'attribuant une réelle responsabilité dans la fin tragique de son père et sa mère.

À ce moment de l'entretien, agitation et confusion réapparurent dans le comportement de son interlocuteur. N'ayant aucune envie de recommencer comme à son arrivée, Lançon avertit les infirmiers et, tandis qu'il descendait les escaliers, il s'efforça de ne pas écouter les cris du forcené.

Le *Majestic*, curieux mélange de brasserie et de librairie, était aménagé en surface dans un ancien bureau de poste. Dans le hall étaient disposées tables et chaises de jardin ; de l'autre côté des guichets, des centaines de vieux livres et un important rayon ésotérisme. Une mezzanine servait de lieu d'exposition, il n'était pas rare d'y croiser quelque plasticien se livrant à une création devant le public. Tout au fond, dans une arrière-salle constituée d'une succession de petites niches aux lumières tamisées, une scène étroite et oblongue accueillait divers groupes de rock, jouant sur l'esthétique éculée du cuir noir et des éclairages de couleur. L'établissement se voulait éclectique ; en fait il créait par la diversité de ses fonctions un état de confusion assez proche du stress. En tout cas, c'est ainsi que Canavese ressentait les choses. Il n'aimait pas cet endroit.

Sans jeter de regard alentour, il marcha droit vers un des boxes et se glissa sur la banquette en moleskine.

— Du nouveau ?

— Oui. Après deux heures de parlote, il ne reste plus que trois filles, toutes les autres sont parties. On vous a prévenu parce qu'elles ont demandé l'addition.

— Elle va peut-être essayer d'en ramener avec elle. En général, ils vont fumer un joint, baiser, ce genre de choses… Vous voyez comment elle les regarde dans les yeux, elle sourit, elle se penche en avant, dans une attitude presque familière. Bientôt elles lui donneront tout leur fric et feront le tapin pour elle… Saleté.

— Les deux gamines, là, je suis sûr que si on les fouillait on trouverait de la dope.

— Probable. Bon, je planque dehors, je suis la fille ; si le groupe se sépare, suivez les autres dans la mesure du possible. C'est surtout elle qui nous intéresse, mais on ne sait jamais.

— Bien, à tout de suite.

Le véhicule banalisé était placé juste en face de la sortie. Les jeunes femmes hésitèrent un instant devant la vitrine illuminée du bar, puis Canavese vit les deux adolescentes partir à pied, suivies de Tissier. La dénommée Agnès s'éloigna en compagnie de l'autre, jusqu'à un véhicule de surface garé tout près. Bastian les prit en filature, tandis que Canavese utilisait les images prises au Police Data pour obtenir identité et casiers. Il obtint une réponse positive pour les deux passagères. La brune s'appelait Valérie Decaux, n'avait jamais fait l'objet de condamnation mais était connue pour consommer des dérivés opiacés. L'autre s'appelait Agnès Alberti, fichée aux Stups pour trafic de diverses substances. Les Renseignements généraux la connaissaient pour son ex-appartenance à la Fédération anarchiste, qu'elle avait quittée en .26.

Elles se dirigèrent à allure modérée vers La Plaine, Bastian se maintenant à relative distance, dans une circulation assez fluide.

Le 57, rue Auguste-Blanqui, vieil immeuble d'aspect banal, comportait cinq étages, mais seules trois sonnettes étaient munies d'étiquettes portant des noms, et celui d'Alberti n'y figurait pas.

Ils s'imposèrent dix minutes d'attente dans le silence de la rue déserte et luisante d'humidité, puis montèrent, l'arme au poing.

Quatrième étage, AGNÈS écrit au crayon sur une porte peinte en bleu. On entendait vaguement de la musique et une conversation à voix basse. L'odeur du cannabis flottait jusque dans la cage d'escalier.

Canavese manipula la poignée, mais comme l'obstacle résistait, il compta jusqu'à trois à voix basse, puis envoya une décharge sur la serrure.

Ils firent irruption dans la pièce. Decaux se précipita vers la fenêtre ouverte et jeta son joint, Bastian obligea Alberti à se tourner vers le mur jambes écartées, lui mit les menottes, la fouilla. Canavese vérifia qu'il n'y avait personne d'autre dans l'appartement, puis revint à Decaux :

— On sait parfaitement ce que t'as balancé en bas, ma mignonne. Un collègue est en train de le ramasser. Alors écoute bien ce que je vais dire : tu dégages d'ici, tu nous as jamais vus, on sait pas qui tu es. Et dans ton intérêt, ne revois jamais Agnès, si tu ne veux pas finir à l'état d'épave.

Une fois seuls avec la fille, tandis que celle-ci, attachée à une conduite d'eau, protestait contre cette violation de domicile, ils se mirent à fouiller en quête de pièces à conviction.

L'appartement était presque vide. Mais une machine à écrire était installée sur une planche et des tréteaux. Il y avait une feuille à l'intérieur, portant l'en-tête de « l'Église du Renouveau apostolique ». Juste à côté, une armoire dans laquelle furent trouvés plusieurs tracts de même provenance, qui, agités sous le nez d'Alberti, n'éveillèrent aucun commentaire. Elle regardait les deux hommes avec mépris et s'était enfermée dans un prudent silence.

Prétextant la possession et l'utilisation de drogues, Canavese l'emmena au central tandis que Bastian restait sur place pour attendre les techniciens du laboratoire.

145, avenue du Prado. Entre un grand garage entièrement automatisé et un cinéma, une entrée vitrée, avec deux plaques en cuivre, l'une annonçant un cabinet de chirurgien-dentiste, l'autre le docteur Baumann, *Psychothérapies analytiques, sur rendez-vous*. Lançon prit l'ascenseur jusqu'au premier étage.

Arrivé devant la porte massive recouverte de cuir roux, il eut la surprise de constater qu'elle avait été placée sous scellés par la police. Il enfila une paire de gants en latex et entra.

Un couloir moquetté ; une petite porte ouvrant sur des toilettes. Au fond à droite, la salle d'attente, avec une table basse dont on avait retiré les revues, rien que de très banal si ce n'était la forme d'un corps dessinée à la craie.

Saisi d'un sombre pressentiment, il ouvrit la double porte matelassée qui menait au bureau.

Là aussi, un dessin sur le sol indiquant qu'il y avait eu mort d'homme.

Et, partout où son regard se posait, le vide.

On avait emporté les bibelots, les journaux professionnels, les livres. Après vérification, il vit ses craintes confirmées : il ne restait plus aucun dossier sur les patients.

Il regagna rapidement la sortie, pressé de retrouver le confort de l'aéro et sa trompeuse impression de sécurité.

Une fois à bord, il consulta son terminal pour savoir si une affaire Baumann était en cours.

Une information judiciaire avait été ouverte sur le double meurtre de Baumann et d'un certain André Vernes. Le psychiatre avait été abattu le 9 décembre

.32 d'un coup de laser alors qu'il se trouvait derrière son bureau. Le client dans la salle d'attente avait subi le même sort. On ignorait le mobile du crime. Aucun vol n'avait été constaté, Baumann avait de l'argent sur lui ; seul un agenda électronique Datadisc avait apparemment disparu, le mode d'emploi étant resté dans un tiroir. L'enquête piétinait : aucune empreinte, pas de témoins, rien. On fouillait le passé du thérapeute pour tenter de comprendre ce qui s'était passé, on interrogeait les patients d'après les dossiers retrouvés sur place, on vérifiait ses comptes pour voir s'il n'avait pas été victime d'un chantage…

Lançon savait qu'on ne trouverait rien.

Il avait son idée sur la question.

XVI

— Ce micmac sent mauvais, commissaire ! On risque tous de sauter, il faut rebrousser chemin, c'est un trop gros coup pour nous. Vous le savez, on a reçu la consigne d'y aller doucement avec le Renouveau apostolique. C'est vous-même qui avez donné des instructions là-dessus. D'autre part, cette histoire de sectes est ridicule et ne mène à rien.

— Je sais… Canavese le disait, et il semble avoir changé d'avis. Il faut dire que l'affaire Lopez a brusquement rebondi. Mais c'est vrai, on m'a annoncé officieusement qu'il y avait trop d'intérêts en jeu… Vous avez peut-être raison, Savelli, je vais dire à Canavese de relâcher cette fille et de chercher ailleurs.

Lorsque Lançon se mit en rapport avec l'hospice Saint-Sauveur, il ne s'attendait pas à ce que sa recherche prît tant de temps. Le fait qu'il ne possédait pas le nom de famille de Joséphine semblait soulever une montagne de difficultés. Enfin, on lui indiqua avec sécheresse une personne qui semblait cadrer, une certaine Joséphine Joubert, mais elle avait quitté l'établissement deux ans auparavant, à cause du manque de place. L'adresse était en surface, rue Pierre et Marie Curie, dans l'ancienne zone industrielle de La Valette. Lançon raccrocha le premier, sans remercier, et en conçut une satisfaction un peu puérile.

En quittant le bureau de Griffier, Canavese fut rejoint par Brugier, tout essoufflé d'avoir couru.

— Inspecteur, je ne peux pas croire que vous allez laisser tomber comme ça.

— Ce n'est pas bien d'écouter aux portes.

Ils descendirent tous deux à un bloc cellulaire affecté au service des Stupéfiants.

Agnès Alberti gisait sur sa couche, assommée de sédatifs. Canavese lui entrouvrit les paupières, lui donna quelques gifles, afin que Brugier se rendît compte. Puis il souleva la manche de la fille et montra les nombreuses traces de piqûres :

— Elle se fixe depuis un bon moment, on dirait. Écoutez, je compte la garder un peu et la faire parler malgré tout. J'ai besoin de votre aide, doc.

— Mon aide ? En quel sens ?

— Êtes-vous prêt à m'aider ?

— Ça dépend pour quoi faire. Ne comptez par sur moi pour me livrer à une torture, sous quelque forme que ce soit.

— Non, je vais utiliser un sérum de vérité et faire croire à Griffier qu'elle a parlé spontanément en quittant le central. J'ai besoin de votre assistance pendant l'interrogatoire.

— J'étais un peu étonné de vous voir si coopératif avec le boss.

— J'en ai marre de m'engueuler avec lui. Maintenant, je dis oui et je fais mes coups en douce.

— C'est risqué. Si cela s'apprenait, on pourrait vous flanquer à la porte.

— J'assume.

— On vous a déjà dit que vous aviez des tendances autodestructrices ?

— Doc, épargnez-moi vos salades. Vous marchez dans la combine, oui ou non ?

Brugier se laissa choir sur la litière d'Alberti et poussa un soupir qui semblait vouloir dire oui. Canavese, un petit sourire aux lèvres, repartit à l'attaque :

— Alors, vous avez une préférence pour le produit ?

— La Rivoline donne d'excellents résultats.

— Très bien. On laisse Alberti attendre encore un peu, le temps que je trouve le produit. Comme elle est en manque, elle ne se fera pas prier pour qu'on lui administre un shoot moitié-moitié : elle parlera. Je vous retrouve ici dans trois quarts d'heure.

— J'y serai. Dites, je pense que nous aurons quand même un problème technique à résoudre : votre enregistrement montrera clairement qu'elle a agi sous hypnotique.

— Je ne m'inquiète pas pour ça. On retravaillera numériquement le son et l'image jusqu'à obtenir une version satisfaisante.

— Qui va faire ça ? Vous ?

— Non, Bosquet. J'arriverai à le convaincre.

— À tout à l'heure.

Lorsque Brugier administra le mélange à Agnès Alberti, celle-ci, en proie à un début de manque, ne lui prêta aucune attention, pas plus qu'à Bastian, posté dans le couloir, de l'autre côté des barreaux. Brugier rangea le matériel, les autres prirent les effets personnels de la fille qui perdit peu à peu sa grimace de souffrance et se laissa docilement guider jusqu'à la sortie. Grilles, espaces protégés par rayons, portillons électroniques, verrous, serrures, une signature sur le registre, un long corridor, puis le hall d'accueil et enfin la lumière du jour. Un aéro de service les attendait. On communiqua l'adresse de la fille, et le pilote automatique procéda au décollage. Canavese s'assit en face d'Agnès Alberti, mit en route l'enregistrement et, après quelques questions de routine, entra dans le vif du sujet, tandis que la surface s'éloignait en dessous d'eux :

— Parlez-moi d'Ingrid.

— Elle est partie.

— Je sais. Elle est même morte.

— …

— C'est vous qui l'avez tuée ?

— …

— Quelqu'un de la secte ?

— On ne dit pas secte, mais église.

— Qui l'a tuée ?

— Je ne sais pas. Personne de chez nous n'a tué Ingrid.

— Et une certaine Florence ?

— …

— Une fille qui avait un extraterrestre dans le cerveau ? Et qui voulait le garder ?

— …

— Doc, vous êtes sûr d'avoir mis la dose ?

— Elle a dû subir un entraînement mental particulier, si elle a un poste à responsabilités. Continuez, essayez de contourner sa résistance. Peu à peu, elle va faiblir.

— Bien. Vous n'avez pas un type blond chez vous ? Costaud, qui se fait appeler Cat ?

— Non.

— C'est sûr ? Il est homosexuel. Vous ne le connaissez pas ?

— Non.

— Vous êtes sûre ?

— L'Église n'admet pas les pratiques homosexuelles.

— On a trouvé des drogues dures chez vous. Vous en prenez ?

— Oui.

— Lesquelles ?

— Héroïne surtout.

— Depuis longtemps ?

— Quatre ans à peu près.

— Ah, et évidemment, ça ne dérange en rien vos supérieurs. Qui vous fournit ?

— …

— Où rencontrez-vous votre fournisseur ?

— En surface, sur le boulevard Sakakini.

— Où, sur le boulevard ?

— Près de la Banque de France.

— Ne serait-ce pas au Renouveau apostolique ?

— Oui.

— Ah, nous y voilà. Quel est le but de votre organisation, à part vous tenir en laisse avec la dope ?

— Nous voulons nous rapprocher de Dieu.

— Les Yomas ne peuvent-ils vous y aider ?

— Pas de la bonne façon.

— C'est-à-dire ?
— Pas dans le respect des principes de l'Église.
— Qui sont ?
— Obéissance et service absolus.
— À qui a désobéi Florence ?
— À Paix sacrée.
— Quel est le vrai nom de cet homme ?
— Sais pas. Paix sacrée est notre responsable local. Il s'occupe de la formation des filles et de notre sécurité.
— C'est lui qui vous fournit en dope ?
— Aussi.
— Parfait. Et Ingrid, elle le connaissait ?
— Oui.
— Avait-elle peur de lui ?
— Comme les autres.
— Savez-vous qu'elle aussi portait un Yoma ?
— Je m'en doutais.
— Parce qu'elle est partie juste après l'histoire de Florence ? Elles étaient copines, pas vrai ?
— Assez. On a voulu revoir Ingrid, mais elle ne venait plus et on ne connaissait pas son nom.
— Vous l'avez cherchée ?
— Paix sacrée disait qu'elle ne parlerait pas. Aussi qu'il pourrait la retrouver facilement.
— Que faire si on est habité par un Yoma ? Peut-on le garder et appartenir à l'Église ?
— Non. Il faut l'enlever.
— Ou quitter l'Église ?
— Peut pas partir si facilement.
— Qu'a voulu faire Florence ? Elle voulait partir ?
— Florence ne voulait ni partir, ni se faire opérer.
— Qui devait l'opérer ?

— Un chirurgien ami.
— Son nom ?
— …
— Où cela devait-il se passer ?
— Chez nous. Il en a déjà enlevé plusieurs fois.
— Sans salle opératoire ?
— Non. Pas les moyens. On improvisait.
— Il y a déjà eu des interventions ratées ?
— Oui.
— C'est ce qui est arrivé à Florence ?
— Non. Elle a cherché à résister. Elle nous a menacés de parler à la police.
— Qu'a fait votre responsable ?
— Paix sacrée n'était pas inquiet.
— Non ? Quelle était son idée ?
— …
— Agnès, regardez-moi : quel était son plan ? Il l'a tuée, pas vrai ?

La fille s'enferma dans un mutisme compact contre lequel Canavese dut s'avouer impuissant. Il demanda à Brugier de refaire une injection et, le visage tourné contre le hublot, se cantonna à un morne mutisme en attendant que la nouvelle dose fît effet. L'aéro étant arrivé à destination, on lui donna l'ordre de se poser quelque part et d'attendre. Enfin, le psychiatre expliqua qu'on pouvait continuer, mais pas longtemps, car au-delà d'une demi-heure les effets du produit devenaient plus difficiles à contrôler. Alberti, dont l'endurance était largement entamée, raconta au bout d'un moment :

— Le jour de l'opération, Koski était prêt, on avait préparé un calmant pour Florence, mais au moment de l'emmener, elle a sorti un couteau et m'a menacée.
— Elle voulait vous tuer ?

— Me prendre en otage pour sortir.
— Elle n'y est pas parvenue ?
— Quelqu'un l'a abattue.
— Avec une arme à feu ?
— Oui.
— Lui, n'est-ce pas ?
— …
— Paix sacrée ?
— …
— Il est toujours armé, comme ça ?
— C'est la sécurité. Défendre l'Église. Sa mission.
— Florence constituait donc une menace ?
— Oui.
— Et Ingrid ?
— Peut-être aussi.
— Il l'a tuée également ?
— Non.
— Bastian, prenez le relais.

Canavese se rendit au poste de pilotage et se mit à tripoter la console et le fax sous le regard étonné de Brugier, qui protesta qu'on ne pouvait se permettre de s'absenter juste maintenant. Canavese pianotait sans répondre, concentré. Brugier retourna auprès de la jeune femme. Canavese les rejoignit peu après avec une image qu'il montra à la fille, tendu :

— Agnès Alberti, n'est-ce pas lui, Paix sacrée ?
— Oui.

Canavese poussa un juron et montra à Brugier la photo de l'inspecteur divisionnaire Savelli.

La minuscule bicoque était construite sous un appontement d'autoroute. Le bruit constant et l'absence de soleil ajoutaient à l'impression de désolation créée par la masure : construction basse en parpaings et tôle ondulée, volets grisâtres et fermés, porte en planches de récupération labourées de griffures de chats sur tout le tiers inférieur. La partie est, noircie, à l'état de semi-ruine, avait dû être abandonnée à la suite d'un incendie. Les ronces y poussaient, s'incrustant dans chaque interstice des cloisons de brique. On distinguait encore la raie grise d'un tuyau de poêle. Çà et là, des morceaux de toile goudronnée venaient colmater les brèches dues à l'érosion des pluies.

Le tout entouré d'herbes folles et d'un muret affaissé, devant lequel était garé un van Dodge gris. D'après l'immatriculation, celui de Cat.

Arme au poing, Lançon s'approcha prudemment. Personne dans le camion. À travers la calandre, il envoya une courte décharge sur le bloc moteur. Il ouvrit également une large déchirure dans les quatre pneus, puis fit lentement le tour de la bâtisse. Aucun signe de vie à l'intérieur. Il revint à la porte d'entrée. Par le trou de la serrure, il ne vit d'abord que ténèbres. Quand ses yeux furent habitués, il aperçut les formes molles d'un canapé recouvert de vêtements épars, une table ensevelie sous des piles de paperasses, des tiroirs remplis de boîtes de médicaments, du linge sale. Dans le coin inférieur, à droite, quelque chose ressemblait à un corps couché à terre. La porte n'était pas verrouillée, il entra.

C'était une vieille femme aux cheveux hirsutes, pâle comme un tube néon, et aussi maigre. Ligotée, bâillonnée, on l'avait déposée sur un vieux matelas, et elle n'avait rien pu faire d'autre qu'attendre, résignée. Elle portait de nombreuses blessures sur le visage et les mains, ainsi que des traces de brûlures de cigarettes.

Une fois libre, elle fut soutenue jusqu'à la cuisine-salle de bains aux murs couverts de moisissures. La baignoire était à moitié fermée par une planche en aggloméré pleine de taches grasses, sur laquelle trônait un antique réchaud à gaz. Un vieux tuyau reliait cette installation à la bouteille, posée près du bidet dans lequel s'accumulait la vaisselle sale. Le four et un minuscule réfrigérateur de camping se trouvaient sous l'évier, dont la cuvette était présentement remplie d'une bouillie brune au fumet écœurant, cernée d'une myriade de grosses mouches vertes. Devant la mine incrédule de Lançon, la femme expliqua qu'elle portait tous les soirs à manger aux rats.

Lançon posa la vieille femme sur un tabouret bancal, attrapa une bouteille de vin sur la tablette au-dessus du miroir et servit à boire dans une gamelle en fer. Lorsqu'elle eut retrouvé ses forces, Joséphine marmonna :

— Il est revenu. Le gamin. Il a grandi, l'est sacrément fort maintenant. M'a dit : donne-moi des sous, mais j'en ai pas. M'a frappée, m'a tiré les cheveux, brûlée... A pris à manger, et disparu. De temps en temps, y revient, me vole de quoi manger. Veut me tuer à petit feu. L'a dit qu'y me tuera.

— Pourquoi n'appeliez-vous pas la police ?

— Pas de téléphone ici. Et puis, trop peur. Voulez l'coffrer, pas vrai ? Toujours su qu'y finirait mal.

Tout en trempant un quignon de pain rassis dans son vin rouge, elle lui raconta sa version de l'enfance de Cat.

À la tombée du soir, elle manifesta le désir d'aller nourrir les rats. Lançon s'y opposa, son idée était d'attendre le retour de Cat dans la baraque. Et puis la vieillarde était trop faible. Mais elle fit un tel scandale qu'il céda, craignant qu'elle ne compromît son plan, qu'il trouvait déjà un peu léger. Elle reprit donc le brassage à mains nues du brouet. Sur fond rouge, les pâtes se détachaient à la façon de gros vers blancs ; trop cuites, malaxées excessivement, elles se délitaient de telle sorte qu'on pouvait penser, en les voyant, au contenu de quelque bol alimentaire après régurgitation. Au sein de cette pâtée gluante, semi-liquide, les ingrédients se touchaient avec un bruit moite, obsédant, si présent que même en fermant les yeux Lançon avait l'impression de voir encore les bras maigres poissés de débris collants. La gorge nouée par la sensation d'une lente coulée indésirable, comme lorsque étant petit on lui avait pris une fois ses empreintes dentaires pour un appareil que par la suite il avait refusé de porter, il la vit verser le produit de ses savantes manipulations dans un seau où pourrissaient déjà toutes sortes de détritus. En proie à la nausée, Lançon fut pris d'un fou rire nerveux qui fut accueilli avec indifférence. Joubert haussa les épaules : « Ils ont faim, y meurent de faim. Peux pas les laisser comme ça. Sont restés déjà plusieurs jours sans aide. » En fait, les rares animaux du coin avaient largement de quoi subsister, avec toutes les décharges sauvages alentour. Mais elle persistait depuis des années à se rendre tous les soirs dans les égouts. Les rats, miraculeusement préservés par l'abri, avaient néanmoins muté, et elle prétendit qu'ils étaient devenus intelligents. Seule Joséphine connaissait l'accès et pouvait les approcher. Sans elle, ils mourraient. Forte de sa démonstration, chaussée de bottes en caoutchouc, elle sortit donc accomplir sa besogne. Lançon resta à l'intérieur, cloîtré dans ce trou puant l'urine. Comme un cafard, songea-t-il.

Au tout début du siècle, lorsqu'on commençait à fabriquer des véhicules entièrement recyclables, les récupérateurs de ferraille s'insurgèrent : à terme, c'était leur profession qui disparaissait. Mais leur révolte fut sans effet sur les déterminismes économiques, et petit à petit les casses durent fermer.

Roger Cazzoli, au lieu de vendre, racheta les stocks de ses concurrents et s'agrandit. Il acquit des terrains, repoussant toujours plus loin les limites de son empire de rouille. Tout le monde le traitait de fou, mais il disait que les habitués ne laisseraient jamais tomber, que venir démonter une pièce sur une épave avait plus de charme que d'en acheter une neuve dans un magasin. Pour sa part, il était persuadé que chaque élément de ce grand tout avait un passé, peut-être même un passé tragique. Par exemple, il était facile d'imaginer que ce volant — dix crédits maximum — avait perforé la cage thoracique de quelque présentateur tridi. Cette paire de pneus neufs, cinquante crédits, n'avait-elle pas roulé sur le corps d'un motard ?

Les faits lui donnèrent raison, les amoncellements de tôles laminées par le soleil et les pluies continuèrent d'attirer du monde. Curieux qui imaginaient les impacts d'après les déformations des carrosseries, passionnés de vieux modèles en quête d'un enjoliveur rare, personnes veuves venues rendre un dernier hommage au véhicule qui leur avait ravi un être cher…

Mais il venait aussi des visiteurs indésirables. À l'intérieur du gigantesque dédale de carcasses, toutes sortes de marginaux pouvaient trouver refuge. Le fait est que, régulièrement, Cazzoli devait acheter de nouveaux robots gardiens. De taille et de morphologie canines, ces engins s'attaquaient dès la tombée de la nuit à tout ce qui vivait ; dotés de mâchoires en acier, ils ne faisaient pas de quartier. Mais l'autre jour encore, il en avait trouvé deux détruits. Et à coups de laser cette fois.

Il pensait aux frais que cela engagerait, tout en vérifiant les comptes avec une petite machine. La porte de la roulotte s'ouvrit. Il tira un trait pour se souvenir où il en était, posa le crayon sur son oreille, puis leva les yeux vers le nouvel arrivant. Manifestement dans un drôle d'état. Mal rasé, les vêtements sales et chiffonnés. Sûrement un chômeur qui cherchait un petit boulot. Cazzoli prit son air le plus rébarbatif mais n'eut pas le temps de parler : un flic. Il examina la carte, qui avait l'air correcte. Brigade criminelle de Marseille. Que venait-il faire ici, celui-là ? Cazzoli n'avait parlé à personne de ses problèmes de gardiennage. Il n'aimait pas trop les policiers. La dernière fois qu'il avait eu affaire à eux, c'était pour un contrôle sur des épaves. De temps en temps, Cazzoli remontait un véhicule et le vendait comme occasion. Mais personne n'avait jamais rien pu prouver. Le ferrailleur décida d'attendre que le flic déglingué lui parlât, ce qui ne tarda pas :

— Je suis à la recherche d'un dangereux criminel, voici sa photo. Vous ne l'auriez pas vu ?

— Non. J'me souviens pas d'avoir vu c'type ici. Il a fait quoi ?

— Il tue des gens, voilà ce qu'il fait. Dites-moi, quelle est la superficie de votre terrain ?

— J'en sais rien. Moi, j'estime ça à vingt-cinq kilomètres carrés, à peu près. Pourquoi, vous pensez qu'il est là-dedans ?

— Probablement.

— Eh ben, j'vous souhaite bien du plaisir ! Z'avez intérêt à demander du renfort.

— Pas question, je veux me le faire tout seul. Il y a trop longtemps que je cours après.

— Z'êtes un héros, alors ?

— Si on veut. Vous avez un vieux camion Berliet ici ?

— Des vieux camions, il y en a des tapées, au fond. Il faut marcher jusqu'au grand entrepôt qu'on voit, droit devant. Après, vous tournez à gauche, il doit y avoir une grue, une machine à comprimer le métal, et derrière c'est les vieux clous. Des Berliet, j'crois qu'j'en ai quatre ou cinq là-bas. Si vous revenez, vous pourrez me raconter, moi ça fait des années que j'y ai pas mis les pieds.

— Merci. On ne peut pas y aller en aéro ?

— Et pour atterrir où ? Dites, vous êtes sûr de vouloir…

— Oui, pourquoi ?

— J'peux revoir vot' carte ?

— Tenez, et ne mettez pas deux heures.

— Z'avez bien besoin d'une douche. Vous lui courez après depuis longtemps ?

— Des semaines. Mais là, ça chauffe. Je suis tout

près. J'aurai bien le temps de me laver après. Je me ferai même un bain à l'essence de rose.

L'évocation de l'eau chaude et du parfum amena presque aussitôt des visions de corps féminins. Il quitta la roulotte, clignant des yeux sous le soleil, l'esprit échauffé par le fantasme de coïts sans fin, avec une femme qui tour à tour lui apparaissait sous les traits de Sarah Beauclair, Michèle Aubert ou Anne Chavassieux.

Mais dans quelques heures, tout aussi bien il serait mort.

— Et maintenant ?

— C'est simple : Alberti m'a balancé son dealer, peu importe qui c'est. L'affaire intéresse donc les Stups, puisqu'il y a infraction à la législation sur les stupéfiants. À partir de là, on s'en sert comme prétexte pour déclencher une procédure d'incidence, avec perquisition et tout le tremblement. J'emmerde Griffier qui ne peut rien dire, je n'ai besoin de l'autorisation de personne, on fait ça à toute berzingue pour éviter les fuites, et avec un peu de chance on coince Savelli sur les lieux.

— Pas mal. Et Cat dans tout ça ?

— Il est peut-être tout près, si ça se trouve Savelli le connaît. Bon, on envoie le grand jeu. Accrochez-vous, doc, ça va secouer.

— Vous vous amusez bien, on dirait.

— Comme un petit fou.

ÉGLISE DU RENOUVEAU APOSTOLIQUE. La plaque de cuivre brillait, régulièrement astiquée par quelque novice zélé ; polie, rassurante, comme neuve. Il s'en dégageait une impression de respectabilité certaine.

La porte, en fer forgé et verre martelé, large de deux mètres et haute de trois, devait peser plusieurs tonnes et aurait résisté à n'importe quelle attaque mécanique. Au-dessus, une caméra vidéo reliée à un poste de surveillance.

Tout autour, façade de pierre taillée, escaliers de marbre blanc, autant de signaux visuels destinés à accentuer encore la ressemblance entre le bâtiment et ceux d'alentour, que ce soit la Banque de France un peu plus loin, les locaux d'une grande compagnie d'assurances juste en face, ou les nombreux hôtels particuliers tout au long de l'avenue. Savante mise en scène, cette apparence bourgeoise n'était pourtant qu'un masque trompeur.

De même, Armand Bertillon n'était qu'un leurre. À le voir ainsi, jean élimé, barbe et cheveux longs, personne n'aurait pensé que cet homme accompagné d'une fille rousse en veste à franges appartenait aux forces de police.

Inspecteur en civil de la Brigade d'Intervention rapide, Bertillon était habitué de longue date à investir les lieux les plus fermés. Pour lui, même si l'opération comportait des risques, elle lui paraissait d'une grande facilité : il devait juste se faire ouvrir, saboter les systèmes d'alarme et s'occuper du planton. Avec lui, Agnès Alberti, suffisamment droguée pour rester tranquille, mais pas au point de ne plus tenir debout.

Rapide, propre et discret, le travail fut exécuté comme prévu. Moins d'une minute après, prévenus par contact radio, Astier, des Stupéfiants, ainsi que

Canavese et ses hommes, faisaient irruption dans le hall. Bertillon se livra à une première estimation :

— Pas de caméra à l'intérieur, ni le moindre détecteur sur les portes. J'ai fouillé le type, il n'a pas de beep sur lui. À mon avis, ils ne se méfiaient pas tant que ça.

— Restez posté ici et gardez le contact avec mon groupe. Si quelqu'un de l'extérieur se pointe, prévenez et faites comme convenu. Gardez l'œil sur Alberti et souvenez-vous : personne ne doit sortir par ici. Il n'y a aucune autre issue d'après mon plan. Il va falloir agir vite. Bastian, en haut. Novaro, à gauche. Moi, je prends le couloir.

Chacun partit dans sa direction avec ses hommes, l'arme au poing.

À gauche, une cour intérieure, avec jardin japonais. En face, un grand escalier ; à droite, un long corridor qui semblait rejoindre une autre aile du complexe. Canavese prit dans cette direction, ouvrant systématiquement toutes les portes, notant distraitement que tout avait été fraîchement repeint. Des cris, des bruits étouffés lui parvenaient de l'étage, mais il n'y prêtait pas attention. Il progressait avec détermination, persuadé d'avoir à affronter une résistance acharnée. Mais il n'y avait personne.

Tout au bout, une double porte, fermée à clé. Une décharge de laser, et, dans la fumée et la pénombre, il se rua dans ce qui paraissait être une salle de classe.

Une jeune femme se jeta sur lui avec un cri rauque. Il esquiva et lui porta une manchette sur la nuque. Puis il lui passa les menottes et se redressa. Devant lui, des dizaines d'enfants le regardaient avec effroi. Il voulut leur parler, les rassurer, mais ils se mirent à hurler comme s'il était l'incarnation du démon en personne. Pétrifiés derrière leurs pupitres, les yeux écarquillés et cernés, ils se tenaient raides dans leurs uniformes noirs, se contentant de manifester leur angoisse sans oser bouger, comme si se mettre à courir eût été sacrilège. Seul un d'entre eux ne réagissait pas. Prostré, nu, le crâne rasé, il récitait des mantras à genoux dans son coin. À son cou, une chaîne était passée, portant l'écriteau NE ME PARLEZ PAS, JE SUIS PUNI. Comme aucun d'eux n'était armé, Canavese laissa un homme pour les surveiller et il poursuivit jusqu'à rejoindre le groupe de Bastian. En s'éloignant, il les entendit qui criaient encore.

Les fidèles s'étaient regroupés dans une sorte de sacristie au centre de l'édifice. Véritable rempart vivant, ils abritaient de leurs corps les responsables locaux, qui avaient ouvert le tir. Les Brigades d'Intervention rapide ne savaient que faire et attendaient la venue d'experts en négociation. Après le cessez-le-feu, un relatif silence avait envahi les locaux : on n'entendait que les toux rauques des adeptes et le grésillement des talkies-walkies.

Canavese avait demandé qu'on apporte au fur et à mesure toutes pièces à conviction saisies dans les locaux. On avait trouvé de la drogue, mais également des effets personnels de Savelli, ainsi qu'une liste de codes d'appel des responsables, qui fut digitalisée aussitôt. Canavese prit un micro et demanda à parler à Paix sacrée. Au bout d'un moment, une voix amplifiée lui répondit :

— Que veux-tu, Canavese ? Je n'ai rien à te dire. Vous attaquez un lieu saint, vous irez en enfer pour cela.

— Tu ne m'avais pas dit que tu fricotais dans le genre mystique.

— Mon appartenance à l'Église ne regarde que moi. Tu te repentiras de ton acte.

— Vous avez du beau monde chez vous, je sais. Seulement voilà, mon vieux : Alberti a craché le morceau. Sur la dope, sur les filles, sur Florence que t'as descendue un soir d'octobre dernier… Alors, qu'as-tu à répondre ? Je suis avec les Stups, le quartier est bouclé. Je crois que tu ferais bien de te rendre. On vient juste pour toi et les autres dirigeants. Les simples adeptes ne seront pas inquiétés. D'ailleurs, on n'a pas riposté quand vous avez tiré. Laisse-les partir et rends-toi.

— Jamais !

Canavese insista un moment, mais on ne lui répondit plus. Les fidèles s'étaient mis à chanter, une mélopée triste et lugubre, tandis que l'un d'entre eux faisait le tour du groupe en l'aspergeant d'un liquide transparent. Une sorte de rituel de purification ? Les hommes attendaient, le doigt sur la gâchette, qu'on leur ordonnât d'envoyer les gaz. Canavese, après en avoir discuté avec Berthold qui dirigeait les Brigades d'Intervention rapide, décida de donner l'ordre.

Mais au moment où les hommes allaient exécuter la consigne, Savelli se montra au centre du groupe et leva les mains en l'air. Croyant à une reddition, tout le monde attendit. Alors Savelli pointa son arme vers le sol et tira. Aussitôt, une vague de feu submergea la sacristie, et les gens se mirent à brûler vifs. L'odeur des chairs grillées s'étendit rapidement, tandis que les policiers, stupéfaits, alertaient les pompiers et demandaient du renfort. Les flammes bondirent à l'assaut du faux plafond, qui commença à s'écrouler en dégageant force fumées. Canavese prit les dossiers et les preuves, puis il se mit à courir vers la sortie, bousculé par les hommes fuyant le brasier qui se propageait à toute vitesse. Parvenu au-dehors, il organisa le rapatriement des survivants, alors que d'épaisses volutes noires montaient dans le ciel rougeoyant. Le groupe d'enfants était en sécurité dans un car de police, et les premiers hélicoptères arrivaient au loin, les soutes pleines de l'eau graisseuse qu'ils avaient ramassée au large de la rade de Marseille.

Canavese vit le visage du petit qui était puni. Il ne devait pas avoir plus de sept ans. Il s'approcha. Les enfants se mirent à crier à nouveau. Des adjoints en uniforme tentaient maladroitement de les calmer. Canavese entraîna le gamin dehors :

— N'aie pas peur, je suis policier, nous venons pour vous aider.

L'enfant ne répondait pas, terrorisé. Canavese insista :

— Je veux juste m'occuper de toi. Tu as peur, hein ? Dis-moi, quel est ton nom ? Comment t'appelles-tu ? Où sont tes parents ?

D'une toute petite voix cassée, le jeune garçon répondit :

— Je ne sais pas. Je ne connais pas mon papa et ma maman. Mes vrais parents, c'est la Famille.

— Et ton nom ?

— On ne me l'a jamais dit. Ici, on m'appelle Perroquet, parce que je suis bavard. J'ai été puni hier. Mais je crois que c'est fini maintenant.

— Oui petit, tu as raison. C'est fini. Il faut tourner la page.

Quel désastre, songea-t-il. On l'a littéralement déraciné, arraché à sa famille, brisé, remodelé dans une nouvelle identité. Et peut-être que Cat lui-même a vécu quelque chose d'analogue. Tout à l'heure, quand ils sont morts brûlés, qui sait s'il n'en faisait pas partie ? Le pire serait de ne jamais savoir et de vivre dans l'attente du prochain crime.

Lançon marchait depuis longtemps dans le cimetière de métal. Les rayons du soleil rebondissaient sur les tôles, myriade de chatoiements qui imprimaient au fond de ses rétines autant d'idéogrammes vides de sens. Les voitures, empilées par dizaines, formaient des tas hauts d'une trentaine de mètres environ, entre lesquels de larges passages étaient ménagés pour la circulation des robots de manutention. Cazzoli mentait lorsqu'il prétendait qu'il n'y avait pas de place pour atterrir en aéro. Lançon le soupçonnait de vouloir préserver son territoire de toute intrusion policière. Mais, comme il s'en aperçut par la suite, par endroits la configuration du terrain avait provoqué des affaissements partiels, et les amoncellements de carcasses se rejoignaient, formant une voûte inquiétante, sorte de chute immobile, *statu quo* qu'un rien pourrait rompre, provoquant un effondrement fatal.

Perdu dans cet enchevêtrement d'acier, Lançon se fiait, faute de mieux, aux indications de Cazzoli. Mais le grand entrepôt disparaissait souvent derrière les méandres, et il devait effectuer nombre de détours.

Il suivait la trace B-233, code mystérieux bombé à la peinture rouge sur les épaves, signe laissé par des visiteurs inconnus. Cazzoli l'avait prévenu au dernier moment : ces pistes obéissaient à une logique déroutante. La Y-44, par exemple, longeait la périphérie nord puis plongeait brusquement à l'intérieur de l'amas jusqu'à un vieux car de ramassage scolaire où une dizaine de squatters avaient vécu, jusqu'à ce que les robots chiens ne les délogent. Se fier à la E-189 relevait de l'inconscience : elle empruntait les passages les plus périlleux, là où il fallait grimper sur des capots glissants, franchir des vides vertigineux avec des cordes tendues au-dessus des broyeurs mécaniques, à croire que le parcours avait été établi à la manière d'un test, comme si ceux qui l'utilisaient s'étaient mis au défi d'aller jusqu'au bout de leur propre folie. La K-15 ne menait nulle part : tôt ou tard, on se retrouvait au point de départ. La A-177 avait la particularité de voir ses repères s'espacer peu à peu jusqu'à des intervalles de cinquante mètres, pour finalement disparaître en plein dédale. Et tant d'autres... Cazzoli semblait intarissable sur le sujet, Lançon regrettait à présent de n'avoir pas prêté plus d'attention à son bavardage. En trois jours de marche, les précieuses informations s'étaient mélangées dans sa mémoire. Heureusement, après l'avertissement du propriétaire, il avait pris la précaution de se munir d'un sac à dos dans lequel il avait enfourné lampe torche, gourde, provisions et sac de couchage.

La trace B-233 était sûre jusqu'à l'entrepôt ; au-delà, elle ne valait plus rien. Pour joindre ensuite le secteur où se trouvaient les vieux camions diesel, le mieux était de se fier à la boussole. Ou, à défaut, à son sens de l'orientation.

Il atteignit la nécropole des véhicules utilitaires à l'aube du quatrième jour, alors que le vent se levait.

Frissonnant dans l'air humide et frais, il sourit de ses lèvres desséchées, indifférent aux grincements que les bourrasques arrachaient aux châssis rouillés.

Mais à présent, la notion de danger lui revenait. Il dégaina le laser, vérifia l'état des batteries, puis reprit sa marche, plié en avant en un geste instinctif de protection, pour offrir une cible moins large à un tireur embusqué.

Comme on le lui avait annoncé, trois camions Berliet se trouvaient là ; mais l'état de deux d'entre eux était si pitoyable qu'on avait peine à penser que quiconque y eût pu trouver un abri. Restait le troisième, couché sur le flanc, antédiluvien, en proie à la corrosion. Derrière le mufle trapu, en s'approchant, il vit que les vitres avaient été condamnées avec de la peinture noire. Assurément, c'était là que Cat avait élu domicile. Lançon s'approcha avec mille précautions, se félicitant qu'il y ait un peu de place pour se faufiler autour du camion : s'il avait été obligé de l'escalader, même pieds nus il aurait fait du bruit et aurait donné l'alerte.

Les portes arrière, dégondées, gisaient de longue date sous une pile de pneus. On les avait remplacées par un simple rideau noir. Il se tapit dans l'ombre, le cœur battant, profitant des moindres mouvements du tissu pour tenter d'apercevoir les détails de l'intérieur de la carcasse.

Une forte odeur de charnier était perceptible à présent. Lançon, immobile, moite, se remémorait des descriptions d'appartements de tueurs en série : tapissés de sang ou d'excréments, avec des os ou des organes à même le sol, ou dans des bocaux, ou encore sur les étagères d'un réfrigérateur. En même temps, il s'efforçait de se concentrer en vue de l'action, comme il avait l'habitude de le faire avant un combat. Constamment, il tournait la tête vers l'arrière, s'attendant à voir la silhouette de son adversaire.

Il fouilla dans son équipement, dénicha un petit biofeedback et s'en servit pour sonder la carlingue : négatif. Aucune vie à bord. Il poussa un soupir de soulagement. L'homme s'était absenté, il n'y avait plus qu'à l'attendre. Cela n'avait rien de réjouissant mais il aurait l'avantage de la surprise. Il écarta la tenture et entra.

À quelques mètres de lui, Cat l'attendait.

Pendu au bout d'une corde.

XVII

19 août 1987. Aujourd'hui, l'oncle Victor nous a emmenés à la plage. Il m'a offert une glace à la pistache et a acheté à Éric une bouée neuve, avec une tête de canard. Éric était si rigolo avec sa bouée que j'ai demandé à l'oncle de le prendre en photo, et il me l'a donnée en souvenir. Je suis si heureuse ici, j'aimerais que les vacances ne finissent jamais. Le soir, il y avait la fête au village, et nous sommes allés écouter de la musique. Papa et maman ont dansé, moi j'ai fait semblant avec Éric, on jouait à s'écraser les pieds. Je suis fatiguée mais contente. Maman m'a donné cinq minutes pour que j'écrive tout, alors je fais vite, elle ne va pas tarder à venir éteindre. Vraiment, je voudrais que l'été ne finisse jamais.

23/12/.32. Aujourd'hui, j'ai rectifié Dominique. Je suis fier de ne pas avoir failli à ma mission, à aucun moment je n'ai hésité. Je crois qu'il n'a même pas eu le temps de me reconnaître. J'ai procédé au rituel avec la même concentration que d'habitude, j'ai éliminé les impuretés du corps, j'ai chassé l'âme de Dominique en avalant son cœur, j'ai invoqué Angéline, et ce soir j'ai recréé Éric, personnage clé dans le monde d'Angéline. J'ai visualisé l'été 1987, l'odeur du sable chaud, les vagues… Je crois que j'ai fait une belle cérémonie. Malheureusement, après ça a été moins amusant : il fallait que je fouille l'appartement pour détruire tout ce qui pourrait me compromettre, j'en ai eu pour un temps fou alors que comme toujours je me sentais si différent, si détaché... La communion était si forte, et juste après, cette tâche sordide de vulgaire cambrioleur... J'ai aussi emporté le petit carnet, et il m'a donné une idée : si je m'en servais pour mes prochaines victimes ? Au lieu de m'en remettre au strict hasard, pourquoi ne pas détruire les clients du Neurotica *? Éliminer Dominique ne suffit pas, je voudrais qu'on rase cette saleté de boîte, qu'on étripe tous ces porcs... Je ne peux pas me les faire tous, bien sûr, mais il me suffirait d'en choisir quelques-uns... Oui mais comment ? Le plus conforme serait de respecter le hasard. D'un autre côté, je suis tenté de prendre les plus beaux spécimens, ceux sur qui les commentaires sont les plus éloquents. C'est bien délicat. Il faudra que j'y réfléchisse. En tout cas, c'est une idée qui me plaît bien, et je me promets de trouver une solution et de la mettre en pratique avant la fin de ce mois.*

Couvert d'une pellicule de sueur aigre, Lançon déchiffrait avec fièvre les feuillets jaunis, indifférent au va-et-vient incessant des grosses mouches bleues entre son corps et celui de Cat, toujours pendu, qui commençait à se décomposer.

Il avait trouvé la malle au fond de l'épave, grande ouverte. Une étiquette cousue sur un col de chemise lui avait appris que les souvenirs à l'intérieur appartenaient autrefois à Angéline Orsellini, probablement une parente de la famille Germain. Cat était entré en possession de la caisse en bois, y avait trouvé le journal intime et l'avait intégré à son délire meurtrier. D'ailleurs, les objets qui s'entassaient au fond ressemblaient à ceux qu'il avait vus sur les photos des rapports d'autopsie. Des jouets en mauvais état, vieux, usés : trousse d'écolier, balle de ping-pong, poupées, bâtons de glaces qu'une gamine de douze ou treize ans avait suçotés dans un passé lointain et qui avaient à présent pris une teinte uniformément grisâtre.

Parmi le bric-à-brac, il avait trouvé également le journal de Cat. Lançon établissait la correspondance exacte entre les deux textes, il identifiait peu à peu les passages relatifs aux différents meurtres : l'ours en peluche de Salvetti, un cadeau d'anniversaire, la carte postale, un séjour en Tunisie que les parents d'Angéline avaient gagné à un jeu-concours ; le livre de cuisine, une évocation mélancolique de la maman d'Angéline et de ses bons petits plats ; la première montre d'Angéline avait fini sa carrière autour de l'orteil d'un Asiatique ; la chaussure en cuir avait fait souffrir Orsellini père, qui avait décidé au beau milieu d'une réception qu'il préférait rentrer à la maison plutôt que de passer toute la soirée à la supporter ; la balle de tennis, souvenir d'une leçon avec oncle Victor ; le ticket de cinéma, relique d'une sortie du samedi soir, un dessin animé américain ; l'assiette avec les poissons en plâtre, envoyée par une tante à madame Orsellini, déclarée hideuse et cachée dans une armoire, avait d'une certaine façon connu une gloire tardive ; la première bouée d'Éric ; Leuris avait hérité d'un gant de ski ramené d'un séjour en Suisse… Le psychiatre avait raison, il se dégageait de tous ces objets un parfum suranné, un relent d'oisiveté, l'univers douillet d'une enfant gâtée, entourée de nounours et de guimauve. De quoi rendre férocement jaloux Cat, le gueux dont l'enfance ressemblait à un roman d'Émile Zola.

Il y avait aussi quelques photographies noir et blanc, au dos desquelles on pouvait lire *Angéline le jour de ses 15 ans*, *Visite au Mont-Saint-Michel*, *Pique-nique à la Sainte-Baume, mai 1981*, et tant d'autres, ocre, passées, poussiéreuses, floues…

Sous une paire de ballerines à la pointe émoussée, le petit Datadisc du docteur Baumann, ainsi que trois disques dénués de toute inscription. Lançon avait patiemment recherché l'enregistrement des séances de Cat et avait écouté avec stupeur la dernière qui s'achevait sur le râle d'agonie du psychiatre.

Depuis plusieurs jours, Lançon accumulait les preuves dans son Police Data et effectuait de fréquents transferts au central par ondes courtes. Bien qu'il eût cassé les vitres du camion, il régnait une chaleur étouffante dans la carcasse de métal, et l'air semblait comme épaissi ; exténué, poisseux, dégoulinant, Lançon continuait néanmoins avec obstination, digitalisant à tout va, sans distinction, le contenu des journaux, le carnet de Combes, les photos, les objets, avec une ardeur irréelle, entrecoupant son odyssée hallucinée par des plongées brutales dans un sommeil comateux, tandis que ses réserves en eau potable s'épuisaient inexorablement.

C'est ainsi qu'on le trouva un matin à l'aube. Des hommes habillés en battle-dress et combinaison antirayons, casqués, firent irruption l'arme au poing, le surprenant nu, le regard dans le vague, au milieu de l'épouvantable odeur de charogne répandue par la dépouille de ce qui avait été Cat.

Serge Lançon, profondément choqué, fut admis sous bonne garde dans une clinique privée. Pris en charge par le professeur Brugier, il compléta peu à peu le puzzle. Dès qu'il le put, il accepta de parler de la peu orthodoxe enquête l'ayant conduit jusqu'à la découverte du corps de Cat, ainsi que de la brève période de claustration dans l'étrange mausolée de fer rouillé. Il était resté deux jours en compagnie du cadavre, rassemblant pêle-mêle tout ce qui pouvait servir de preuve. Puis il était tombé dans un état d'abattement : il n'avait plus aucun but qui le soutînt. Heureusement pour lui, une patrouille avait retrouvé l'aéro garé en face de l'entreprise de démolition. Comme l'appareil était recherché, une opération avait été déclenchée aussitôt : un repérage infrarouge par satellite avait servi à établir tous les points de la casse où une poche de chaleur subsistait la nuit tombée. On avait écarté provisoirement les secteurs ouest et est, ainsi qu'un groupe de douze personnes qui squattait les carcasses, car il était peu probable que Lançon eût rejoint d'autres humains. Il restait quatre points, on dénicha deux clochards et un ermite un peu fou qui se livrait à des méditations en haut d'une grue désaffectée.

Cazzoli s'était borné à répéter ses vagues indications, auxquelles la police n'avait prêté aucune attention. Il assura n'avoir jamais pris Lançon pour un inspecteur, il était trop sale et avait l'air drogué.

Rapidement, les entretiens convainquirent Brugier que Lançon était tiré d'affaire à présent, mais celui-ci demanda néanmoins à entreprendre une psychothérapie.

Une grande confusion régnait au-delà des murs immaculés de l'institut de soins. La liste de codes d'appel saisie dans les locaux de la secte, une fois passée à l'annuaire inversé, révéla, outre le nom de Savelli, celui d'un inspecteur de la Mondaine ainsi que ceux de trois conseillers municipaux et du maire en personne. En conséquence s'abattit une vague d'arrestations pour complicité de meurtre, proxénétisme, infraction à la législation sur les stupéfiants et non-assistance à personne en danger. Un énorme scandale politique déstabilisa profondément la communauté marseillaise. Toute la police en fut éclaboussée, en particulier la Brigade criminelle ; le commissaire Griffier subit une remontée de bretelles sans commune mesure avec celle qu'il administra à Canavese, qui encaissa stoïquement. Laisser tomber l'orage, se disait-il. Il savait qu'on ne pouvait se passer de lui à la Criminelle.

Le maire, lui, avait fui. En Amérique du Sud, disait-on.

— Nerveux ?

— Non, c'est juste que je me sens crevé.

— Vous êtes en manque, hein ?

— Qu'est-ce que ça peut vous foutre ? Oubliez-moi un peu. C'est mon problème.

— Comme vous dites. Je suis ravi que ce ne soit pas le mien.

Bastian se le tint pour dit et n'adressa plus la parole à Lançon jusqu'à la porte vitrée de la salle de réunion. Il allait frapper lorsque Lançon le retint par la manche.

— Écoutez, on ne pourrait pas m'avoir juste... je ne sais pas moi, des anxiolytiques, ou un hypnotique léger ? Cela m'aiderait à… Je ne tiendrai pas le coup sinon.

Bastian toisa son prisonnier. Il eut un regard de mépris, puis de pitié. Il haussa les épaules, poussa un soupir et lâcha :

— Venez avec moi, on va voir ce qu'on peut faire.

Il le guida jusqu'à la brigade des Stupéfiants, entra en pourparlers avec l'officier de garde qui consentit à leur remettre du Séconal, que Lançon avala sans eau, debout dans le couloir trop éclairé qui lui brûlait les rétines. Puis ils repartirent vers leur destination initiale.

Lançon se forçait à respirer lentement. Il était crispé de la tête aux pieds.

Lorsqu'ils entrèrent, il fut frappé par le regard venimeux que lui adressa Canavese, qui triturait une cigarette dans le cendrier et la tordit brusquement, une lueur féroce dans les yeux.

Griffier ne quitta pas son expression glacée et distante.

Brugier lui fit un signe de tête courtois et s'interrompit dans son exposé, désignant d'un hochement de tête un petit terminal :

— Monsieur Lançon. Entrez et installez-vous. J'étais en train de leur faire un exposé sur Cat. J'espère que cela vous intéressera également. J'ai fait une synthèse de vos informations et de celles contenues dans le Datadisc et les carnets personnels de Cat, et j'ai pris quelques notes. Vous pourrez ainsi rectifier mes erreurs éventuelles.

— Je ne me sens pas en état de rectifier quoi que ce soit.

Il se laissa choir sur une chaise en plastique orange, prit une allumette dans le paquet de Canavese et se la coinça entre deux dents. Le psychiatre reprit son exposé :

— Comme je vous le disais, je vais faire une synthèse de différentes sources : à partir des enquêtes parallèles effectuées par nos services et par monsieur Lançon, ainsi que le Datadisc de feu mon confrère le docteur Baumann, et les déclarations de madame Joubert.

Griffier, recroquevillé dans son fauteuil, semblait partagé entre son intérêt pour ce qui se disait et une relative impatience. Et pour cause, pensa Lançon. Après, ils vont me régler mon compte.

Canavese ne le quittait pas des yeux.

— Cat est né probablement à Toulon, au début du siècle, les toutes premières années de sa vie ainsi que sa véritable identité sont et resteront un mystère. Nous verrons d'ailleurs que cela tient un rôle déterminant dans l'évolution de ses troubles. Très tôt, il est recueilli par Joséphine Joubert, une femme n'ayant pas toute sa raison, obsédée par la faim et la nourriture. Elle s'occupe de tous les chats du quartier, ainsi que de tous les animaux qui passent à portée. Il semblerait qu'elle ait recueilli Cat comme un animal, d'ailleurs il mange lui aussi à sa faim, mais ne reçoit aucune affection et, malgré les déclarations de la femme, je pense qu'il a dû subir de mauvais traitements. Une chose est certaine car cela apparaît lors de la tentative de thérapie chez Baumann : non seulement il n'est pas scolarisé, mais en plus il est réduit à l'état d'esclave. Il charrie constamment des seaux remplis de bouillie malodorante, il nettoie des litières pleines d'urine, lui-même dort dans un lieu en permanence souillé de déjections de chats…

— Charmant.

— De plus, les frais occasionnés par tous ces pensionnaires font que lui et la veuve Joubert vivent dans de mauvaises conditions, sans aucun confort matériel, pas d'eau chaude, peu de chauffage… Pour toutes ces raisons, il finit par concevoir une haine implacable pour la gent féline.

Canavese alluma une autre cigarette, sans en proposer à qui que ce fût. Brugier ne lui accorda qu'un regard distrait.

— Il n'est pas nommé : le gamin, le gosse, petit vaurien… Les appellations varient constamment, mais à aucun moment Joséphine n'éprouve le besoin de lui attribuer une identité. Nous verrons par la suite à quel point ce manque va conditionner l'orientation des crimes de Cat.

» Il rencontre une bande de gamins des rues : chapardages, premiers joints, jeux sexuels… L'orientation homosexuelle apparaît probablement à cette période.

» En .13, il achète aux puces un vieux fusil lance-harpon pour la pêche sous-marine. Il s'en sert sur les chats. Ceux du quartier, puis ceux de Joséphine. Il devient très adroit au tir, et il prend l'habitude de manger avec ses camarades de jeux la chair des chats en la faisant cuire sur des bûchers improvisés. C'est à cette époque qu'il se fait appeler "Cat Killer", ce dont il est très fier, mais le surnom se raccourcit bientôt en "Cat".

» Un jour de novembre .13, un camarade le met au défi de manger du chat cru. Cat détruit la cage thoracique de l'animal avec une barre en fer et avale le cœur cru. Cette première expérience s'associe à un violent orgasme, et Cat rentre grisé chez lui. Mais Joséphine, dont les compagnons à quatre pattes se sont raréfiés, trouve sur lui des traces de sang et des poils, et, intuitivement, elle comprend ce qui se passe. Elle le chasse. Il s'enfuit mais revient le soir même, vole les économies de la vieille dame et met le feu à la maison. Joséphine se réveille, parvient à maîtriser l'incendie, mais ne fera jamais reconstruire la partie détruite. Cat trouve refuge dans une carcasse de camion, à l'intérieur de la gigantesque entreprise de démolition de M. Cazzoli, juste en face de la maison.

» Un jour de février .14, Édouard Abadi recueille Cat. C'est un Noir qui loge dans un squat du quartier Saint-Roch, en surface, et vit de vols et d'escroqueries. Il monte une arnaque avec le garnement, qui attire les homosexuels à la sortie des cinémas pornographiques, jusqu'à des lieux isolés où Abadi les braque. L'homme noir bat souvent Cat et lui mène la vie dure. Cat le déteste et finit par détester les Noirs en général. Cette attitude raciste réapparaîtra par la suite, mais sans pour cela motiver le meurtre de Noirs, comme si ceux-ci ne faisaient pas des victimes dignes d'intérêt. En attendant, Cat se venge sur les chats, qu'il a appris à tuer lentement, pour faire durer son plaisir.

Griffier écoutait, pensif, se grattant le nez sans s'en rendre compte.

— Cat a grandi. Abadi le bat moins et lui fait plus confiance. Ils commencent tous deux à vendre de la drogue, tout en continuant les braquages. Un soir d'avril .19, Abadi tombe sur pire que lui et meurt d'une balle dans le ventre. L'homme qui l'a tué s'en prend à

Cat et le viole. Livré à la rue, Cat erre avec ce souvenir ambivalent de souffrance mêlée de plaisir, qui déterminera de façon définitive son orientation homosexuelle. D'avril .19 à février .22, il se prostitue dans la basse ville de Toulon et vit dans un foyer d'immigrés sur le cours Lafayette où, sous le pseudonyme de Gilles Deret, il entretient une liaison avec le patron du foyer pour qu'il l'héberge gratuitement. Ce côté « entretenu » reviendra plus d'une fois dans son existence. Pour survivre, il achète de la drogue, la revend, et racole dans les boîtes de jazz. Il rencontrera également un antiquaire et échangera contre ses charmes les pièces d'un jeu d'échecs qu'il convoite, manquant tuer l'homme lorsque celui-ci rompra le marché en détruisant la reine des pions blancs. Il est à noter le parallèle intéressant, établi par Baumann, entre la quête acharnée d'une pièce qui puisse remplacer la « dame blanche », symbolisant probablement l'imago maternelle absente, et la vente d'héroïne qu'on surnomme précisément la « dame blanche ».

» Cat rencontre Gérard Demaria, batteur de jazz, et s'installe chez lui, au 10, rue des Riaux. Il écoute de la musique, fréquente le magasin *Wanderer* et collectionne des raretés, puis se prend d'intérêt pour l'anglais, qu'il étudie par correspondance. Il vend toujours de la drogue. Il passe son permis de conduire un véhicule de surface, s'inscrit en fac d'anglais à Aix-en-Provence. Lorsqu'il trouve un petit emploi à la bibliothèque universitaire, il quitte Demaria et s'installe dans un camping près du campus d'Aix, où il occupe gratuitement une caravane à l'année en échange de menus travaux.

» Sa vie semble s'organiser. Peu à peu, son goût

pour les études, même s'il est un peu tardif, laisse entrevoir une intégration sociale possible. Timide et naïf, Cat, sous le nom de Deret, est peu apprécié de ses camarades, tout au plus toléré, ce qui lui suffit. Mais les problèmes réapparaissent au bout d'un temps : Cat, se sentant vide de tout passé, de toute identité véritable, a pris l'habitude de constituer des biographies d'inconnus rencontrés au hasard du campus. Il les interroge sur leur enfance, leur vie de famille, tout ce dont il a été privé. Un jour qu'il interviewe une jeune fille, il déclenche une scène de jalousie et se bat avec un étudiant arabe, qu'il blesse d'un coup de couteau. Il racontera plus tard cet incident avec fierté, car son racisme contre les Noirs s'est entre-temps étendu à différents groupes ethniques.

» Il échoue à ses examens en septembre .25, lors d'une épreuve orale avec un professeur qui justement est noir. Cat se venge sur le chien de l'enseignant, avec lequel il expérimente ce qui deviendra par la suite son *modus operandi* : il dévore le cœur de l'animal. Son forfait est découvert, on le chasse de la faculté. Il s'installe dans une chambre de bonne à Toulon, se terre pendant le Conflit, prend l'identité de Jean Pellegrin, trouve des petits emplois, continue de vendre de la drogue et de se prostituer. Travaille en intérim comme éboueur pour la ville de Toulon, déménage encore et achète un van, véhicule assez spacieux pour transporter facilement des corps…

» Le 5 juin .29, dans un sex-shop, il rencontre Dominique Combes, dont il tombe éperdument amoureux. Combes l'amène à la boîte gay *La Mare*, lui présente José Gambini. Cat prend un appartement à Marseille, cherche du travail sous la nouvelle identité de Roland Weber. Période heureuse, où semble se constituer quelque chose qui ressemble à la cellule familiale qui lui a tant manqué. Mais il est trop tard : Cat a déjà acheté un laser, et il a envie de s'en servir…

» Il fait connaissance avec Robert Ponsart, un voisin, qui lui parle du Dr Baumann. Il prend contact avec le thérapeute, entreprend une série de séances au terme desquelles il sent qu'il est trop près du passage à l'acte pour qu'un psychiatre, aussi brillant soit-il, puisse l'aider. Il est prêt, il n'attend que l'occasion.

Canavese se pencha en avant. Son intérêt professionnel se trouvait à présent pleinement éveillé.

— Elle se présente le jour de l'an. Dans un embouteillage, alors qu'il se rend chez Combes, il se trouve derrière une voiture où un gamin lui fait des grimaces. Pris d'une folie meurtrière, il suit les occupants de la voiture jusqu'à ce qu'ils la garent à proximité de leur logement. Il les tue, emporte les corps dans un terrain vague. Il mange le cœur du gamin et sodomise le corps.

— Ah oui, l'affaire Vella, souffla Canavese dans un nuage de fumée.

— Dossier clos en mars .32, précisa Griffier dont seules les lèvres bougeaient, alors que le reste du visage semblait éteint. C'était donc lui.

— En effet… Enivré par son crime, il recommence le 11 janvier, sur la personne d'Élise Ranucci, prostituée, juste pour voir ce que ça fait. C'est plus grisant que sur les chats, lesquels ont de toute façon disparu après le Conflit.

» Le 13 janvier, il achète une vieille malle à la salle des ventes et trouve le journal intime d'Angéline Orsellini, une fillette de 13 ans. Il s'identifie au personnage d'Angéline et l'envie pour le bonheur et les petites joies quotidiennes qu'elle éprouve au sein de sa famille. Il en fait un véritable sujet d'idolâtrie. Peu à peu, l'idée émerge de recréer les personnages contenus dans le journal intime d'Angéline. Il en parle à Dominique Combes qui prend peur. Profondément déçu, Cat quitte son amant, lequel cherche désespérément à le retrouver.

» Le 10 avril .32, il attaque Hélène Sorgues, l'endort avec du chloroforme, la tue et la dépose au bord de l'autoroute. Le lendemain, avec le chéquier de cette femme, il achète des outils de cambrioleur. Il va mettre en œuvre son plan et recréer l'univers d'Angéline. Commence alors la série des meurtres qui le font connaître sous le surnom de Homicide Express, Salvetti, Cohen, Devaulx, Huong No, Mangin, Campoa, Rouvière, tous choisis au hasard au moyen de l'annuaire des Télécom. Il a mis au point un rituel selon lequel il s'empare du corps de ses victimes après en avoir chassé l'âme par une sorte de parodie d'exorcisme, au cours de laquelle il détruit leurs traits. Il offre ce nouveau corps en pâture à l'âme des parents et amis d'Angéline. À la place du cœur qu'il a ingéré, il fait brûler des photos extraites d'un album trouvé avec le journal intime. Pour personnaliser les victimes dans leur nouveau rôle, il laisse chaque fois auprès d'elles un objet qu'il a trouvé dans la malle et qui se rapporte aux souvenirs évoqués dans le journal d'Angéline.

» Le 9 décembre .32, il retourne chez Baumann car il craint de ne pas parvenir à réaliser la fusion avec Angéline. Il ne consulte absolument pas pour des raisons de remords, je tiens à le préciser. Il demande l'aide du psychiatre pour l'aider à acquérir sa nouvelle personnalité. Lorsqu'il comprend que non seulement Baumann ne l'aidera pas, mais qu'en plus il risque de le dénoncer, il l'abat, ainsi que le client qui se trouve dans la salle d'attente à ce moment-là. Il s'empare du Datadisc qui contient son dossier et l'agenda de Baumann. Ainsi, plus aucune trace de son passage. Cat s'en tire bien jusqu'à présent : aucun témoin pour tous ces meurtres, même ceux qu'il improvise.

— Mais que fait donc la police ? ironisa Griffier, tout en commettant un sourire mielleux à Lançon, qui eut brusquement envie d'éclater de rire, sans raison, et se retint.

Brugier, en pleine démonstration, ignora l'interruption et continua de plus belle :

— 14 décembre .32 : Combes est impliqué dans une affaire de stupéfiants et devient un indicateur. Dans le milieu, on commence à parler de lui. Cat le sait et décide de continuer la série d'une façon différente : d'abord avec Combes, puis en utilisant le petit carnet de celui-ci, qui contient les noms et adresses des clients du *Neurotica*. Il veut détruire tout ce qui de près ou de loin a un rapport avec Combes, qu'il considère comme un traître. En attendant, il vit dans une résidence secondaire de la famille Ponsart, à leur insu. Lorsque les parents Ponsart débarquent à l'improviste, il les abat et fait disparaître toute trace de son passage. Il mange le cœur de M. Ponsart.

» Le 23 décembre .32, il tue son ancien amant, tout en écoutant plusieurs fois la même chanson de jazz, qui le renvoie à ses problématiques personnelles, voyez mon rapport du 10 janvier .32 à ce sujet. Il s'installe dans le vieux camion de son enfance, à Toulon, en face de chez Joséphine Joubert. Au début, il ne cherche pas à la revoir.

» Le 30 décembre, il tue Jeanine Lopez, après l'avoir choisie au hasard dans le carnet de Combes. La chance commence à tourner : la jeune femme se débat, le blesse, et il perd une de ses lentilles de contact. En voulant se soigner sur place, il nous laisse des empreintes digitales.

» Le 2 janvier .33, il croit tuer Serge Lançon mais supprime en fait le colocataire de celui-ci, Simon Leuris. De plus, il oublie sur les lieux le carnet de Combes qui lui servait à choisir ses victimes. Lors de la conférence de presse de l'inspecteur-chef Canavese, il entend le nom de Serge Lançon et se rend compte alors qu'il y a eu erreur sur la personne. Lui qui auparavant choisissait ses victimes au hasard est abattu à l'idée que son programme n'a pas été respecté à la lettre. Dans son désir de toute-puissance, il tente d'annuler cette opération par des rituels de purification (entre autres jeûne, d'après ce qu'on a pu constater de l'état de son corps), et veut absolument retrouver Lançon pour reprendre le programme là où il a été interrompu. Il traîne près de chez Lançon (des enquêteurs, une fois qu'il a été identifié, se souviendront l'avoir vu sur les lieux à plusieurs reprises), il interroge les commerçants, en vain. Lançon a disparu. Pire encore, la police le recherche, ce qui veut dire qu'il a très peu de chances de le retrouver avant elle. Déprimé, à bout de forces, il vivote dans sa carcasse de camion, récite des mantras, fait de temps en temps irruption chez Joséphine Joubert pour la molester et lui voler un peu de nourriture. Persuadé qu'il ne réalisera jamais la fusion avec Angéline, il se donne la mort par pendaison le 11 mars .33.

Brugier fit une pause pour juger de l'effet de ses paroles. Tout le monde l'écoutait attentivement, signe que les recherches qu'il avait effectuées pendant des heures sur les documents rapportés par Lançon n'avaient pas été inutiles, loin de là.

Il s'étira sur sa chaise, reprit son souffle et sourit :

— Un des cas les plus intéressants de tueurs en série qu'il m'ait été donné d'examiner. En effet, d'habitude la petite enfance du sujet nous permet de comprendre quels traumatismes ont pu infléchir sa destinée. Là, c'est précisément l'absence d'enfance, le déni d'identité qui génèrent les troubles. Cat présente un sévère et cruel manque de structuration de personnalité : il ne sait pas qui il est, à tel point qu'il finit, après avoir tout essayé pour se réinventer un personnage — et notamment le meurtre — par se supprimer lorsqu'il constate qu'il ne peut vaincre le vide constitutif de sa propre personne. Il est le vide, l'absence, il ne peut que retourner à l'absence.

» Une compensation assez curieuse est cette perversion du mécanisme classique du "roman familial". Nombreux sont les enfants, et particulièrement les orphelins, qui s'inventent une famille imaginaire. Mais Cat, au lieu de s'imaginer une filiation symbolique avec des gens riches ou célèbres comme c'est presque toujours le cas, se constitue dans le réel une famille de bric et de broc à partir de cadavres d'inconnus, puis de cadavres de personnes gravitant autour d'une ancienne liaison. Parallèlement, le personnage d'Angéline croît en lui, le dévore, et finalement l'absorbe.

» Il est frappant de constater comment, à de multiples reprises, alors qu'il est sur le point de mener une vie normale, Cat, par le seul jeu de son désir d'autodestruction, brise les efforts précédemment accomplis, dans une compulsion de répétition négative évoquant l'échec. Ainsi il détruit sa relation, pourtant heureuse, avec Demaria, puis s'attire des ennuis à Aix au point de se faire renvoyer, trouve un emploi d'éboueur mais ne le conserve pas, et sabote le couple formé avec Combes pour finalement régresser, par une sorte de retour aux sources — mais elles sont taries depuis longtemps —, en s'enfermant dans le camion de son enfance, sorte de représentation de la matrice originelle qui lui servira en définitive de tombeau.

» Comme c'est souvent le cas, on observera que les éléments qui ont concouru à faire de Cat un tueur en série auraient pu, sur une autre personne, l'amener à une dépression mélancolique, avec tous les risques suicidaires inhérents, voire une simple psychopathie, et je pense…

Griffier se redressa sur son siège et lui imposa le silence d'un geste de la main. Saleté de psychiatre. Depuis le début il avait raison pour Lançon. Et toujours un baratin séduisant pour rendre compte de ce dans quoi tous les autres pataugent sans rien comprendre. Une explication élégante et audacieuse, qui balaie toute autre tentative de commentaire.

Mais l'important allait se jouer à présent. Griffier le savait, tout le monde le savait qui le regardait : Brugier s'était résolu à abandonner le rôle de conférencier et avait croisé les mains sur son ventre ; Canavese éteignait son mégot, Bastian demeurait coi et Lançon avait cessé de trembler. Si on attendait davantage, qui savait comment son état allait évoluer ? Manifestement, il était drogué, et Griffier se promit de faire la leçon à Brugier sur ce sujet.

Plus tard, plus tard. D'abord, ferrer le poisson ; il s'adressa à Lançon :

— Mon cher monsieur, sans rentrer dans le détail de vos activités passées, qui doivent à mon avis se situer du côté de l'illégalité, car je suppose que vous étiez une sorte de tueur à gages ou de pirate informatique, non ?

— …

— Comme vous voudrez. Donc, sans rentrer dans ce genre de broutilles, je dois vous dire que vous avez, au cours de votre enquête, tout à fait ingénieuse, soit dit en passant…

— Merci.

— De rien, je le pense. Vous avez donc, au cours de cette enquête, fait un nombre remarquable de conneries, que nous n'allons pas laisser passer comme cela. Ça, on peut dire que vous n'avez pas eu peur de vous plonger dans les emmerdements.

— J'y étais jusqu'au cou, ça ne pouvait pas être pire.

— Vous croyez ? Ça, par exemple, quel toupet. Mais tout se paie, cher monsieur, et vous ne vous en tirerez pas comme ça. Enfin… chaque chose en son temps. Je vais d'abord vous citer vos délits : usurpation d'identité d'un fonctionnaire assermenté de la police. Vol de matériel strictement professionnel. Séquestration. Piratage informatique de données à caractère confidentiel. Destruction de biens publics et privés. Coups et blessures. Attaque à main armée. Enlèvement. Chantage, abus de confiance. Bris de scellés sur lieu de crime. Atteinte à la vie privée, et j'en oublie sûrement. Cela vous suffira ?

— …

— Je vois qu'on fait moins le malin. Savez-vous ce qui va vous arriver ?

— On va me coller au trou, je suppose.

— J'ai eu cette réaction au début. Mais, réflexion faite, je crois qu'on peut trouver une solution plus intelligente. En tout cas, c'est ce que prétend monsieur Brugier, qui va vous faire sa proposition. Allez-y, doc.

Brugier fit un sourire amical à Lançon, qui perdit tout à coup son apathie apparente pour adopter à la place une vilaine grimace d'incertitude. Les initiatives d'un psychiatre aussi brillant ne pouvaient qu'être dangereuses.

— J'ai eu du mal à convaincre le commissaire, mais il s'est rangé à mon avis. Monsieur Lançon, j'ai eu l'occasion à plusieurs reprises d'émettre des hypothèses vous concernant, et…

— Abrégez, doc. Que voulez-vous faire de moi ? Un animal de laboratoire ? Des tests, un nouveau type de conditionnement ?

— Aucunement. Je disais que chacune de mes hypothèses s'est toujours vérifiée. J'en déduis que je vous connais bien. Et j'ai depuis longtemps l'intuition que vous avez en vous de nombreux traits de caractère en commun avec les tueurs en série. Vous auriez pu vous-même en devenir un. Car vous avez déjà tué, n'est-ce pas ?

— …

— Ce n'est pas la peine de tripoter ce bout d'allumette entre vos dents. Je sais à quoi m'en tenir. Vous n'avez pas donné la mort à la façon de Cat, pas avec un rituel, mais vous êtes quelqu'un qui tue, je le sais. Vous souffrez d'un déséquilibre profond, qui vous amène à ressembler beaucoup à celui que vous avez poursuivi. Et vous l'avez trouvé, justement parce que vous lui ressembliez.

— Si vous le dites… Et vous voulez que je continue, c'est ça ?

— Exactement. Vous serez sous mon entière responsabilité. Une sorte de consultant. Il va sans dire que si vous n'acceptez pas…

— C'est la taule, j'ai compris.

— On ne peut rien vous cacher.

— Mais qu'est-ce que vous attendez de moi, au juste ? Je ne suis pas flic, merde ! Vous avez Canavese, plein de types qui ont ça dans le sang, qui font ça très bien. Pourquoi vous en avez après moi ?

Griffier se pencha en avant, plaqua ses deux mains sur la table et plongea ses yeux dans ceux de Lançon :

— Arrêtez votre comédie, mon vieux. Vous savez très bien ce qu'on veut : votre intuition. Vous êtes juste assez fêlé pour poursuivre les autres ; si vous l'étiez trop, on ne vous proposerait pas ce marché, on vous coffrerait. Vous êtes assez malin pour comprendre où sont vos intérêts. Vous allez travailler pour nous, un point c'est tout. Moyennant quoi, on étouffe l'affaire, pas de vagues. Et on garde sous le coude les plaintes déposées par Demaria et Fisson, ainsi que ce vigile que vous avez ébouillanté à la cafétéria de Toulon.

— C'est ça, et le reste du temps, je ferai quoi ? On me gardera en taule ? Ou bien on me colle un képi sur le crâne et on me plante au carrefour du coin ?

— Vous serez libre, sous contrôle judiciaire. Un peu comme une liberté conditionnelle. Vous tâcherez de vous tenir peinard, vos conneries ne nous intéressent pas, de toute façon. Vous serez sous la responsabilité d'un officier de réinsertion. Canavese avait proposé de s'en charger, mais je doute que ce soit une bonne idée.

L'intéressé haussa les épaules. Griffier reprit :

— Alors voilà : c'est ça ou le pénitencier. À vous de voir.

— J'ai combien de temps pour réfléchir ?

— On n'est pas pressés. Dites-moi ça demain. Bastian, ramenez-le maintenant. Il en a assez entendu pour méditer jusqu'à demain.

Lorsqu'il se retrouva dans le couloir, avec l'autre qui ne le lâchait pas d'une semelle, Lançon dit à haute voix :

— Vous ne savez pas ce que je donnerais pour me retrouver dans un endroit qui ait l'air normal.

— Qu'est-ce que vous voulez dire ?

— Depuis des semaines, je suis constamment enfermé. Je ne vois que des cellules capitonnées, des murs peints en blanc, des matons… Je me sens écrasé, comme quand on a une crise de claustrophobie, vous voyez ce que je veux dire ? Je manque d'air, je suffoque, j'ai l'impression que je vais devenir fou.

— Si vous voulez sortir d'ici, je vous conseille de filer droit avec Griffier. Ce type-là est comme une murène, quand il vous tient…

— Une murène ?

— Je crois que c'était une sorte de poisson, autrefois. Avec des dents qui vous serraient comme des pinces-étau. Vous voyez le genre ?

— Pas besoin de me faire un dessin.

Griffier se retrouvait une fois de plus dans son bureau vide. Il se livra au petit rituel de l'inspection avec le miroir à ultraviolets. Mais il s'examina sans y penser, il était préoccupé.

L'idée du psychiatre était séduisante, mais certainement difficile à mettre en œuvre. D'après lui, Lançon pouvait se révéler précieux dans la traque de tueurs en série. Brugier affirmait que Lançon possédait de nombreuses thématiques personnelles analogues à celles qu'on trouve chez les criminels sexuels, mais les circonstances l'avaient amené à compenser différemment.

Oui, mais Griffier sentait les limites des belles théories. En homme de terrain, il pressentait que Lançon, du fait qu'il ne se sentait nullement obligé d'accepter le principe de travailler de façon ponctuelle pour la Brigade criminelle, ne le ferait qu'à ses conditions, toutes plus contraignantes les unes que les autres, que Griffier accepterait plus ou moins dans un premier temps, avec l'idée de les grignoter peu à peu. Mais Lançon se laisserait-il contrôler si facilement ? Et que dire de sa double appartenance, au milieu et à la Brigade criminelle ? Assurément, cela rendait les choses compliquées.

Ce Lançon était un atypique, un caractériel. Le même genre impulsif que Canavese, mais en pire, parce que plus complexe, plus retors, bien plus imprévisible.

Mais Griffier parvint rapidement à la conclusion qu'il n'y avait pas d'alternative. Homicide Express avait plongé Marseille dans la terreur pendant des mois, malgré la sagacité de Canavese, Bastian — qui était passé divisionnaire —, Novaro, Tissier, Jorry,

Varenne, sans compter Brönner et les médecins légistes… Une bonne équipe, des gens brillants, passionnés par leur travail, tenus en échec par un seul fou, caché dans la multitude. Et, se disait le commissaire, cela peut recommencer à tout moment. Du jour au lendemain, un autre dingue peut se mettre à faire des atrocités sous notre nez.

Et, pensant justement à son appendice nasal, il se remit à gratter la verrue.

POSTFACE

J'ai appris récemment la nouvelle du décès de Marcel Thaon, une personne pour laquelle j'avais une très grande estime. Pas seulement en tant que psychologue clinicien ; nous avions eu plus d'une fois l'occasion de parler de Philip K. Dick, et je lui avais par la suite soumis mes propres textes. Il m'a encouragé à écrire. C'était un homme à la fois brillant et simple, d'une grande générosité, ce qui est très rare. Il était resté, par-delà le temps qui passe et l'éloignement, un personnage clé, une référence intime, comme l'introjection d'une figure rassurante, celui qui guide et encourage.

J'avais donc décidé de lui soumettre mon roman, j'en aurais été extrêmement fier. Et j'appris la triste nouvelle. Deux ans déjà.

Mon sentiment de perte est très grand. J'ai perdu une personne qui, sans qu'aucun de nous deux ne s'en doute, m'était essentielle, et était un facteur de cohérence de l'univers, un point d'équilibre.

Marcel Thaon existe dans le texte, sous des formes diverses et sous différentes identités, et je sais qu'il en sera ainsi dans les romans qui suivront. J'ose espérer que ce livre sera digne d'un double hommage : au grand psychothérapeute qu'il était, puisque mes écrits sont basés sur son enseignement ; à Philip K. Dick, qui, d'une façon différente, a ouvert des portes dans mon esprit. À tous deux, un immense sentiment de reconnaissance.

PAUL BORRELLI

REMERCIEMENTS

L'auteur remercie les différentes personnes citées ici pour l'aide précieuse qu'elles lui ont gracieusement apportée, chacune dans leur domaine de connaissances spécifique :

MM. les docteurs Jean Rivolet et Philippe Serrière ;
Les enquêteurs du commissariat central de Toulon ;
Les psychiatres Hervé Jung et Alain Collange ;
Mlle Quicke, du laboratoire de police scientifique de Marseille ;
L'optique Bocquet ;
Le garage Pétri ;
L'antiquaire Christian Aboudaram ;
L'angliciste Jacqueline Ferret.

DU MÊME AUTEUR

Aux Éditions l'Atalante

L'OMBRE DU CHAT (Folio policier n° 248)

DÉSORDRES

TRAJECTOIRES TERMINALES

Composition Interligne
Impression Novoprint
à Barcelone, le 20 mars 2002
Dépôt légal : mars 2002

ISBN 2-07-41450-7/Imprimé en Espagne.

95901